遊び奉行

軍鶏《しやも》侍外伝

野口 卓

祥伝社文庫

目次

一章

亀松《かめまつ》が父九頭目《くずめ》斉雅《なりまさ》に園瀬《そのせ》藩の江戸藩邸上屋敷に呼ばれたのは、十六歳の秋のことであった。

──それにしても、窮屈《きゅうくつ》でならぬなあ。

さほど頻繁《ひんぱん》に訪れる訳ではないが、下谷《したや》の中屋敷から愛宕《あたご》下の上屋敷に来るたびに、手狭に感じられてならない。ほとんど空地がないくらい、建物が建てこんでいるからだろう。

縦が横のほぼ二倍という長方形の敷地の中央部に、白壁の蔵が何棟か配されている。二箇所で往き来できるようになっているものの、全体はほぼ二分されていた。

北半分が藩主の執務する表と、それに続く中奥、南が奥となっている。さらには江戸家老と留守居《るすい》役、正室の世嗣《せいし》の邸が、狭いながらもべつに建てられていた。

詰人には、屋敷の外側を取り囲む二階建ての長屋が割り当てられている。しかし、それだけでは収容できないので、藩主の参勤交代に従う藩士のための長屋は別棟となっていた。さらに、庶民の棟割長屋とさほど変わらぬほど手狭な、中間《ちゆうげん》小者の長屋が何棟も建てられている。

坪数では上屋敷千五十八坪、中屋敷千二百七十二坪と、さほど差はない。詰人数は女中を入れて上屋敷が二百五十三人で、中屋敷が百九十四人となっている。しかし藩主が在府中なので、それに伴う藩士が加わり、上屋敷は人であふれているという印象であった。

供を控室に待たせた亀松は、側小姓に中奥の小書院へと案内された。脇息《きようそく》に大儀そうにもたれかかった斉雅は、人払いを命じると亀松に声をかけた。

「近《ちこ》う」

言われて、平伏していた亀松は膝行《しつこう》した。藩主にまみえるときは、親子といえどもまともに目を見てはならず、伏せすぎてもいけない。胸の辺りを見るのが礼儀とされている。

「楽にいたせ」

そう言ってから間があった。亀松には呼ばれた意味がわかっていたし、それが重大な用件であることも見当がついている。

「元服せねばならぬな」

やはり、と亀松は冷静に受け止めた。

「熟慮を重ねての上のことだ」

弟の千代松《ちよまつ》に藩を譲ると言っているのである。大名が家督《かとく》を継《つ》ぐ場合は、将軍に初めて謁見《えっけん》する殿上元服があり、このときに将軍の一字を拝領して、官位と刀を賜《たまわ》る。殿上元服でなく普通の元服だということは、藩主になれぬことを意味していた。

ちらりと盗み見ると、父は焦点のあわぬ目を空中に泳がせ、懊悩《おうのう》に満ちた表情をしている。病のせいもあるのだろうが、三十七歳の年齢より老け《ふ》て見えた。わずかなあいだに鬢《びん》には白いものが多くなり、細面《ほそおもて》の端整な顔が痛々しくやつれていた。

九頭目斉雅は、急死した治明《はるあき》を襲封して十九歳で十二代園瀬藩主となり、陸奥《みちのく》のさる大名の三女濃《のう》を正室に迎えた。その後、次席家老安藤備後《あんどうびんご》が強引に勧《すす》めたこともあり、十九歳で十七歳の満《まん》を側室に入れたのである。もちろん江戸藩邸ではなく園瀬で、いわゆるお国御前としてであった。

次の年に満は男児を出産し、お満の方さまと呼び名が変わった。亀松と名付けられた長子は、国元で育てられた。ところがお満の方を追うように、正室お濃の方が懐妊、男児を得、千代松と名付けられた。亀松とは二歳ちがいの、異腹の弟である。

亀松は六歳になると江戸藩邸中屋敷に移されて、正式な教育を受けることになり、同年輩の藩士の子息十名が学友に選ばれた。

斉雅が病弱なのをいいことに、藩政を牛耳《ぎゆうじ》っていた筆頭家老の稲川八郎兵衛《いながわはちろべえ》が、千代松を次の藩主にして引き続き藩を支配しようと動き出し、亀松を推《お》す次席家老安藤備後と対立、藩は二派に割れていた。もっとも表面上は平穏に感じられた。

亀松も藩が裏面で二分していることは感じていたが、かれ自身はいささか冷めた目で見ていたのである。

「亀松」

呼びかけてから、かなりの間を置いて斉雅は続けた。

「伊豆《いず》になってくれ」

なれ、と命じないところに、父としての負《お》い目が出ていた。家老の九頭目伊豆は藩主家の一族だが、男児に恵まれず、一人娘の美砂《みさ》がいるだけであった。婿養《むこ》子として家臣になれとの命令は、近い将来に藩主となる腹ちがいの弟の、家来になることを意味した。

「承《うけたまわ》りました」

斉雅の溜息《ためいき》が聞こえたが、おそらくは安堵《あんど》のためだろう。

「一つだけ、おねがいがございます」

「申してみよ」

「家老職に就《つ》くおりには、新しい名を賜りとうございます」

「申せ」

「一亀《いっき》、一の亀で一亀を名乗らせていただきたいのです」

思わず顔をあげ、すぐに伏せたが、瞬時、父と目があった。亀は幼名亀松の亀であり、一は長子としての一である。

「相わかった。……思うところもあろうが、よくよく考えてのことだ」

「はい」

「稲川は力を付けすぎた。わが父が死ぬまえに枕もとに呼び、わしが若年ゆえ助力するように命じたのをいいことにな」

それには藩の事情がある。

十二代藩主は斉雅の三つちがいの兄斉毅《なりたけ》が継ぐはずであった。病弱で書を繙《ひもと》くことが好きだった弟の斉雅とは逆に、斉毅は豪放で武芸にもすぐれていた。ところが、野駆け中の落馬で急死したのである。八尺（約二四二センチ）ほどの小川を飛び越えようとしたとき、驚いた水鳥が飛び立った。そのために馬が踏み切りの位置を誤ったのか、着地をし損じて前脚を折り、投げ出された斉毅は岩で頭部を強打して即死した。

斉毅を不慮の事故で喪《うしな》った衝撃がおおきすぎたのだろう、今度は治明が病臥《びょうが》、しかも急激に悪化してほどなく世を去った。治明は斉雅に、藩主としての心構えや注意、そのほかさまざまな事柄を教える時間がなかったのである。そこで筆頭家老の稲川八郎兵衛に、後見として息子を守《も》り立てるよう、頼まざるを得なかったのだ。

「藩主になる気など毛頭なく、書籍に埋《う》もれて暮らそうと考えていたわしはうろたえた」

斉雅が病弱なだけでなく、気が弱いことを見抜いた稲川は、藩の実権を掌握《しょうあく》してしまった。側用人に自分の懐刀《ふところがたな》を配し、次席家老の安藤や縁続きにある九頭目の二家を、極力斉雅に接近させぬようにしたのである。

　園瀬藩の家老には五家あって、筆頭が稲川八郎兵衛一千石、次席が安藤備後七百石、三席が広田学《ひろたがく》五百五十石、ほかに三百八十石の九頭目伊豆と九頭目甲斐《かい》の二家がある。三万六千石の小藩にとって、稲川の一千石や安藤の七百石は厚遇だが、これは家康《いえやす》の家来としてともに戦ってきたことに起因していた。

　初代藩主の至隆《よしたか》は関《せき》ヶ原《はら》の戦功により園瀬国を拝領したが、かれの働きには稲川と安藤の助力がおおきく貢献《こうけん》していた。両家の扱いはそれを重く見てのものであったが、稲川家には、おなじ家康の家来として働いたのに、主従関係にされたことに対する、根強い不満があった。

　たまたまの成り行きで九頭目至隆の功績が目立ったかもしれないが、それは自分の助力があったればこそ、場合によっては立場が逆転していたはずで、納得がゆかぬと言いたいのだろう。しかし一度定まった以上、覆《くつがえ》すことはできない。そのために、蔭《かげ》で藩を支配する機会をねらっていたのであった。

　安藤家にもおなじような不満はあったかもしれないが、稲川ほど強くはなかったし、むしろ稲川が実権を握ることを警戒し、そのため自然と対抗勢力を形成するようになっていたのである。

広田家は代々、江戸家老を務めていた。広田の一字名で知られ、遠祖より啓《けい》、隆《りゅう》、徹《てつ》と一字を名乗って、当代は学であった。

家康のもとで戦った至隆は、藩作りに主君の考えを積極的に採《と》り入れた。義経《よしつね》を排除するなど肉親に冷徹だった頼朝《よりとも》は、子供の代で自身の血を絶《た》やしてしまった。また秀吉《ひでよし》は身内を切り捨てることによって孤立し、秀頼《ひでより》を守り立てるようにと大名たちに念書を書かせたものの、その多くが面従腹背《めんじゅうふくはい》で、結果として豊臣《とよとみ》家の滅亡を招くことになった。

家康はその轍《てつ》を踏む愚を避けて血縁を重んじ、さらには家門（親藩）、譜代、外様《とざま》を巧《たく》みに配置した。特に外様の大大名が身動きできぬように封じこめたのである。徳川家では家康の意思を汲《く》み、万が一のためを考えて御三家を置くことになったが、それは五代綱吉《つなよし》の時代になって、紆余《うよ》曲折の末に成立した。さらにのちには、御三卿を定めるという念の入れようである。

至隆は家老に二家の九頭目家を配した。国家老は月番制とし、筆頭の稲川には九頭目甲斐を、次席の安藤には九頭目伊豆を組みあわせて、監視、牽制《けんせい》役として藩政に当たらせたのである。

だがそれは、思わぬ齟齬《そご》を来《きた》すことになった。斉毅の不慮の事故死によって、まるでその気のなかった斉雅が藩主となり、十分な教育ができぬまま、父治明も死んでしまったからだ。

この好機を、稲川八郎兵衛が逃すはずがなかった。側用人との連携で、稲川の考えが藩主斉雅の口を通じて、命じられるようになったのである。

「わしが気付いたときには、すでにどうにもならぬありさまでな」

稲川は自分の息のかかった者たちで、役方と番方の要所を押さえてしまったのである。

「このままでは藩がだめになると、焦燥している者もいるであろうが、事を起こそうにも身動きできる状態ではない。そこにそちが現れ、事情が変わった。わしの口から申すのもなんだが、そちは人柄もよければ頭も悪くはない。まるで、文武ともに具《そな》えていたわが兄斉毅の再来だ。現状に不満をもつ藩士、とりわけ若い者たちの期待が一気に高まっておるのも、むりはなかろう」

それを斉雅は憂慮していた。一部の者が亀松を担《かつ》ぎあげて稲川と対決する事態になれば、流血騒動となりかねない。それだけは避けねばならなかった。

「その点、千代松はわしに似たものか、気の弱いところがある。……わしの寿命も、そう長くはなかろう」

「なにを仰せられます。そのような気弱なことを」

「聞け」鋭くさえぎると、斉雅は苦しそうにおおきく息を吐いた。「千代松が藩主となれば、稲川にとってはわし以上に扱いやすいと、内心狂喜するにちがいない。当然、放恣《ほうし》にもなろう。慎重な男だが、油断すれば馬脚を露《あら》わすは必定《ひつじょう》」

筆頭家老の稲川八郎兵衛は、幕府にもその名を通してあるので、藩主といえども正当な理由なく勝手に処分することはできない。ちゃんとした理由をつけて幕府へ届け、指令を受けねばならないが、現段階での処分は監督不行き届きの失態を自ら認めるに等しく、それを理由にさらに小藩への所替え、場合によっては取り潰しにもなりかねない。

斉雅が気付いたときには、稲川は藩主の喉《のど》もとに懐剣を突き付けていたのである。自分を処分すれば藩が取り潰しになりかねない状況に追いこんだ上で、稲川は新興商人の加賀田《かがた》屋と結託して蓄財に走ったのであった。

亀松もある程度は事情を理解していたが、藩主の権限とはそれほどに脆弱《ぜいじゃく》なものであろうかと、疑問に思わずにはいられなかった。あるいは父は稲川やその一派によって、長い時間をかけてそのように思いこまされてしまったのではないだろうか。でなければ、正室の子である千代松を跡継ぎにするための、亀松を言い包《くる》める口実なのかもしれない。

「千代松が藩主になれば、稲川は孫娘を室として送りこむ腹だ」

つまり藩主家の外戚《がいせき》で、孫娘に男児が生まれて跡を継ぐことになれば、藩を手中に収めることができるのである。

「広田と荒俣《あらまた》に、さる大名家との婚儀を内々に進めさせてはおるのだが」

広田とは江戸家老の広田学、荒俣は江戸留守居役の荒俣彦三《ひこぞう》で、稲川が動き出すまえに内諾《ないだく》を得ておこうという腹だろう。

だがそれだけでは、根本的な解決にはならない。稲川の犯した罪状の証拠を握った上で、評定日に重職たちのまえで罪を暴き、一気に決着を付けねばならぬ、と斉雅は言った。

家禄を召しあげて屋敷財産を没収するしか、園瀬藩という沈みかかった船を復元する手立てはない。藩を立てなおすには、自分の役職を利用して政治を集金装置のように考えている稲川を、取り除かなければならないのである。

「それを、兄弟で力をあわせて成し遂《と》げてもらいたい。放置しておいて、このような窮地を招いたわしの言えることではないがの」

亀松はどことなく釈然としなかった。藩を本来の軌道に乗せるのであれば、力を持ち、それを発揮できる立場にいなくてはならないのではないだろうか。

種々の事情に阻《はば》まれて斉雅にはそれができなかったかもしれないが、だとすれば経験も力もない、まだ十代の若い兄弟にはさらに困難なはずだ。

千代松が藩主になれば、兄弟で力をあわせるまえに、稲川に懐柔《かいじゅう》される危険性もある。稲川を断罪できる証拠を摑《つか》んだとしても、うやむやなままに、握りつぶされてしまうかもしれない。

あるいは事はそれほど単純ではなく、自分など考えも及ばぬような、二重三重の迷路にはまりこんでいるのであろうか。

少数ながら信頼できる者もいると、斉雅は数人の名を挙げた。事を起こすには、反稲川派の次席家老安藤備後の援《たす》けを借りるのもよいが、十分すぎるほど注意しなければならないと斉雅は続けた。

「備後はそんな素振りはまるで見せぬが、稲川に劣《おと》らぬ野心家だからのう」

備後は安藤家に婿養子に入った旗本の三男坊で、園瀬藩の勢力図を短時日で見極めると、将来を見越して準備に取りかかっていた。

斉雅が藩主となると同時に、十五歳まえの美しい娘をひそかに探させたが、備後の眼鏡《めがね》に適《かな》ったのが、踊りの師匠の娘で十四歳のおひろである。美人の上に立居振舞が優雅で、楚々《そそ》としていながら、十四歳とは思えぬほど成熟した女の魅力もそなえていた。

備後は親に相応の金子《きんす》を与え、名を満と改めさせて親類の養女とし、礼儀作法などを身につけさせた。そして十七歳になるのを待って、斉雅に会わせたのである。

側室を置くことにはさほど乗り気でなかった斉雅だが、満を一目見るなり心を奪われてしまった。備後の目論《もくろ》みどおりになったのである。

満に亀松が生まれたことで、備後には、一気に勢力を伸ばす機会が到来した。ところが、正室のお濃の方に千代松が生まれたために事情が変わった。

それは藩主の斉雅にしてもおなじで、新たな悩みを抱えることになったのである。長幼の序を盾に亀松を推す安藤と、れっきとした大名の息女である正室の子、千代松こそが由緒《ゆいしょ》ある藩の当主にふさわしいと主張する稲川の、板挟みとなったのだ。

亀松は利発で性格のおだやかな、文武に秀《ひい》でた少年に育っていた。

学友として選んだ同年輩の少年たちが、亀松に心服しているさまが斉雅にはよくわかっていた。将来、この主君に命を捧《ささ》げたいという態度が、なにかにつけて現れるのである。

稲川の働きかけは強引であったが、斉雅は結論を出すのを渋《しぶ》っていた。最大の理由は、眉目秀麗《びもくしゅうれい》で表情や仕種《しぐさ》にお満の方の面影《おもかげ》を残す亀松を、殊《こと》のほか愛していたからかもしれない。

しかし、遂に斉雅は断をくだしたということだ。

「もそっと近う寄れ。かまわぬから、わしを見よ。わしの、目を」

亀松が膝を進めると、斉雅はまえ屈みになってその目に見入った。

「病人には、考える時間がたっぷりとあってな。練りに練った策はこうだ」

そう前置きして、斉雅は藩再生の計画を話して聞かせた。

父によると藩主直属の隠れ伊賀《いが》が、稲川八郎兵衛と加賀田屋の癒着を証明できる文書の存在を、苦労の末に突き止めていた。ではそれを隠れ伊賀に盗ませればよいかというと、事はそれほど単純ではない。稲川や加賀田屋に気付かれぬように入手し、証拠固めをした上で一気に決着をつけねばならないからである。

文書を手に入れることができても、周りのほとんどは稲川の息のかかった藩士なので、信頼できるごく少数の同志だけで事を進める必要があるが、それを実現するための何通りかの手順を、斉雅は亀松に語った。

語り終えた斉雅は、さすがに疲労困憊《こんぱい》の態《てい》であった。

「敵を欺《あざむ》くには、味方からと言う。難しかろうが、それだけに遣《や》り甲斐があろうというものだ」

笑いは弱々しかったが、思いを打ち明けたという安堵が感じられた。父を安心させるため、亀松は黙ったまま何度もうなずいた。

ほどなく亀松は元服し、幼名を改めてまずは永之進《えいのしん》を名乗った。

二章

駕籠《かご》からおりると、九頭目斉雅は気持よさそうに伸びをした。

「園瀬の里だ。憶《おぼ》えておるか？」

やはり駕籠からおりて、おおきく深呼吸する永之進に笑いかけると、斉雅は前方に目を向け、それ以上はなにも言わなかった。

病を得て、一時は生きて帰ることはないと覚悟していたのかもしれないが、こうしてふたたび園瀬の里を一望できるイロハ峠《とうげ》に、立つことができたのである。感慨も一入《ひとしお》にちがいない。

大坂から園瀬に入るには、隣藩の港に上陸し、国境《くにざかい》の般若《はんにゃ》峠を目指すのが近道で、体も楽である。だがよほどのことがないかぎり、藩士も商人などの領民も、自藩の松島《まつしま》港に上陸し、イロハ峠に向かうのが常であった。

峠の前後はともに九十九《つづら》折りになっているので、かなりの体力を要した。駕籠とはいえ斉雅は病後である。幾重《いくえ》にも折れ曲がった坂道は、相当に堪《こた》えることが考えられた。

そのため、行列奉行は神経を遣ったはずだ。行列奉行には道中奉行の異名があるように、参勤交代の折の本陣への連絡、荷物運搬の馬匹《ばひつ》や人夫の手配を、先に先にと進めなくてはならない。他藩を通過する場合のあいさつや贈り物をはじめ、なにかと気苦労が多い役である。

旅の大詰めとなる国入りに際しても、距離が短くてすむ隣藩経由と、自藩の街道の二案を立てていた。藩主斉雅の体調を気遣い、絶えず侍医や老職と相談しながら、旅を進めねばならなかったからだ。

そうでなくても江戸から大坂までが百三十五里二十八町（約五三三キロメートル）、さらには浪速《なにわ》から園瀬までの船旅がある。病は小康状態とはいえ、斉雅には相当に辛い旅となるはずであった。斉雅が、距離が長くて時間もかかるイロハ峠経由の街道を選んだのは、元気なうちに領土のなるべく広い範囲を、可能な限り見納めておきたいとの、強い意思があったからかもしれなかった。

しかし、旅はまだ終わった訳ではない。

峠から、延々と続く九十九折りを平地にまでおり、蛇《じゃ》ヶ谷《たに》と呼ばれる細長い盆地を進まねばならないのである。そして花房川《はなぶさ》を渡り、堤防に立って初めて、園瀬の里を一望できるのであった。

「覚えてはおらぬだろうな。あれは五歳か、六歳だったか」

斉雅が訊《き》きなおしたが、永之進はあまりの美しさに、返辞することすら忘れていた。

「美しゅうございます」

溜息とともに永之進がそう言うと、斉雅はちらりと息子を見て、何度かちいさくうなずいた。

十一年ぶりに故郷にもどったとの実感は、正直なところ湧いてこなかった。斉雅の参勤交代に従って江戸に向かったのは、六歳になって間もなくの三月の上旬である。

イロハ峠に立って、しばらく帰ることのできぬ園瀬の里に別れを告《つ》げた記憶はかすかにあった。だが目のまえにひろがる景色には、ほとんど憶えがない。

久方ぶりに見る故郷は初夏である。

それにしても美しい眺めであった。

四月の中旬ということもあって、江戸とは比べものにならぬほど若葉青葉の色が濃く、あざやかで、強い陽射しを受けて眩《まばゆ》いばかりに光り輝いている。空気が澄《す》み切っているからだろう、物の影がくっきりと描き出されていた。

父と子は、ふたたび駕籠に身を委《ゆだ》ねた。

行列がゆっくりと蛇ヶ谷盆地におりて行くと、麦畑の上を、風が渡ってきた。それだけでも、長旅の疲れが消えてゆくようである。

花房川の堤防の向こう、はるか彼方《かなた》に、城下の一部が見え隠れに遠望できた。何枚もの絽《ろ》を重ねたような霞《かすみ》の奥に、天守閣の白壁がぼんやりと浮かびあがり、その下方には鈍《にび》色をした重臣の屋敷の瓦屋根が続いている。視線を右に移すと、伽藍《がらん》の大屋根が重なった寺町の一画を認めることができた。

あるいは、この美しい国土が自分のものとなったかもしれないのである。父の短い言葉は、そのあたりを慮《おもんぱか》ってのことだと思われた。

永之進は、周囲が忖度《そんたく》しているだろうほど、気落ちしていなければ、無念とも思ってはいなかった。

将来は藩主になるのだと幼いころから言われていたし、自分でもそれが宿命なのだと言い聞かせてはいた。しかし、なんとなく負担でもあったのだ。それは決して、藩主になれないための負け惜しみではなかった。

千代松が生まれて何年か経つと、微妙に空気が変化したのに、亀松だった永之進は気付いた。千代松は上屋敷で、自分は中屋敷である。正室の子と側室の子という事情もあり、藩士たちが気を遣っているのがわかった。

なんとなく感じていた負担は、父斉雅の言葉によって一気に軽減されることになった。だが周囲の者はだれも、そんな永之進の心の裡《うち》を知らない。

父にだけは正直な気持を伝えたかったが、気を遣っていると思われるだけだろうと黙っていた。永之進はそれ以上、父を煩《わずら》わせたくなかったのである。

斉雅が健康を取りもどした理由は、火を見るよりも明らかであった。

積年の悩みの種であった正室と側室の子のいずれに藩を託すかの断をくだし、異腹の弟を援けて藩政を立てなおすという、かれの計画に永之進が賛同したことで、胸の閊《つかえ》がおりたのだ。

藩主が病をおして国入りすると知って、浪速の藩邸からは、いつになく多くの藩士が随伴した。あるいは、最後の帰国になるかもしれないと感じていたのかもしれない。

しかし斉雅が、予想よりしっかりしていたからだろう、浪速藩邸から供をした藩士の大半は、松島港から引き返すことになった。

なぜなら港には、在藩の藩士のかなりの数が迎えに出ていたからだ。藩士ばかりではない、町役人や各地の名主、代官、さらには出入りの商人も、主立ったところは姿を見せていた。

出迎えの藩士たちも、斉雅の顔色の良さに安堵の表情であった。

行列が花房川に架かる高橋《たかばし》を渡り、橋番所を抜けて堤防の上に出ると、中食《ちゅうじき》の用意がされていた。

身分の高い者は床几《しょうぎ》に腰をおろし、下士は思い思いに路傍《ろぼう》の草に坐《すわ》って、握飯に舌鼓《したつづみ》を打った。昼を質素にしたのは、夜の帰国の宴を考慮したからだろう。すでに八ツ（午後二時）を過ぎていたので、握飯はたまらなくおいしく感じられた。

馬の口取たちは片手に握飯を持って頬ばりながら、馬に青草を喰わせたり水を飲ませたりしていた。長旅の末に故郷に辿《たど》り着いた安堵もあってどの顔も輝き、あちこちで野放図な笑いが弾《はじ》けた。

親子で語ることができるのは、この中食までとなるからだろう、旅の途中、斉雅は永之進をなるべく傍《かたわ》らに居させた。

「これを憶えておるか」

側小姓が差し出した重箱を、父が顎《あご》で示した。ちいさな俵状のものが、かすかに黄色を帯《お》びた粉におおわれて、指でつかむとぽろぽろと粉が落ちた。口に含むとわずかに香ばしく、ほんのりとした甘さが感じられてなつかしかった。舌は園瀬の里の味を、はっきりと記憶していたのだ。

黄粉《きなこ》がまぶされた握飯を嚙みしめると、口中にすがすがしい甘さがひろがった。大豆《だいず》の粉末が、米が本来もっている美味《うま》さを十全に引き出していた。黄粉握飯を味わいながら、永之進は故郷にもどったことを、改めて実感することができたのである。

初代藩主至隆の造営になる馬蹄形の大堤防が、花房川を山際に押しやり、その内懐に肥沃《ひよく》で広大な水田地帯を抱きかかえていた。はるか北西には城山があり、天守閣が聳《そび》え、ゆるやかな扇状の斜面に城下町が展開している。

イロハ峠から、そして移動しながらでは、常にその一部しか見えなかったが、堤防からは園瀬の里の全貌が見渡せた。

盆地は麦秋を迎え、揺れ動く穂並みがまるで大海の波のようであった。風に吹かれ、茎や葉の濃い色と、明るい穂の色が交互に現れながら、盆地を波が移動してゆくように見える。

すでに刈り取られた麦畑もあり、随所に散見できる緑あざやかな苗代が、田植えが近いことを示していた。

この地で家老になるのも捨てたものではない、それにしても母が亡くなっていてよかった、と永之進はしみじみと思った。

亀松だった永之進が、父の参勤交代に随伴して江戸への長旅に出立する前夜、水が変わるので注意しなければならないなどと、さまざまな注意を与えてから母は言った。

「お江戸にはお父上の奥方がおられる。そのお方に、嫌われぬようにしなくてはなりませぬ」

「奥方は母上ではないのですか」

大名には江戸と国元に奥方がいること、江戸の奥方は正室と呼ばれ、国元の奥方である満は、お国御前と呼ばれる側室であること、などを亀松はなんとなく理解したのである。

多くの大名は、何人もの側室を抱えているが、斉雅には江戸の正室と園瀬の満しかいないこともわかった。

「しかしお世継は亀松じゃ。堂々と胸を張って、だが驕《おご》ることなく、父上のお子としての誇りをもって生きるのですよ」

側室の子だと侮《あなど》られるようにだけはなってくれるなと、母はなんども念を押したのであった。正室の子が世継となり、自分が家老の養子に入ると知ったら、母が生きておれば哀しい思いをしたことだろう。

いや、母はあのように言ったが、それはあくまでも建て前で、本音はべつにあったのかもしれない、とそのような気がしないでもない。もっとも、もはや確めることはできなかったが。

騎馬士が独特の調子で、「すすーめー！」と語尾を伸ばして呼ばわりながら駆け抜けると、あわただしい動きがあり、やがて行列は進み始めた。

斉雅と永之進は駕籠をおりて、そこからは馬に跨《またが》った。しばらくは土手道を進み、やがて堤防からゆるい斜面の坂をおりて、水田の中を北へ直進すると、常夜燈の辻に突き当たる。

濠や門、櫓《やぐら》や天守閣を含む城郭《じょうかく》全体が、案外と狭くて、こぢんまりしているのに永之進は驚かされた。天守閣は五層だと思っていたが、実際は三層であった。子供の目には、巨大に聳え立って映ったのだろう。

本丸から二の丸、三の丸、そして西の丸にかけても、記憶では非常に広大だったのである。それが六歳と十七歳の、見た目のちがいかもしれない。

永之進は本丸ではなく、一段低い二の丸に旅装を解いた。

家老九頭目伊豆の婿養子になることはすでに知れ渡っていたが、藩主斉雅の長子で、ゆくゆくは家老になるのである。老職をはじめ奉行や目付、物頭など、藩士の主立った者が陸続とあいさつに姿を見せた。

九頭目伊豆の娘美砂との婚儀は、美砂がまだ十四歳なので、三年待って執《と》りおこなわれることが決まっていた。ただし養子縁組は秋で、以後三年近くは義父のもとで藩政の実務を学ぶのである。

婚儀と家督相続が終わった時点で伊豆は隠居し、一亀と改名した永之進が家老になって、藩政に参画することになっていた。

伊豆は三十八歳の働き盛りだが、温厚で欲のない人柄らしく、早く隠居して好きな画と俳諧《はいかい》を楽しみたいなどと言っていた。それが本心なのか、藩主の長子を婿養子に迎えるための方便なのかの判断は、永之進にはつきかねた。

養子縁組が秋におこなわれることになったのは、当分のあいだは精々のんびりと羽を伸ばせとのことだろう。将来、家老となって治めることになる藩中を隈《くま》無く見ておくようにとの、腹ちがいの弟の家臣とならねばならぬ息子への、斉雅のせめてもの親心であったのかもしれない。

「軍資金をお預かりいたしております。何処《いずこ》へなりとご案内いたしますので、お申し付けください」

声に振り返った永之進は顔を輝かせた。

「メシモリの庄《しょう》ちゃんではないか」

「おたわむれを申されては困ります」

庄ちゃんと呼ばれた若侍は狼狽《ろうばい》し、思わず周囲を窺《うかが》った。

飯森庄之助《いいもりしょうのすけ》は永之進が亀松だったころ学友に選ばれ、何年かをともに学んだ仲である。江戸詰めの中老飯森主膳《しゅぜん》の息だが、学問でも武術でも永之進と庄之助の二人が頭抜《ずぬ》けていた。

庄之助の苗字が飯森なので、永之進は二人だけのときにはふざけて渾名《あだな》で呼んでいた。背丈はともに五尺七寸（約一七三センチ）と大柄なほうであったが、父に似てやや細身な永之進に較《くら》べ、庄之助は頑丈な骨格をしていた。優男《やさおとこ》の永之進に対し、眉が濃く顎の張った庄之助は、いかつくて頑固そうに見える。

「庄ちゃんが庄ちゃんであることに、変わりはなかろう。なあ、庄ちゃん」

「ここは江戸の中屋敷ではございませぬ」

「そして、わしは世嗣ではないということだ」

庄之助は一瞬だが、恨めしそうな表情になった。

「半年のあいだ、お世話をするようにと仰せつけられました」

「そう、しゃちほこ張るな。あのころのように、おまえ、おれでいいではないか」

「ここは江戸の中屋敷では」

「またそれだ。ところで今はなにをしておる」

「使番の下役でございます」

城主の側近や重職への連絡と、平士の勤怠監視が役目である使番の見習いであった。ゆくゆくは父親の跡を継いで中老となる男だが、父斉雅が信頼できる少数の者がいると言った中には、庄之助の名はなかった。

「園瀬は何年だ」

「丸二年でございます」

「わずか二年で、何処へなりと案内できるのか」

「役目柄、隈無く藩内をまわっておりますれば、たいていの所にはご案内できましょう」

「あいにくだが、名所旧跡とか神社仏閣などというものには興味がなくてな」

「源氏《げんじ》の瀧《たき》の別墅《べっしょ》は、いかがでございましょう。ちいさいながら書庫もあり、漢籍などが集められておりますから、静かに考えごとをなさるにも、お話しになられるにも」

庄之助はそこで口を噤《つぐ》んだが、瀧の水音のために会話が聞かれる心配がないとの含みだろう。

「それよりも、久しぶりに道場で汗を流したい。駕籠にゆられての長旅には、正直うんざりした。すっきりするには、体を動かすのが一番だからな。それとも野駆けがいいか」

永之進が話を逸《そ》らせたので庄之助は苦笑したが、少し考えてから言った。

「野駆けにいたしましょう。いつがよろしゅうございますか」

「早いほうがいい。明朝ではどうだ」

「長旅でお疲れでは？」

「疲れたからと言って、武士が戦の役に立つか」

「これはとんだ失礼を。で、何刻に？」

「春は曙《あけぼの》と申す。いや、もう夏か。ま、よかろう。七ツ（午前四時）ではどうだ」

「これから厩頭《うまやがしら》に命じ、厩方から厩小頭を通じて、馬の口取や厩番人に準備をさせねばなりませぬ」

「手を煩わせることはない。勝手に引き出して乗るから、かまわぬであろう」

「そうはまいりませぬ。なにかありますと、厩全員が責《せめ》を負いますので、せめて六ツ（六時）にしていただけませぬか」

「相わかった」

「では明朝、お迎えにあがります」

一礼して庄之助はさがったが、永之進はしばらくのあいだ、腕組みをしたまま黙然《もくねん》としていた。

まもなく側小姓が来て、藩主の帰国を祝う宴の準備が整ったと告げた。

三章

「このにおいを嗅《か》ぐのは久し振りだ。いつもながら心が弾《はず》むな」

濠に沿った片側町の厩丁《うまやちょう》に差しかかるなり、永之進は鼻をうごめかせた。においだけでなく、厩が発する物音もなつかしい。

老職をはじめ主だった藩士は屋敷内に馬を養い、また簡単な調教《せめうま》のできる程度の馬場も設《しつら》えていた。だが、本格的な調教は並木の馬場でおこなっていた。

厩丁で管理する馬は藩の、いわば公用目的のものである。藩主家の馬は、西の丸の一画に厩が設《もう》けられていた。

庄之助が西の丸でなく厩丁の厩舎にしたのは、永之進が家老家に婿入りすることを慮ってのことだろう。あるいは、上役のだれかに指示されたのかもしれない。

江戸の中屋敷では、永之進は頻繁《ひんぱん》に乗馬を楽しんだものであった。馬の嘶《いなな》き、飼葉桶《かいばおけ》をゴトつかせる音、前掻《まえが》きをしたり羽目板《はめいた》を蹴飛ばしたりする音など、厩には騒音があふれていた。

厩まえの日溜まりでは、竹の棒を手にした男たちが、尿をたっぷりと吸った寝《ね》藁《わら》を乾《ほ》しひろげていた。尿は鼻だけでなく、目をも強く刺激した。

馬房には次々に新しい藁が足されるが、日に乾したものも再使用する。何度かそうして、使用に堪えなくなった古藁は集めておき、堆肥《たいひ》として百姓が引き取った。

馬房に併設された馬具庫には、壁に手綱《たづな》や引き手、頭絡《とうらく》や馬銜《はみ》などが掛けられ、鞍《くら》置台には鞍が並んでいる。

馬房では、厩栓《ません》棒の上に顔を出した馬たちが、永之進と庄之助を興味深そうに見守っていた。保革油のかすかなにおいが、鼻孔《びこう》をくすぐった。

厩のまえには、鞍を置いた五頭の馬が繋がれていた。栗毛が二頭と、尾花《おばな》栗毛、鹿《か》毛、葦《あし》毛がそれぞれ一頭である。葦毛は腹や尻に銭形を浮きあがらせた、みごとな体格の連銭《れんせん》葦毛であった。どの馬も手入れが十分に行き届き、油紙で拭《ふ》かれたように毛艶《けづや》がよい。腰や胸前の盛りあがった筋肉が、朝の陽光を反射して輝いて見えた。

打裂羽織《ぶっさき》に馬乗袴《うまのりばかま》、そして陣笠を被《かぶ》った永之進と庄之助に気づき、男たちが一斉に頭をさげた。

「みごとに手入れされておるのう。早朝から大儀じゃ」

永之進がねぎらうと、厩の番頭《ばんがしら》が慇懃《いんぎん》な口調で言った。

「お待ち申しておりました。どうかご乗馬をお選びください」

厩方だけでなく乗方も姿を見せているところをみると、お手並み拝見ということなのであろう。厩関係者は、馬をどの程度扱えるかだけで人を判断する癖《へき》があり、いくら高禄であっても満足な手綱捌《さば》きができぬようでは侮られ、その逆だと身分が低くとも一目置かれた。毎日のように馬に接していると、いつしかそうなってしまうものらしい。

永之進はためらうことなく連銭葦毛に向かいながら、男たちが顔を見あわせたのを視野の片隅で感じていた。五頭の中ではとりわけ立派な体格をしているが、気性の荒さも一番であるらしい。葦毛馬は永之進が近づくと、頭をあげ、耳を後方に倒して警戒した。白目に血の管が網の目のように浮き、いかにも癇性《かんしょう》が強そうだ。

「よき馬であるな。名はなんと申す」

「春嵐《しゅんらん》でございます」

厩頭が答えた。

「シュンラン？　……春の嵐か。面構えにふさわしき名じゃ」

「永之進さま、その馬は」

庄之助の声は上ずっていたし、言わんとすることもわかってはいたが、かれは無視した。

永之進が馬の口取から手綱を受け取ると、春嵐は激しく頸《くび》を振り、尻っ跳ねをした。

永之進は何事もなかったように、馬の顎の下で左右の手綱を短く絞るように持ちなおすと、一瞬、だれにも気づかれぬほどすばやく、手綱をわずかに後方下へと引いた。馬の体でもっとも敏感で弱い部位を、瞬時に轡《くつわ》で制したのである。

春嵐の全身に緊張が走った。その緊張が解けぬわずかなあいだに、永之進は右足を鐙《あぶみ》にかけ、左手で鞍を掴むと左足で地面を軽く蹴り、と思うと早くも鞍上の人となっていた。

馬は利口な生きもので、一瞬にして乗り手の力量を見抜き、未熟だとわかると侮って従わぬものである。

「はい」という掛声で、春嵐は静かに歩みはじめた。

耳がピンと立ち、前方に全神経を注いでいる。まるで別馬のように素直であった。

厩関係者全員の表情に、讃嘆《さんたん》の色が浮かんだ。藩主の長子は駻馬《かんば》を難なく従わせて、かれらの心を掌握したのである。

「これほど背《やね》のやわらかな馬は初めてじゃ。庄之助には尾花栗毛がよかろう。素直そうな牝馬《ひんば》だ」

「春靄《しゅんあい》でございます」

すかさず厩頭が言葉を挟《はさ》んだが、声にはわずかに媚《こび》が含まれていた。

「シュンアイ？ 春の靄《もや》か。だれが名付けたか知らぬが、春嵐といい春靄といい、実にみごとな命名であるな」

厩丁を出ると濠沿いに、永之進と庄之助は静かに馬を歩ませた。少し離れて、栗毛に跨《またが》った乗方が従った。万が一、馬が暴走したときのことを考えてのことだろう。

さらには乗り換え馬の手綱を取った、二人の馬丁《ばてい》も続いた。

野良《のら》で働く百姓や、町を行く物売りの姿も見えたが、明けの六ツに馬を走らせては、城下の民を驚かせることになる。しばらくは歩かせることにした。

常夜燈の辻に差しかかると、小屋から六尺棒を小脇に抱えた番人が出てきたが、永之進たちだとわかると、ていねいにお辞儀をした。

辻で折れて真っすぐ南に向かうが、そのはるか先には堤防がある。

馬の口取をはじめ数人の厩方や中間が従っているので、勝手気ままに、好きなだけ突っ走るという訳にもいかない。常歩《なみあし》に速歩《はやあし》をまぜて馬を進めた。つまり歩くか軽い走りがほとんどで、長時間にわたって駆けさせることはしないし、襲歩《しゅうほ》といって疾駆《しっく》させることは論外であった。

「少し走らせますか」

真南へ十町ほど歩ませてから庄之助が言ったので、永之進はうなずいた。

春嵐の皮膚がかすかに汗ばみ、馬体が健康な汗のにおいを発し始めていた。筋肉が十分にほぐれたのである。

駆歩《かけあし》で五町ほど走らせて速歩にもどったが、速歩では小刻みな突きあげが尻を打つので、二度に一度は腰を浮かせて衝撃を抜かなくてはならない。

厩方の連中が駆けて来るが、まだかなりの距離がある。乗方の栗毛は、常に十馬身以上の間隔を保っていた。

聞こえる距離ではないが、庄之助は馬体を接し、しかも声をひそめて言った。

「半年ございます。十分に可能です、着実に味方を増やしてゆけるでしょう」

「なにが言いたいのだ」

「厩の者どもは若君に心服いたしております、それも瞬時にです。半年もあれば、ほかの者どももかならずや若君に」

「若君はよせ。家老の婿養子になる身だ」

「真剣に申しあげているのです」

「いいか、庄之助。父上が、それが最善だとお考えになって決められたのだ」

「稲川の差し金です」

「……！」

「申し訳ございません。言葉がすぎました。……江戸の中屋敷でともに学びました十名の者は、若君のためには命を捨てる所存でございます」

「そういうことを、軽々《けいけい》に口にするものではない」

「血判書をお見せいたします」

厩方が追い付いて来たので、永之進は庄之助に目顔で知らせた。うっかり聞かれては、どのような誤解を招かないともかぎらない。

憂慮すべき問題であった。もちろん、斉雅が打ち明けた計画を話すことなどできはしないが、状況は楽観できるほど甘いものでもないようだ。

血気に逸《はや》った若い連中が永之進を祭りあげ、千代松や稲川に武力を行使しないともかぎらないのである。父との約束を果たし、計画を実現させるためには、慎重な行動を取らなければならなかった。

堤防へのゆるやかな坂を登りながら首を捻《ひね》って見ると、町屋や下士の組屋敷、そして百姓家の辺りを中心に、竈《かまど》のものらしい薄青い煙が立ちのぼり、途中で層になって棚引《たなび》いていた。のんびりとした牛や鶏《にわとり》の鳴き声が聞こえ、畑地の上空では雲雀《ひばり》が途切れることのない囀《さえず》りを聞かせている。

坂を登り切って堤防に立つと、馬を止め、二人は改めて城下を見渡した。

扇の要《かなめ》の位置を占める天守閣は、その東側の本丸や、さらに東にあって一段低い二の丸、巽門《たつみ》を出て西に曲がり、天守閣と本丸のほぼ真下にある三の丸、その続きの西の丸に強固に護《まも》られていた。みごとな反《そ》りを見せる西側の石垣が高いため、天守閣は三層とは思えぬほど堂々と聳えて見えた。

荒々しく呼吸を弾ませながら、馬丁たちが追いついた。

「よろしかったら、前山《まえやま》に登りませぬか」と、庄之助が言った。「藩祖至隆公の、城下造りのみごとさがご覧になれます」

春嵐は鼻を鳴らすと、尾を何度もおおきく振り、首筋や肩の筋肉を神経質そうに痙攣《けいれん》させた。汗のにおいに馬虻《うまあぶ》が集まってきたので、追い払っているのである。

庄之助がなんとかして二人だけの時間を作り、気持を訴えたいと思っているのが明白なので煩わしくはあったが、一度自分の目で見ておきたくもあった。永之進が同意すると、庄之助の表情は滑稽《こっけい》なくらい変化した。この男に腹芸などという言葉は縁がなさそうだな、と永之進は半ば安堵し、半ば心配になった。

前山は花房川を挟んだ眼前にあり、ほぼ正三角形をしていた。禾本《のぎぐさ》や灌木《かんぼく》におおわれた斜面はかなり急な勾配《こうばい》で、中腹からは赤松などの喬木《きょうぼく》が多くなり、山頂と左右の稜はほとんど赤松におおわれている。地味が合って生育がいいらしく、松の幹は明るい赤褐色をしていた。

山の両脇は鋭く切れこみ、谷間やその斜面には杉の大木が高さを競うように屹《きっ》立《りっ》し、楊梅《やまもも》や椎《しい》の巨樹が鬱蒼《うっそう》とした森を作っていた。切れこんだ斜面の奥にある渓谷《けいこく》は相当に急なのだろう、真っ白な瀧となって落ちるのが何箇所かで見られた。

二人は轡を並べ、土手道を下流に向かって馬を進ませた。馬蹄形の堤防から外部への橋は高橋のみで、あとは水嵩《みずかさ》が増せば通れなくなる流れ橋と渡船しかない。平和な時代が続いても、外敵に対する防御だけはそのままであった。

「江戸が恋しくはないか」

「一向に」と、庄之助は言った。「冬は寒いし、年中埃《ほこり》っぽいし、犬の糞《ふん》だらけだし、人だらけで騒々しいし……。それに比べると園瀬は極楽ですよ」

「極楽、か」

「一年もすれば、いや、十日もせぬうちにわかるでしょう、土地《ここ》のよさが」

そこで会話は途絶え、高橋まで二人は無言のまま馬を進めた。

橋番に用向きを伝えて高橋を渡ったが、騎馬で行くので川面がずいぶんと遠くに見えた。水底の石に鮎《あゆ》であろうか、それとも鮠《はや》かもしれないが、群れになって銀鱗《ぎんりん》をきらめかせていた。

分厚い橋板に蹄《ひづめ》が心地よい音を響かせ、それに馬の口取たちの足音がまじった。

橋を渡り、山沿いの道を西へ、花房川を右に見ながら遡《さかのぼ》る。川筋に沿って空気が動いているのか、肌に心地よい微風が感じられた。

四章

沈鐘ヶ淵《ちんしょうがふち》の近くで下馬すると、春嵐と春靄を馬丁に預け、永之進と庄之助は九十九折りになった前山の道を登った。

「ふた月も早ければ、恒例の遊山《ゆさん》がありましたのに、残念です」

永之進の先に立ってゆっくりと歩を運びながら、庄之助が話し始めた。

初代藩主至隆公が園瀬入りしたのは二月十八日、桜が満開のころであったという。ちょうど午時《ひる》であったが、至隆は城には向かわずに、主立った家臣を連れて前山に登り、地図をひろげ、盆地を見おろしながら城下造りの想を練ったのである。

至隆の構想は、完成に五年を要する壮大なものであった。城山の下を流れて盆地を二分し、毎年のように氾濫《はんらん》する花房川を、新たな堤防を築くことで盆地の外縁に押しやったのである。堤防はまるで巨大な蹄鉄のようであった。

さらには新田の開墾《かいこん》にも力を注いだので、園瀬藩は三万六千石だが、実質は五万石を超えると看做《みな》されていた。

至隆はもとの川筋の一部を引いて、複雑に濠をめぐらせた。

またゆるい扇状の斜面を削って雛壇《ひなだん》状に整地し、上士の武家屋敷を配した。その周囲に中級藩士の屋敷、さらに下級藩士の住まいと町屋の混在した町を置き、外側に軽輩者の組長屋を配置したのである。特にその地区は道が狭くて複雑に入り組み、袋小路も多く、よほど慣れないかぎり道に迷ってしまうように造られていた。

土手から常夜燈の辻までの道は直線だが、そこからは狭い道と濠や溝のためにまさに迷路となっていた。園瀬の住民でなければ、容易に城に辿り着くことはできない。

左手に目を向けると、南西から流れて来た花房川が、巨大な岩盤にぶつかって藤《ふじ》ヶ淵《ふち》を掘り起こしていた。

至隆は淵のすぐ下流に堰《せき》を築き、堤防の起点に取水口を設けた。水門には水量の調節できる、歯車の回転で上下する巨大な扉がそなえられている。

その堰が最も落差があったが、馬蹄形の堤防の起点から終結部までには、五箇所の堰が築かれた。それぞれの堰のあいだには水が湛《たた》えられているため、早瀬や急流は普通の川ほど多くはなかった。

外部への連絡は高橋だけなので、敵の襲来があっても橋を落とせばすむ。船を用意するか堰を渡らないかぎり攻めこむことはできないので、敵の動きにあわせて守備隊を配すればよかった。

高橋以外にも三本の橋が設けられていたが、それらはすべて流れ橋である。打ち込んだ杭に交互に板を並べ、それぞれは丈夫な棕櫚《しゅろ》の繊維で編んだ綱で結ばれていた。

さらにそれは、岸の大樹の幹に巻き付けられている。大雨で増水すれば流れ、水が退《ひ》けば架けなおすので、流れ橋と呼ばれていた。

城山の背後、天守閣の北側は絶壁となり、西に続く山は痩せた馬の背のように尖っているので、尾根道はかろうじて一人が進めるだけである。まさに攻めるに難《かた》く守るに易《やす》い、鉄壁の構えであった。

前山から眺めると、園瀬城が鬼陣《きじん》城の異名をもつ意味が納得できるのである。

「刺《とげ》だらけの毬《いが》と、硬くて歯が立たない皮に守られた栗も、虫に卵を産み付けられると、内部から喰い荒らされてしまいます」

「…………」

「ここからはいかにも平穏に見えますが」

中腹で青草に腰をおろすなり、庄之助はそう言った。木立が開けた空間で、園瀬の盆地のほぼ全体が鳥瞰《ちょうかん》できた。

永之進が黙っていると、短い間を置いて庄之助は続けた。

「藩の人頭《じんとう》をご存じですか」

「口頭試問を始めようとゆうのか、このわしに？」永之進は苦笑した。「よしてくれ」

「ご存じないのですか」

「総数十万弱、うち士卒が四千あまり」

「はい、住民が九万九千九百六十三名、うち家士と陪臣およびそれらの家族を含め、士卒が四千二百九十名です」

「なにを言いたいのだ」

「そのことごとくが喘《あえ》いでおります」

「…………」

「いい思いをしているのは、ほんの一握りです。加賀田屋と筆頭家老、そして、その息のかかった者ども」

永之進が不意に、左腕で庄之助の胸を叩くように押して斜面に薙《な》ぎ伏せ、自分も背後に身を倒した。同時に鋭い矢音があってハンノキの幹に矢が突き刺さり、矢羽根が音を立てて震えた。

庄之助は体を反転させると、鯉口《こいぐち》を切って、刀の柄に手をかけ永之進を護る体勢を取っていた。

「うろたえるな」

「申し訳ございません。すっかり油断しておりました」

「命をねらったのではない」

「……？」

「気を鎮めろ」

永之進はもとの姿勢にもどったが、庄之助は中腰のまま警戒を解かない。

二人は並んで腰をおろし、庄之助は永之進の左にいた。ハンノキは庄之助の左前方にあり、矢は幹の中心に刺さっている。

射手はかれらの右後方から矢を放ったが、それは足場が安定していることを意味していた。

弓でねらう場合、左から右前方をねらうのは姿勢にむりがある。左前方をねらうのが普通であった。

射手は木の幹をねらい、ねらいどおりの位置に的中させた。

殺害しようとしたのであれば、はずすことは考えられない。万が一はずしたとなれば、ただちに二の矢が射掛けられたはずだ。

「では、なぜに」

「警告であろうな」

庄之助は考えこんでしまったが、永之進は言葉とは逆のことを感じていた。

もちろん、警告の意味もあったただろう。

藩主斉雅が千代松を後継に選んだとしても、男児は二人である。千代松が死ねば永之進が藩主になる理屈だ。ということは、永之進が亡き者となれば千代松は安泰であった。

兄弟に殺しあう気持はなくとも、周辺の者がどのように考えているかまではわからない。

もう少し慎重に動けとの警告の裏には、ひそかに警護しているとの意味が籠《こ》められている。ただし、姿を見せることなく護衛するにも、限度があると言いたいのであろう。

永之進には弓を射た者の見当がついていた。

弟と力をあわせて筆頭家老稲川八郎兵衛の背任を暴くには、伊賀士の力を借りねばならんと、江戸藩邸の上屋敷に永之進を呼んだとき、父は言ったのである。

伊賀士は城下の伊賀丁に組屋敷を与えられ、平時は城内表御殿の伊賀士詰所に詰め、城中警備や城下の動静を探る働きをしていた。

「顔が知られていては、隠密は務まりますまい」

永之進の問いに父は答えた。

「隠れ伊賀だ」

藩主の命令にのみ従って動く隠れ伊賀の存在は、だれにも知られていない。また侍であるともかぎらないとのことだ。

市井《しせい》に紛れ、もしも命令がなければ、一生を平穏に終えることになる。親から子へと引き継がれ、代々隠れ伊賀としてさりげなく市井に身を潜めているらしい。

もちろん永之進は庄之助に、何者が矢を射たのかは言わなかった。

「ともかく、山をおりましょう」

思わぬ事態に不安を感じたのだろう、庄之助は永之進をうながした。蒼白な顔を強張らせている。

「あわてるな、せっかくの機会だ、藩祖の城下造りの粋を、篤《とく》と拝見しようではないか」

しかし、あまりにも庄之助が落ち着きを失っているので、永之進は諦めて山をおりることにした。むりもない。厩関係者はいたものの、なにかあれば、庄之助が責を一身に負わねばならないのである。

馬丁たちが気づくほど、庄之助の顔色は悪かったらしい。

「蛇が出て、な」

永之進は両手の親指と人差指をあわせて、径四寸（約十二センチ）ほどの輪を作って見せた。

「これほどの大蛇《だいじゃ》だ。飯森」と、永之進は庄之助を振り向いた。「あれほど蛇を恐れるとは、おぬし、子《ね》年の生まれであったか」

庄之助は恨めしそうな顔で永之進を見た。

軽く笑わせようと思っただけだが、厩の男たちは思わず顔を見あわせ、やがて年輩の男が言った。

「若君、それはまことでございますか」

「若君はよせ。わしが伊豆に入婿となるは、皆も知っておろう」

「まことに大蛇《おろち》が出たのでございますか」

「なぜに偽りを申さねばならぬ」

「主《ぬし》でございますよ」

一人がそう言うと全員がうなずいた。

「主？」

「園瀬の里の守り神に相違ありません」

「若君はお聞きになられたことがございませんか」と、年輩の男が続けた。「この山の東の蛇ヶ谷に、古くより棲《す》んでいる大蛇でございますよ。至隆公がお国入りなされたおりにも、姿を見せたそうです」

蛇ヶ谷は国入りの際、イロハ峠から城下に入るまえに通った細長い盆地で、南の山からその盆地に流れこむ谷が蛇ヶ谷であった。蛇ヶ谷はうそヶ淵の近くで、花房川に流れこんでいた。

大蛇が現れたのは、庄之助の話にあった、城下造りの構想を練ったときのことである。至隆は少しもあわてず、酒を持って来させると、大盃に注いで大蛇に飲ませた、と言い伝えられている。

至隆は蛇の出現を瑞兆《ずいちょう》と喜び、以後、園瀬においては蛇を殺すことを禁じた。もっとも禁じるまでもなかったのである。田畑を荒らし穀物を食害する鼠《ねずみ》を喰らう蛇や梟《ふくろう》を、百姓たちはたいせつに扱っていたからだ。

のちになって蝮《まむし》獲りを副業としている者たちが、蝮にかぎり捕獲を許してもらいたいとねがい出た。蝮は人を咬《か》めば死に至らしめるし、皮を剝《は》いで乾燥したものを粉末にし、あるいは生きたまま焼酎に漬けこんで、服すれば強壮剤となる。

至隆は鑑札を発行して、それを許可したのであった。

永之進にすればほんの冗談のつもりで、まさに瓢簞《ひょうたん》から駒であったが、噂がひろまるのはつごうが悪かった。次席家老の安藤備後派が、永之進こそが藩を継ぐ証しだと利用しかねなかったからだ。

他言はせぬよう口止めはしたものの、それがむりなことをかれは感じていた。

別邸で中食を摂《と》り、半刻（約一時間）ほど休息すると、かれらは替えの馬に乗り、高橋から下流へと堤防をまわることにした。

盆地内には何箇所も、島嶼《とうしょ》のように百姓たちの集落があった。氾濫に見舞われた昔年の名残《なごり》であろうか、石垣の上に建てられた家が多い。

中には高い石垣と白い練塀に囲まれた、立派な門構えの家もあった。おそらくは名主の屋敷だろうが、敵襲があればそのまま砦《とりで》として機能しそうなほどである。

しばらく走らせてから常歩にもどると、永之進は庄之助に言った。

「大蛇は、ちとまずかったか」

やや間を置いて庄之助は答えた。

「いえ、そうともかぎらぬと思います」

一瞥《いちべつ》すると、庄之助は物思いに耽《ふけ》ってでもいるのか、遠くのほうをぼんやりと見ていた。

かれらは速歩十町、常歩十町を保ちながら馬を進めて、馬蹄形の大堤防をほぼひとめぐりし、夕刻七ツ半（午後五時）には盆地の北側にある並木の馬場に至ったのである。

城山の麓をまわって、厩丁に辿り着いたときにはすでに暮六ツ（六時）であった。

馬の口取に馬を引き渡すと、永之進は庄之助に言った。

「いささか疲れたが、それよりも腹が減り、咽喉《のど》が渇いてならぬ。軍資金はたっぷり所持しておると申したな」

「……！」

「ははは、心配するな。ちと咽喉を潤したいだけだ」

永之進は親指と人差指で円を作り、それを口もとに運ぶ仕種《しぐさ》を見せた。庄之助が目を見開いたので、永之進は愉快でならぬというふうに笑った。

「そう目を剝《む》くな。わしが飲めんのは、知っておるではないか。一度、こういうまねをしてみたかったのだ」

庄之助が案内したのは、料理屋の「花かげ」であった。

路地を何度か折れ曲がり、軒行燈《のきあんどん》も出ていない門を入って、しばらく飛び石を伝ってゆくと格子戸がある。店の内は、話し声がまるで聞こえず、物音もほとんどしない。ひっそり閑《かん》としていた。

「ようこそいらっしゃいました」女将《おかみ》が現れてあいさつした。「飯森さま、きょうは乗り切りでございましたか」

服装を見て、野駆けの帰りと判断したのだろう。

「なんだ、庄之助。馴染《なじ》みであったか。隅《すみ》に置けんな」

「わたしのような下端《したっぱ》は、こういう所には通えません。ご家老のお供で、半年もまえに一度来たきりです。それにしても、よく名を覚えていたものだな」

女将は婉然《えんぜん》としてそれには答えず、永之進に視線を移した。

「江戸表から来たばかりの新参者だ。よろしくたのむ」

「永之進さまでございますね」

「なんだ知っておったのか。商売とは申せ、耳が早いな」

「なにを仰せられます。城下は若殿のお噂で、持ちきりでございますよ」

「悪事を働いた覚えはないぞ」

「ま」

やわらかな笑い顔の女将に従って廊下を行くと、どの部屋にも人の気配がある。たまに低い笑い声が聞こえるところからして、静かに酒を飲みながら歓談する上客が多いのだろう。

部屋に案内されると、永之進はどかりと胡坐《あぐら》をかいた。

「ともかく空腹なので、ありあわせでかまわぬから早くしてくれ。ああ、それから飯は多めにたのむ」

「ご酒《しゅ》はいかがいたしましょう」

「いらぬ」

「いや、もらおう。冷やでよいから」

庄之助がそう言ったので、永之進は声に出さずに笑った。

「なにがおかしゅうございますか」

女将が去るのを待ってから、庄之助が憮然とした顔つきで抗議した。

「お守《も》りにへとへとになって、飲まずにいられないのだと思うと気の毒でな」

「お願いですから、もう少しおとなしくしていていただけませんか」

「ご同情申しあげるが、おとなしくしていては、おもしろくないのでな」

永之進の言い口に、庄之助は苦笑した。

「気疲れするであろうから、付きっきりでなくともよいぞ。そのかわり、軍資金を渡してもらおう」

「わたしの名を出していただければ、支払いはせずともよいことになっております」

「いや、こういう店だけではない。微行《おしのび》とやらで、隠れ遊びもしたいのでな」

「わたくしめがつごうの悪いおりには、べつの者をお供させます。いえ、これからは護衛をつけませんと」

「護衛？」

「当然でございましょう、いつどのような事態が出来《しゅったい》するやもしれませぬ」

「当分はのんびりすごせとの、父上、ではなかった、殿の親心なのだ。護衛つきでは気が休まらん」

「金はお渡ししてもよろしゅうございますが、自分で金を払って物を購《あがな》った経験はおありなのですか」

「ないから覚えるのだ」

ほどなく女将と若い女が、料理や飯櫃《めしびつ》、銚子や盃を運んできた。若い女は畳に両手を突いてお辞儀した。

面をあげた女を見て、永之進は思わず声をもらしそうになった。

五　章

永之進が危惧《きぐ》したように、前山で大蛇に遭遇したという作り話は、またたく間に城下に、それも相当に熱っぽく知れ渡ったようである。藩祖至隆公のできごとと重ねて、永之進が閉塞《へいそく》状態を打ち破ってくれるとの、期待をこめてのことだと思われた。

野駆けから数日経って、庄之助が五人の若侍を引きあわせた。

「腕はたしかです。この者どもが全員で、あるいは交代でお護りいたします」

それから数日後のことである。永之進と庄之助、二人の側小姓、そして五人の若侍は濠沿いの道を東に進み、やがて北に折れて寺町に向かった。

一帯には十余の寺が集まっていたが、それぞれが高い塀で囲繞《いにょう》されている。道は折れ曲がって入り組み、塀に挟まれた狭い道が続くかと思うと、突然に枡《ます》形に出たりした。

寺町は城山の裾が平地と接する辺りに配置されているので、いたるところに坂と石段がある。一朝事あれば、寺町は砦に早変わりする。藩祖至隆は、東北や北方からの敵にそなえて、盲点ともなるこの地域に寺を集めた。数箇所を閉鎖すれば、外敵は容易に攻めこむことができない。

どの寺にも武器庫が備えられ、弓矢、槍、刀、具足、金瘡《きんそう》用の軟膏《なんこう》や傷の手当てのための焼酎、晒《さら》し木綿《もめん》、兵糧などが保管されている。さらには、武具方が定期的に見まわって在庫を確認し、手入れや補修をしていた。

かれらが向かう藩主家菩提寺の興元寺《こうげんじ》は、寺町のもっとも高い位置を占めている。寺でありながら、偽装扉や隠し階段、武者隠しなどが作られていた。城郭につながる秘密の抜け道もあるが、当然ながらそれを知っているのは、藩主をはじめとしたごく少数である。

かれらはゆっくりと坂を登って行った。

歴代藩主の墓所へのお参りを勧めたのは庄之助だが、永之進はあまり気乗りがしなかった。あれこれと教えられてはいても、父斉雅以外の藩主は顔も知らないのである。

庄之助は、墓参が藩士や領民に好感をもって迎えられると、計算しているのだろう。永之進に藩主になってもらいたいという雰囲気づくりの一環だろうが、庄之助が動けば動くだけ永之進は迷惑する。

かれとしてはなるべく早く、注目されない存在となり、自由に動きたかった。そのほうが、父との約束を果たしやすいからである。

庄之助の勧めに応じたのは、母の墓に参りたかったからだ。永之進は母の葬礼にも出ておらず、常にそのことが気にかかっていた。

訃報《ふほう》の飛脚が江戸に届いたのは、死の七日後のことであった。

たちの悪い食中《あた》りで落命したとのことだが、晩夏の六月のことで、葬儀と埋葬《まいそう》は届けが着くまえにすでにすまされていた。幕府の許可が得られても、園瀬に着くには強行軍で十日、普通でも半月以上、雨で川留めなどがあると二十日をすぎることがある。いずれにしても、永之進が葬儀に参列することはむりだった。

先頭を二人の若侍が進み、十歩ほどまえを線香や家紋入りの水桶を持った側小姓が行き、おなじくらいの距離を置いて、三人の若侍がついて来る。

永之進はかれらに聞こえぬよう、声を落として言った。

「美砂はどんな娘だ」

「気になりますか」

「あたりまえであろう」

「……！」

「庄之助はまるで触れようとせんな」

「よく存じあげませんもので」

「会ったことはないのか」

「遠くからお姿を拝見いたしましたが」

「どのような娘だ」

「非常に聡明だとうかがっております。礼儀正しく、気品にあふれた方だそうで」

「伊豆の家に、あいさつに行かねばならんのだ」

昨秋、上屋敷に呼ばれた永之進は父斉雅に、九頭目伊豆の婿養子となり美砂を妻とするように言われた。それは主命であって、拒否することはできない。筆頭家老の稲川八郎兵衛がその旨を伊豆に申し渡し、その段階で両家の婚約が整っていた。

永之進と庄之助が野駆けをした日、藩主の代理で家老の九頭目甲斐が、九頭目伊豆家に「結入之使《ゆいいれ》」として出向いていた。

このあと、婚約に関する一連の儀式が待ち受けており、婚儀は美砂が十七歳になるのを待っておこなわれる。だがそのまえに両家の使いが往き来し、それぞれの立場で招いたり招かれたりが繰り返される。その最初の招きであった。

突然、永之進が立ち止まった。

「いかがなされました」

「なんという鳥だ、初めて聞くぞ」

「……？　あ、ああ」と庄之助は笑った。「蟬《せみ》でございますよ」

「蟬？　まだ四月ではないか」

「園瀬は南国です」

「もう蟬が鳴くのか」

永之進はまるで記憶していなかった。六歳になるまでは園瀬ですごしたのだから、耳にしたはずだが、覚えがない。舌は黄粉握飯を憶えていたが、耳は蟬の鳴き声を忘れていた。それとも耳にしていながら、関心がなかったので残らなかったのだろうか。

「春蟬です。春から初夏、ちょうど今時分にかけて鳴きます。形やおおきさは蜩《ひぐらし》に似ておりますが、鳴き声は地味で野暮《やぼ》ったいですね」

物知り顔で説明した庄之助も、おそらくは二年まえの園瀬入りで、初めて聞いたのであろう。

その庄之助に用ができたのは、数日後のことであった。

「今夕《こんせき》はお供がかないません。どうか用心なさって、ごむりをなされませぬよう」

「庄之助がいなくてはいたしかたない。濠のまわりを散策して、早めに横臥するとしよう」

暮六ツ（六時）、散歩しているはずの永之進と若侍たちの姿が「花かげ」の一室にあった。

「ちとたのみがある。聞いてもらえぬか」

「もちろんでございます。お役目にはずれぬことでしたら、なんなりと」

「はずれぬこととならたのみはせん」

若侍たちは顔を見あわせた。

「別室で暫時飲んでいてもらいたいのだ」

「いえ、われわれはいただきません」

「飲めないのか？　飯森に命じられておるのだな」

永之進は懐から紙包みを取り出すと、かれらのまえに滑らせた。

「わしの有り金だ。庄之助を謀《たばか》って巻きあげたもので、今はこれだけしか持ちあわせておらん。些少《さしょう》ですまぬが、仲良くわけて、非番のときに飲む足しにでもしてくれ」

「もったいのうございます。お気持だけで十分でございます」

「ある人と話したいことがあってな。……心配するな、女性《にょしょう》だ」

若侍たちはまたしても顔を見あわせた。

「艶っぽい話ではない。なんなら、障子を開けておこう。半年すればわしは九頭目伊豆の養子になって、三年後には娘を娶《めと》る。その程度はわきまえておるぞ。そのほうたちがひそかに期待しているようなことは、起こる訳もないのだ」

そう言って席を立つと、永之進は障子を開け放った。若侍たちは顔を見あわせ、永之進を見、紙包みを一瞥し、ふたたび互いに顔を見あわせ、一人がうなずくと全員がうなずいた。

「そのうち、飯森から小遣いをくすねておいてやる」

「ありがたいお言葉ではありますが、いただく訳にまいりません」

「なぜだ」

「このようなことが知れますと」

「叱責を受けるか。……わしが言わぬかぎり洩れるはずはないがな。とするところの中に、告げ口をするような輩《やから》が、まじっておる訳だ」

今度も、かれらは顔を見あわせたが、全員が同格で、個人の考えで行動せぬようにと、庄之助に言い渡されているのだろう。目顔で相談し、ややあって一人が口を開いた。

「それほど申されますなら、ありがたくいただきます」

「わしは口を緘《かん》する」

「われらは三猿《さんえん》になりましょう」

若侍たちが部屋を出ると、永之進は残りの障子も開け放った。

しばらくすると、坪庭を挟んだ座敷に、若侍たちが移るのが見えた。律儀《りちぎ》で融通の利かないところが、庄之助に見こまれたらしい。

「夜気は、お体に悪《あ》しゅうございます」

部屋に入るなり女は障子を閉めようとした。先日の女で、桔梗《ききょう》という名はあとで知った。

「開けておいてくれ。南国は江戸とちごうて、蒸し暑うてかなわん」

「それほどに？」

「ほどなく慣れるであろうがな」

手際よく、しかし優雅に桔梗は料理を並べてゆく。わずか数日で女子《おなご》はこれほど変わるものなのだ、と永之進は軽い驚きにとらわれていた。

野駆けの帰りには、身も心も膜でおおわれているような生硬さが感じられた。それが、もの言いにも仕種にもやわらかさが加わり、おっとりとしている。

「ご酒はよろしいのですか」

「ああ、わしは飲まぬ。いや、恥ずかしいが飲めんのだ」

「そう言えば、このまえもお飲みになりませんでしたね」

「気にかかることがあってな、早う来ようと思うたが」

「……？」

「あのとき、わしは思わず声をあげそうになるほど驚いた。気にしておると思ったのだ」

「さようでございましたか。気づきませんでした」

こういう店の女は、客が言わないかぎり自分からは喋らぬように、躾《しつ》けられているのだろう。商売柄とはいえたいしたものであると、永之進は妙に感心していた。

そのとき呼吸でもするように、おおきくなったりちいさくなったりしながら、心を浮き立たせるような囃子《はやし》が聞こえてきた。

永之進が顔をあげて、ふしぎそうな表情をすると、桔梗も屋外に顔を向けた。

首が細くて長く、その上に小振りな顔があった。顎がわずかに尖っている。見れば見るほどよく似ていた。まさに、生き写しと言ってもいいほどである。

物音は掻き消されるように聞こえなくなったが、その音色はたしかに聞いた憶えがあった。

「わたしが、どなたかに似ているのでございますね」

「……………」

「お好きだったのですね、そのお方を」

「ああ」

「ああ、でございますか」桔梗はくすりと笑った。「それを、わざわざおっしゃりにいらしたのですか」

「死んでしもうた。二十八という若さでな」

「まあ」

「……、母だ」

「お母上……」

「それで、どういう人か知りたくなった」

「お知りにならぬほうが、よろしゅうございますよ」

思わず見ると、食い入るように真剣な目が凝視《ぎようし》していた。

永之進の視線に気づき、桔梗はあわてて目を逸《そ》らせた。一瞬だが寂しそうな色が浮かび、そして消えた。

ふたたび、先程のにぎやかな囃子が聞こえてきた。永之進がその音色に心惹《ひ》かれたらしいのを知って、桔梗の表情に、やわらかさがもどったようである。

「盆踊りのおさらいをしているのです」

「おさらい？」

「お稽古《けいこ》です」

「今は四月、盆はだいぶ先ではないか」

「若君は、園瀬は初めてでございますね」

「若君はやめてくれ。家老の娘婿になる身だ」

何度繰り返したことだろうと、永之進は少々うんざりした。

「存じあげてはおりますが、納得している者は、少ないのではないでしょうか」

「…………」

「若君こそふさわしいと」

「よせ、わしにはそのような気は微塵《みじん》もない」

「でも、すんなりと受け容《い》れる者が、どれほどおりますことか」

「お上のお決めになったことだし、わしもそのほうがいいと思うておる」

「…………」

風がある訳でもないのに、囃子がおおきくなったりちいさくなったりして、息づいている。永之進と桔梗は無言のまま、囃子に耳を傾けていた。

「心が浮き立つな。……この音色には憶えがあるのだ。たしかに聞いたことがある」永之進はしみじみと言った。「聞いておるだけで、思わず踊りたくなるな」

「お気の毒さま」

「どういうことだ」

「お武家さまは、禁じられているのでございますよ」

「踊ってはならぬのか」

「見物もなりません。お百姓と町人だけに許された踊りです」

「だれが決めたのだ、そのような理不尽《りふじん》なことを。……そうか、至隆公だな」

　永之進は、自分で問いながら、みずから答えていた。記憶が少しずつもどってきた。

　五年がかりで城下造りの大工事を完了した年の夏、九頭目至隆は駆り出された百姓や町人と卒の労をねぎらい、米蔵の糯米《もちごめ》を放出して多量の餅を搗《つ》かせた。そして町や集落単位で、住人の数に応じて酒樽を配ったのである。しかも盆のあいだは無礼講とし、大濠より内に入らなければ自由に踊り、練り歩くことを許したのであった。

　突貫工事の苦しさから解放され、自分たちの城下が完成した満足感と、太っ腹で寛大な領主の思いやりに感動した領民は、笛、太鼓、鉦《かね》など、音のするものを鳴物《なりもの》として総動員し、踊り狂ったという。

　後年になって三味線《しゃみせん》が採《と》り入れられると、囃子はさらに賑やかなものになった。やがて近隣でも評判になり、年とともに見物客が増えてたいへんな賑わいで、宿屋や土産《みやげ》売り、あるいは商店にとっては期待のできる収入源となっていた。見物客は宿屋に翌年の予約をし、土産屋は売りあげを見こんで早くから土産の品々を作らせ、住人は見物客にほめられたくて、早い時期から暇を見つけては稽古に励む。

園瀬の一年は、盆踊りを中心にまわっていると言えなくもなかった。

百姓町人にだけ許され、武家は踊ることはもちろん、見ることとも禁じられていると知ったのは、母の膝の上ではなかっただろうか。心地よい匂いのする母が、そしてその膝に乗ることが、亀松だった永之進は大好きであった。かれが盆踊りを見たいとダダをこねると、あれはお百姓と町人のものなのですと母は言った。

ところがしばらくすると、母の膝は囃子にあわせて調子を取っていた。

「お武家さまには勝てません」桔梗が笑いに紛らわせるように言った。「年に四日の無礼講のために、三月も四月もまえからおさらいをして、汗水垂らし、汗とともに流して、なにもかもをご破算にしてしまうんですから」

「ご破算？」

「搾《しぼ》り取られていることに、変わりはありませんでしょう？」

「これは手厳しいな」

「申し訳ありません、えらそうなことを申しまして」

「いや、かまわぬ。……しかし、なんとも心の浮き立つ囃子だ」

「それほどまでに、気に入られましたか」

「どうだ、ひとつ踊って見せてくれぬか。盆踊りの見物は禁じられておっても、座敷で見る分にはかまわぬであろう。踊れぬ訳ではあるまい」

「女将に叱られます」

「わしが許せばよかろう」

「はい、ほかのことならば。ただ、こればかりは、藩の御法度《ごはっと》でございますから」

「武家も町人もあるものか」

「足軽ならお叱りですむかもしれませんが、お武家は厳しく罰せられます。お家断絶、領外追放の処分を受けたお侍さんも。遠藤《えんどう》多丸《たまる》さまは中老でしたが、町人に変装して踊っているところを見つかり、座敷牢に入れられました。隠居を命じられ、ご長男が家督を継ぎましたが、家禄は半減となり、無役に落とされたそうでございます」

「ほう。禁を破って踊った中老がいたとは、驚きであるな」

囃子がさらにおおきく聞こえてきた。永之進は虚空を睨み、そして呟いた。

「見たいものだのう。いや、なんとしても踊りたい」

六章

稲川八郎兵衛と九頭目甲斐が月番なので、永之進の九頭目伊豆家へのあいさつは、二人の家老が下城する七ツ（午後四時）過ぎとなった。

一足先に出向いた永之進は、玄関で大刀を家士に預け、供の者を控室で待たせると、五十年輩の用人に案内されて奥座敷に通された。

伊豆とその妻女が待ち兼ねていて、

「どうぞ、こちらのお席へ」

と、上座に坐らせようとする。男児に恵まれなかった伊豆家にとっては、たいせつな婿どので、しかも藩主の長子であった。下へも置かぬもてなしはわからぬでもないが、永之進は丁重に固辞した。

「お上の代理で筆頭家老の稲川さまがご当家に申し入れをいたし、お受けいただいた時点で婚約が整いました以上、婚儀は先であろうと、それがしにとりましてはお父上お母上と心得て、お仕《つか》えいたす所存でございます。以後、よろしくご指導いただきますよう、おねがいいたします」

「これは丁重なるごあいさつ、まことにもって痛み入ります」

「もったいないお言葉。おねがい申しあげねばならぬは、わたくしどもでございますのに」

伊豆と妻女のおくらには永之進の言葉が予想外であったのか、戸惑いが感じられた。まさか、藩主の権威を笠に着て、横柄《おうへい》な態度で乗りこんでくると思っていた訳ではないだろうが、ここまで礼儀正しくあいさつするとは、思ってもいなかったらしい。

庭木の樹葉はますます緑が濃くなり、室内が水底にあるような錯覚にとらわれた。障子も襖も開け放たれているので、心地よい風が渡り、空気に真新しい檜材《ひのき》の香りがまじっていて、さわやかな清涼感を与えた。

伊豆とは城中で何度か短い会話を交わしたが、おくらとは初対面であった。

三十八歳の伊豆より五歳若いとのことなので、三十三になる計算だが、見た目はそれよりもずっと若い。二十代の後半でも通ると思われるほどで、どうやらそれは色白なことと、ふっくらとした体の線のせいかもしれなかった。

伊豆も実年齢より若く見えたが、端整な細面の顔や、黒々として白髪の見られない頭髪のせいだけではなさそうだ。体付きは細身に見えるが、筋肉にむだがなく、剣客のように強靱《きょうじん》でしなやかに感じられるのである。

二人は園瀬の国の印象や道中の出来事など、当たり障《さわ》りのない会話を選んだが、その受け答えで永之進の人柄を探ろうとしているようであった。どのように答えても、感心したようにうなずき、相鎚を打つ。

伊豆とおくらは、二人ともおだやかな目をしていた。これが美砂の両親か、それにしても若い。そこで永之進は初めて、伊豆が実父斉雅とおない年であることに、気づいたのであった。

物憂《ものう》げな顔をして、緩慢《かんまん》な動作でいかにも大儀そうな斉雅と、なぜにこれほどの差がついてしまったのであろうか。病弱だというだけでは説明できない、なにかがありそうな気がした。

政務の責任の与える鬱屈や日々の心労が澱《おり》のように蓄積した斉雅と、家老職にありながら画と俳諧に気を紛らすことのできる伊豆のちがいなのだろうか。

いくらか打ち解けて雑談をしながらも、永之進はそのようなことをあれこれと感じ、そして考えていたのである。

時間が経つにつれて、かれには場の空気が好もしいものに思えてきた。おだやかでゆったりとして温かい、心の休まる安心感が得られたのだ。

父は一年置きに江戸と園瀬を往復し、正室と側室がそれぞれ子を産んで、やがてそれが藩を二分してしまうかもしれぬと、気がかりでならないのである。心の休まることはあっただろうか。父と母は、いま目のまえにいる伊豆とおくらが共有しているような、おだやかな時間を持つことが、果たしてできたのであろうか。

美砂の両親には、心が豊かで余裕のある人が醸《かも》す、気品というものがあった。この二人の一粒種である美砂は、一体どのような娘なのだろうと、永之進はなぜか急に気になりはじめた。

非常に聡明で、礼儀正しく、気品にあふれた方だ、と庄之助は言葉を選びながら言った。そのどこにも美しいとか可憐《かれん》という表現が見当たらなかったので、たとえ醜《みにく》いとまではゆかなくても、おそらく美人ではないだろうと思っていたのである。

しかしこの両親から、美しくない娘が生まれるだろうか。永之進の心の奥にはいつしか淡い期待が芽生《めば》え、急激に膨らみ始めていた。

なんといっても十七歳の若者なのだ。

で、十七歳は考えた。色の白いは七難隠すというではないか。両親はともに色白で、とりわけ母親の肌は抜けるように白かった。

この組みあわせから、果たして醜女《しこめ》が生まれるなどということが起こり得るものだろうか。その答えは、火を見るよりも明らかだろう。

玄関のほうが騒がしくなったと思うと、ほどなく用人に案内されて、稲川と甲斐が姿を見せた。二人とも大刀は預けて脇差だけであった。

「佳《よ》きお日柄で、なによりでござるな」

稲川はおおきな声で開口一番そう言い、永之進に気づくなり笑いかけた。

「おお、婿どの、聞きましたぞ、武勇伝を。春嵐をみごと乗りこなしたそうですな。いやいや、恐れ入り申した」

「いえ、厩一同の手入れ、撫育《ぶいく》のたまもの。わたしはただ、跨《また》っていただけです」

「ご謙遜《けんそん》を」

父や庄之助の話からは容易に信じられぬほど、稲川八郎兵衛には屈託《くったく》がなかった。

「九頭目一門の男なればこそ、乗りこなせたのじゃ」

九頭目甲斐が初めて口を開いたが、まるで怒ったような喋りかたである。

大柄で骨太、怒り肩でやや猫背の甲斐は、太くて一直線につながった眉のせいもあるのか、どの角度から見ても、怒っているような印象を与えた。

永之進は園瀬に来てから何度か、この還暦近い家老の顔を見ていたが、笑い顔にはついぞお目にかかったことがない。

「あの馬は園瀬一の暴れ馬ぞ。だれが引き出しおった？」

「婿どのが乗馬の名手だとの噂を聞いただれかが、試しにと引き出したのかもしれん。ま、よいではござらんか、婿どのは乗りこなされたのだから」

「そうゆう問題ではない」

「ははは、わかり申した。捜し出して、叱責するよう命じておきますでな」

会話のやりとりだけを聞いていると、どちらが筆頭家老かわからない。

「ご家老のおっしゃるように、暴れ馬かもしれません。それを乗方や厩方が、わたしにでも乗れるように馴致《じゅんち》してくれたのでありましょう」

「どうにも器がおおきいではござらんか、婿どのは」

稲川が感に堪えないというふうに言ったが、それにしても婿どのという言葉を多用しすぎではないか。あるいはこれは、事あるごとに次期藩主が千代松であるという事実を明らかにして、永之進に期待する連中を牽制《けんせい》するという、戦術の一つなのかもしれなかった。

その稲川が言った。

「それにしてもよき婿どのじゃ。これで九頭目一族は安泰。まさに磐石《ばんじゃく》ですなあ。羨《うらや》ましきかぎりでござる」

永之進は稲川八郎兵衛に対する警戒心が、しだいに強まってゆくのを感じていた。陽射しが強く明るければ、それだけ、影は濃いものである。

永之進のあいさつを受けての「吸物、盃事」の儀をすませると、二人の家老は半刻（約一時間）ほどで帰った。

このあと、永之進が将来の父親とともに、本丸御殿の藩主斉雅にあいさつに行き、祝いの盃事をすませると、その日の儀式はすべて終わることになる。

永之進が伊豆といっしょに廊下を玄関に向かっていると、不意に襖が開いて、十歳を少し超えたと思える、瘦せて小柄な女の子が立ちふさがった。

すでに暮六ツに近い時間で薄暗くはあったが、それにしても判然としないほど色が黒い。顔はちいさいにもかかわらず、目が異様におおきかった。

話に聞く河童《かっぱ》とはこのようなものではないだろうかと、ふとそんな気がしたほどである。少女の目はおおきいのに白目は少なく、しかもその白目が強く光った。

少女が河童のように口を尖らせて、

「家老の妻としてではなく、藩主の室として迎えていただきとうございました。まだ三年の猶予《ゆうよ》があります。どうかわたくしを悲しませるようなことは、なさらないでくださいましね」

あっけに取られた永之進が、言葉を返すこともできずに突っ立っていると、少女の姿は消えて襖が閉められた。

「あ、これこれ、なんというはしたないまねをするのだ、美砂は」

背後で伊豆の、叱るというよりは永之進に弁解するような、困惑ぎみの声がした。

——美砂！

庄之助の歯切れの悪さから永之進が漠然と抱いていた印象は、まさにそのとおりであったのだ。

玄関で家士から大刀を受け取ると、永之進は落ち着いた動作で手挟《たばさ》んだ。見送りに出た用人も家士も、その顔を妙に強《こわ》ばらせているように感じられた。

門と玄関の半ばで追いついた伊豆が、力のない声で、

「一人娘なのでわがままに育てたつもりはござらぬが、勝気で自分を抑えるということができぬところが、少々、と申しますか、その、ま、かなり、なんでして」

懐紙でしきりと額や首筋を押さえている。

「いや、すがすがしくて、わたしは好もしく感じましたよ」

九頭目伊豆の全身からは、すっかり生気というものが消え失せていた。

七章

「メシモリの庄ちゃん」

　永之進の呼びかけに、直感的になにかを感じたのだろう、飯森庄之助はいやな顔はしなかった。

「お会いになられたのですね」

「おお、察しがいいな。さすがに、メシモリの庄ちゃんだけのことはある」

「それで？」

「不意打ちをくらった」

「いかがでした」

「遠くからお姿を拝見いたしましたが、と申したな」

「仰せのとおりです」

「どのくらい遠くからだ」

「二町（約二百二十メートル）ほどでしょうか」

「嘘をついた訳ではない」

「なぜ、わたくしが嘘を」

「ちゃんと逃げ道は作ってある。たいしたものだ」

「……！」

「どうして正直に申さなかったのだ。ま、わかってはおったがな。庄之助は正直だから、喋っても喋らなくても、いや、黙しておるときのほうが雄弁だ。めずらしき男よ」

「おのれにそのような才があることには、気づきませんでした。これからはせいぜい、黙るようにいたしましょう」

「あれは、じゃじゃ馬だな。春嵐のようには簡単にゆかんぞ。なにしろ喋るからなあ」

「多弁でしたか」

「多弁という訳ではないが、言いたいことだけを言いおった。ま、これで煩《わずら》わしいことがとりあえず終わった。源氏の瀧の別墅に出かけて、しばらくのんびりすごすとするか」

「ただちに手配いたしましょう」

「その心配はいらん。わしは好きにしてよいことになっておるのでな」

「供をする者どもの手続きをしておきませぬと、無断外泊は罰せられ、次第によっては腹を召すことにも」

「なんだ、護衛つきか」

「あたりまえでございましょう」

それでは安気《あんき》に羽根を休めることもできないと思ったが、しかたがない。

源氏の瀧は、別墅の窓を開くと、眼前に一幅の絵のように、ほぼ全貌を現した。

幅は一間（約一・八メートル）で高さはその三倍位だが、瀧は純白のみごとな輝きを見せていた。瀧壺ちかくでは、色の境界が曖昧《あいまい》な虹が架かっている。

庄之助が言ったとおり、窓を開けたままでは、大声を出さなければ聞こえそうにない。

渓《たに》に張り出した岩盤の上に建てられた別墅は、八畳と六畳、書庫と茶室、そして厠《かわや》という手狭なものである。三方は断崖であり、一箇所が山肌を削って造られた細い道につながっていたが、その先には六十歳近い番人夫婦の住む小屋が建てられていた。

会った最初の日に庄之助が誘ったように、内密の話には好都合な場所である。

瀧のそばにやや開けた土地があり、かつて開幻寺《かいげん》があったのだが、焼失したまま になっていた。開幻寺の瀧が縮まってゲンジの瀧となり、親しみやすいことから源氏の瀧と呼ばれるようになったものらしい。

失礼、と声をかけて庄之助が窓の障子を閉めた。

「ここにいる五名、それがしを加えて六名の者は同志です」

庄之助が永之進と膝を突きあわせるように正座し、真剣な眼差《まなざ》しで見詰めながら言った。庄之助の雛型《ひながた》のようなほかの五人も、無言のままで凝視している。

「若君、真意をお聞かせねがえませぬか」

永之進が答えないので庄之助は続けた。

「お答えにくいでしょうから、それがしから申しましょう」

要するに、永之進に次の藩主になってもらいたいということだ。

今回の処置にはどうしても納得できないし、このままでは斉雅が病弱なのをいいことに稲川が藩をわがものとしてしまう。いや、現に取り返しがつかない状況に追いこまれてしまっているのだ……父斉雅が言ったのとおなじ内容である。

「早く手を打たねば、まもなく弟君が新しい藩主となられるは必定。千代松さまは、稲川にとっては扱いやすいでしょう。しかし、稲川が藩の中心に居座っているかぎり、民は圧政に苦しまなければなりません。藩士のあいだに、いや町人百姓にまで、若君を藩主にとの声が高まりつつあります。稲川一派にとっては、若君がご健在なかぎり安心はできません。眼の上の瘤《こぶ》にも似た存在。かならずや亡き者にしようと」

「わしは父に叛《そむ》く気はないし、弟をどうこうしようという気もない」

「相手は稲川です」

「なら、稲川の非を暴くが先であろう」

「やってはおりますが、簡単に尻尾《しっぽ》を摑《つか》ませるような狸《たぬき》ではありません。それに、悠長なことを言っている段階では」

「どうしろと申すのだ」

「先手を打つしか方法はありません。若君に、応《おう》とおっしゃっていただきたいのです」

「そうすれば、稲川に対抗できる員数を集めることは可能です」

飛び出すような目をして、永之進と庄之助のやり取りを聞いていた五人の内の、もっとも上背のある川上鉄平《かわかみてっぺい》が、たまらずという感じで口を挟んだ。

「稲川を除き、お上には病気を理由に隠居していただいて、同時に若君を新しい藩主にとの手続きを取ります」

「もし、わしが否《いな》と言えば、そのまえに父が隠居に応じなければ、それよりも稲川殺害に失敗すれば、どうする心算《しんさん》だ」

「絶対に成功させます」

自分たちの計画がかならず成就《じょうじゅ》するとの前提で、すべてを考えているのである。さまざまな状況の変化への対応どころか、次善策さえ考慮していないのでは、話にならなかった。

「気持はわからぬではないが、それでは事は成し遂げられぬ」

真剣に藩の改革を考えているのかもしれないが、あまりにも短絡でありすぎる。まずたしかな証拠を集めて背任の事実を明確にし、その上で退任に追いこむ以外に方法はない。

「本来なら藩士の監視をおこなうべき目付が、稲川の息のかかった者ばかりでして」

「一人もおらぬのか」

「一人二人おりましても、身動きできません。それに、町奉行の平野左近《ひらのさこん》も稲川の子飼いというありさまです。それゆえ、若君のご賛同をいただきたいのです。暗殺はわれわれでなんとかいたします」

「すべては法に照らしておこなわねばならん」

「その法を、やつは破っているのです」

「だからと言って、私的な処置に走れば同類ということになる」

堂々めぐりであった。歯車が嚙みあわなければ、どこまで進んでも距離は縮まらない。

「稲川を除くのがわれらの役目です」

「問題はそのあとだ。具体的に、どのように改革して行こうと考えているのか」

「それは若君に」

「子供の陣取り合戦ではないのだぞ。飯森は黙っておれよ」庄之助に釘を刺してから、永之進は若侍たちに言った。「では訊くが、おまえたちは藩の住人の数を知っておるのか」

だれ一人として答えられなかった。

「九万九千九百六十三人、うち士卒が家士と陪臣およびそれらの家族を含め四千二百九十人。江戸藩邸が上中下の屋敷をあわせて、士卒が四百四十六人、女中が二十二人で四百六十八人。わしが園瀬入りした当日の人頭だ。その後、生まれた者があり死んだ者もいるので、若干《こ》の増減はあろう。わしが最初に飯森から話を聞いたとき、一部の者が私腹を肥やし、残りの住民のことごとくが喘いでいるのでそれを糺《ただ》したい、とそう言った。おなじ気持だな」

全員がおおきくうなずいた。

「とすれば、そのまえに学ばなければならぬことが山積《さんせき》しているのではないのか。住人の数も知らずに、政《まつりごと》を口にするのはおこがましい。わしは江戸から来たばかりでなにもわからぬが、家老として政に携《たずさ》わるために、根本から学ぼうと思う。その上で変革が必要ならば断じておこなう。そのためにも万事遺漏《いろう》があってはならぬ。武力で解決できる問題は知れているし、使うには万全の注意を払わなければならない。それを理解しての上であれば、わしも協力するに吝《やぶさ》かではない」

いささか危険ではあるかもしれないと永之進は思ったが、言ってしまったのである。

危険な賭けではあろうが、かれにしても一人でできることにはかぎりがあった。この若侍たちの力を借りねばならぬことも生じるはずだ。覚《さと》られぬこと、単独で行動しないこと、功名を焦らぬことなどの注意を与えてから、永之進は全員をうながした。

「よし、これから木太刀《きだち》の稽古で汗を流して、瀧壺で泳ぐとしよう」

顔を見あわせる若侍たちに、永之進は笑いかけた。

「若くて元気にあふれたのが、力をもてあましていると思わせるのだ」

稽古着が重くなるほど汗を流し、いかに南国とはいえまだ冷たい瀧壺で泳ぐとなると、十七、八歳の若者ばかりである、いつしか熱中してしまったようだ。

心地よい疲労を感じながら別墅にもどったかれらは、番小屋の女房の田舎《いなか》料理に舌鼓を打ち、食後に出された一人当たり一合ほどの酒に酔ってしまった。

女房が笑いながら寝間の用意をしたが、それが待てないほどで、たちまちにして鼾《いびき》をかきはじめたのである。

一人だけ六畳間で夜着にくるまった永之進は、大小刀の下緒を結びあわせ、結び玉を右胸下に折り敷いて横臥した。

藩の別墅とはいえ、どのような事態が勃発《ぼっぱつ》しないともかぎらなかった。左手で大刀の鯉口近くを、そして右手で柄を握り、柄頭で左のこめかみを護るようにして永之進は寝た。

瀧の落下音や松籟《しょうらい》を聞いているあいだに、いつしか、かれは眠りに落ちてしまった。

人の気配を感じたのは何刻であっただろうか、一瞬、全身が総毛立つような緊張が走った。そっと柄を握りなおし、鯉口を切ろうとしたとき、

「桔梗でございます。どうかそのままで」

永之進は気づかぬ振りを続けたが、声は桔梗のものにまちがいなかったし、かすかに化粧の匂いも鼻孔に届いていた。

殺害が目的であれば、有無を言わせずに襲いかかるはずであった。それにしても、桔梗がなぜこのような時刻に、別墅に現れたのであろうか。

「お店にはおいでになられませんし、一筆とも思いましたが、万が一のことを考えましたので」

永之進は柄を握ったまま、ゆっくりと上体を起こした。かろうじて、人の輪郭を認めることができた。

「なぜここに居ると」

「園瀬の城下は狭《せも》うございます」

桔梗が膝を使ってにじり寄ってきたので、一気に若い女の肌の匂いが強くなった。永之進が隣室の八畳をちらりと盗み見ると、

「起きる気遣いはありません」

「薬だな」しばらく考えてから永之進は言った。「酒に入れたか。それとも、番人夫婦を丸めこんだか」

「二人は気付いてもいないでしょう」

「しかし、なぜに」

「野暮でございますよ」桔梗がさらに体を寄せてきた。「こうでもしなければ、二人きりになれぬではございませんか」

「わしも飲んだかもしれんぞ」

「このまえ、飲めないと。殿方にとってご酒をいただけないことは、真《まこと》に恥ずかしいことでございます。冗談であのようなことは申されませぬ」

「……！」

「園瀬の盆踊りをごらんになりたいと、おっしゃいましたね」

「見せてくれるのか、ここで」

「無茶を申されては困ります。でも、ねがいを聞き届けてくださるなら、明日の夜、お連れいたします」

不意に、桔梗が首に腕をからめて永之進を引き寄せた。抵抗する暇もなく、顔が触れたかと思うと唇が重なり、歯を押しひろげるようにして舌が滑りこんで、全身を痺《しび》れるような感覚が走り抜けた。

永之進は刀を体から遠ざけると、桔梗を押し退けようとしたが、掌に触れたものは信じられぬほどやわらかく、しかも弾力があった。

桔梗がホッと吐息を洩らした。

薄物の下にあるのが乳房だと気づき、引こうとしたが手首を摑まれてしまった。桔梗は二人の手を重ねたまま、乳房を揉みしだいた。

「わしには妻がおる」

「三年も先ではありませぬか」

「吸物・盃事の儀とやらをすませたゆえ、妻も同然だ」

桔梗は永之進の言葉を無視して、重ねた手をわずかずつ、十分に感じてくださいませとでも言いたげにずらせていった。ひんやりと感じられるほどなめらかで冷たい部位もあれば、血の管が脈打つのが感じられることもあった。

永之進は抵抗できなかった。豊かな下腹、そして縮れてやわらかな体毛に指が触れると、桔梗は永之進の手を一気に引きおろした。指先が熱っぽくて湿った部分に滑りこむと、二人は同時にアッと声をあげた。

桔梗は重ねていた手を離すと、腕で永之進の手を押さえこみながら右手をかれの股間に伸ばし、同時に左腕を永之進の腰にまわして自分の上に引きあげようとした。

右膝を突くと、かれは導かれるままに桔梗の体に身を重ねていった。彼女はゆっくりと体を開きながら、なおも右手を使って二人の結びつきをたしかなものにしようとし、手を離すと両腕を腰にまわしてきた。

腰を沈めると同時に、腿《もも》の付け根から脇腹にかけて、痛みと快感があわさったような痺れが走り抜けた。おびただしい量のなにかが、激しい勢いで、際限がないと思えるほど桔梗に注ぎこむのを感じた。

「じっとなさっていてください」

喘ぎながらそう言うと、桔梗はさらに腕に力をこめて永之進の腰を引き寄せた。

長い時間が経ってから、桔梗は永之進の耳もとでかすれた声で囁《ささや》いた。

「お待ちくださいましね」

それから永之進の体をゆっくりと仰向けに寝かせ、右腕を伸ばしてなにかを取り出したようであった。

すぐに、羽毛のようなものが股間に触れた。薄くてやわらかな絹か極上の紙のようであったが、その触れるか触れぬかという感触が、強烈な刺激となった。

「ほら、もう、このように」

含み笑いをすると、桔梗は指先ですばやく撫であげた。一瞬、痛みに似た快感が頭の先から天空に突き抜けていった。

左腕を腰の下に差し入れ、反対の腕で左腿を抱きかかえながら、桔梗はふたたび自分の体の上に永之進を引きあげた。

「これからわたくしが、本当の……」

それから先は、耳の奥で脈打つ血の音の激しさのために、聞き取ることができなかった。

ゴウゴウという轟《とどろ》きが、長いあいだ鳴り続けていた。なぜ鳴り止《や》まないのだろうとふしぎに思いながら目を開けると、轟きは瀧の落下音に変わっていた。

反射的に隣を見たが桔梗の姿はない。指先だけでなく、腹や腿、いや全身に桔梗のやわらかくしかも弾力のある肌の記憶が残っているのに、その姿がないというだけで、昨夜の秘めごとが現実にあったことではないように思えはじめた。不安になって夜着をかき寄せ、鼻を近づけると、まぎれもない桔梗の匂いがして、全身がカッと熱くなった。同時に部屋中に、桔梗の汗ばんだ肌が発した匂いが、それにまじったかれの体臭が濃密に満ちているような錯覚にとらわれた。

永之進が起きて窓を開けると、瀧の轟きが押し寄せてきた。かれはすべての窓を開け、夜着を何度も振って匂いを飛ばした。

濡縁に出ると、渓からのさわやかな風が肌の火照《ほて》りを急激に冷ましてくれた。

八章

「ほれでは、心置きのうお楽しみに」

茶と黄粉餅の皿を置くと、五十がらみの女房は、永之進に南部鉄製らしい呼鈴を示して言った。

「なんぞあったら、鳴らしてくだはるで」

盆を胸のまえで抱えると、女房は奥に消えた。

呉服町《ごふく》にある羽織師幸六《こうろく》の仕事場の薄暗闇で、永之進は板の間に敷かれた茣蓙《ござ》に坐っていた。

幸六は羽織、袴、足袋《たび》などを仕立てる縫物師の親方であった。腕のいい職人らしく、針刺、糸巻、裁物《たちもの》包丁や生地などが、仕事台の上や横にきちんと整理されている。

幸六は早い時刻から浴衣《ゆかた》に着替え、絞りの鉢巻を締め、踊り用に裏を補強した足袋穿《ば》きという出で立ちであった。かれは店の土間で、職人たちと軽口を叩きあいながら、足先で調子を取っていた。職人の、ある者は笛を試し吹きし、べつの男は鉦《かね》を叩いている。

そして幸六は、日が落ちるのを待ちかねたように、職人たちを引き連れて飛び出して行ったのである。

「盆に仕事するような者《もん》はな、本物《ほんま》の園瀬っ子とは言えんでわ」

その台詞《せりふ》を、わずかな時間に幸六は何度も繰り返した。

永之進はできれば「花かげ」の離れから見たかったのだが、年に一度の書き入れ時であり、盆の四日間は藩の重職たちも姿を見せないので、料理屋は軒並み商人の天下になるのだと桔梗に教えられた。豪商が家族連れで楽しみ、あるいは他藩や京大坂の問屋筋を接待するとのことである。

踊り手は町内や仕事の仲間で組を作り、それを連《れん》と呼ぶ。ちなみに園瀬の城下では武家の住居する地区は丁、そのほかは寺社地も含め、町をつけて呼んでいた。

踊りの連は町中を練り歩くので、大店《おおだな》では店先に床几《しょうぎ》や縁台を出して休憩所を用意し、酒肴《しゅこう》を振る舞った。酒が少なかったり食物が粗末だったりすると、いつまでも店のまえで騒ぐ質《たち》の悪い連中もいる。

「花かげ」で遊ぶ商人たちは、内庭に評判の高い連を呼んで踊らせ、祝儀をはずんだ。すべての部屋が前年より予約済みで、空室などあろうはずがなかった。

どうしても園瀬の盆踊りを、それも間近で見たいという永之進のために、桔梗が幸六の仕事場を世話してくれたのである。

格子の向こうを、家族連れや町内の若い連中、転がるような声で笑いさんざめく娘たちが通りすぎて行く。鉢巻をして帯のうしろに団扇《うちわ》を差し、子供を肩車した若い職人とその女房、きょろきょろとまわりを見ている、いかにも不慣れな他郷からの見物人、派手なそろいの浴衣を着て全員が面をおおった連、それに向かってさかんに吠える犬……。町には混沌《こんとん》たる熱気があふれていた。

永之進の胸は、ときとともに高鳴っていく。いよいよ園瀬の盆踊りを見ることができるのだという、期待と興奮が胸に満ちていた。

しかもここにいることは、桔梗と幸六の家の者しか知らなかった。飯森庄之助や川上鉄平を撒《ま》いて、かれはわくわくしながら薄暗闇に潜んでいた。

庄之助たちは血眼《ちまなこ》になって捜していることだろう。藩主の長子の行方がわからないなどという事実が発覚すれば、目付より厳しく叱責されるはずだ。いや、叱責程度ではすまなくなる。

しかし今回のことは、庄之助に知られてはならなかった。源氏の瀧の別墅で数日をすごしてからというもの、庄之助は永之進の行動に、どことなく不審を抱いているふうである。

桔梗が忍びこんできた翌朝、庄之助は武士たるものが、前後不覚に熟睡したことを恥じていた。

「はしゃぎすぎたのであろう」

永之進はそう決めつけた。

木太刀の稽古に汗を流し、瀧壺で泳ぎ、こまごまとした取り決めの多い日常から解放され、存分に楽しんだのである。しかも夜は飯を腹一杯になるまで喰い、酒も飲んだ。むりもないだろうと永之進が言っても、庄之助は釈然としない顔をしていた。

その日、永之進は外出せずに書を読むことにした。庄之助も残ったが、ほかの者は稽古着に着替えると、木太刀を手に飛び出して行った。道場でなく、太陽の下での打ちあいが楽しくてならないふうである。

書を読むと言いながら、永之進はほとんどを横になって肘枕ですごした。睡眠不足でもあったし、気怠《けだる》い疲れも残っていた。

薄ぼんやりとしてほとんど輪郭しかわからなかった桔梗の裸体や、熱く耳をくすぐる吐息、汗ばんだ肌の匂い、そして指先や掌、下腹や内腿に残った、蕩《とろ》けるような感触が、矢継ぎ早によみがえる。書見台をまえにしても、文字は頭を素通りするどころか、眼にも入らなかった。

夜になって食事となったが、庄之助は前夜を悔いて酒を飲もうとしない。

「それがしは特に強うはございませぬが、一合やそこらの酒で前後不覚になるとは思えません。武士として恥じているのです」

「なかなか立派であるな。その意気、おおいに気に入ったぞ。気に入ったゆえ、わしの酒を受けてもらいたい」

永之進が徳利を持ちあげたが、庄之助は盃を伏せてしまった。

「わしはこの手をどうすればいいのだ」

「それがしがいただきとう存じます」

「朋輩《ほうばい》の代わりに、身を挺《てい》して犠牲になろうと申すのか、気に入ったぞ」

「それがしも」

次々に若侍たちが盃を差し出したので、永之進は大袈裟《おおげさ》に喜んでみせながら、とはしない。

酒を注いでやった。庄之助は恨めしそうに見ていたが、なかなか盃を手にしよう
「それより、若君こそいかがでございますか。家老になられるとしましても、酒
が飲めぬではお役が務まりますまい」

「伊豆のところにあいさつに行ったおりに、かたちばかり口に含んだが、あとで
頭が痛くてひどい目に遭った。どうやら酒は、体にあわんらしい」

「一滴も飲めぬ者は、本当は少ないとのことでございます」

一人がそう言うと、べつの男が相鎚を打った。

「もどせば、自然と強くなりますからね」

「そうそう、一度もどせば一勺《いっしゃく》強くなるそうです」

「飲んだ酒を吐きもどすということか」

永之進が訊くと、相手はおおきくうなずいた。

「はい。一度で一勺ですから、十度もどせば一合飲めるようになる計算です。百
回なら一升《いっしょう》ですから、それだけ飲めれば十分でございましょう」

「そうまでして強うなりたいとは思わん」

「しかし、武士が酒を飲まずに、饅頭《まんじゅう》なんぞを口にするさまは、絵になりませ

ん」

「わかった。追い追い考えるとしよう」

笑顔で若侍たちとの話を打ちきって、永之進は庄之助に言った。

「昨日は暴れまわったゆえ酔うたかもしれんが、今日は書見をしておとなしくしておったではないか。それでも前後不覚になるような男かのう」

横から川上鉄平が口を挟んだ。

「酔いつぶれたと言っておるが、朝まで気持よく寝られたということだろう。変事があれば当然、気がつく。それが武士というものだ。不安なのか？」

からかわれて、庄之助は気分を悪くしたようだ。だが永之進は、なんとしても飲ませて、連中にはむりにも眠ってもらわねばならなかったのである。

永之進は夜具に包《くる》まって、耳に全神経を集中させていた。

結局、庄之助に酒を飲ませることに成功したが、一度口にするとなかば自棄《やけ》になって、歯止めがきかなくなってしまうものだ。けっこうな量を飲み、若侍たちは隣室の八畳間で眠りに就《つ》いたのである。

何人かの鼾《いびき》がまじりあって、中には派手な往復鼾もあったが、一向に起きる気配はなかった。
うとうとしたらしく、気がついたときには桔梗が枕もとの暗がりに蹲《うずくま》ってい
た。永之進にうなずいてみせると、桔梗は先に立った。
建物の横を擦り抜け、番小屋のまえを通ったが、瀧の音と樹葉の騒ぐ音がおお
きいので、注意を払う必要もないようだ。
二人が崖に穿《うが》たれた細道を抜けて坂をおり、渓川沿いの道に出ると駕籠が待っ
ていた。ここでじたばたしてもしかたがない。永之進はためらうことなく乗りこ
んだ。
すべてが無言のままに運んだ。永之進は見当をつけようとしたが、夜であり、
しかも山道である。曲がりくねって進んだし、登りくだりもあった。右に左に曲
がったので、たちまちにして方向感覚は麻痺《まひ》してしまった。
駕籠をおりるとすぐに建物に招き入れられたが、百姓家のようではない。藁葺《わらぶ》
きであるが、内部の木組みなどは太い材を使って頑丈に造られている。かつての
郷士の屋敷であろうか、と永之進は思った。
五十年輩の男女と中年男、そして若い男が二人、それで全員である。若い男は
駕籠を担いだ者たちであった。かれらは体格がよく、寡黙《かもく》であったが、愛想が悪

いとか陰気という訳ではない。

「ようこそのおいでで。園瀬の盆踊りを、それも人知れずご覧になりたいっちゅう仰せなので、こんな山中においでいただいたような訳でな」

おだやかに喋ったのが羽織師の幸六で、女がその女房、男たちは幸六が使っている職人だと、のちになって永之進は知った。

「むりを申してすまぬ」

それではさっそく始めようということになり、幸六たちは鳴物の用意をした。

幸六が笛、女房が三味線、中年男が太鼓、若い二人がそれぞれ鉦と締太鼓の担当であった。囃子に必要な、最低限の人数が集まったのだろう。

かれらはごく短い時間、音あわせをやっていたが、鉦の連打を合図に一斉に囃子が開始された。

身近で聞くと、驚くほどの音量であった。いくら山中だからといって、だれかに聞かれるのではないかと、永之進は思わず腰を浮かしかけた。なんとも凄まじい、派手な囃子である。

その囃子が突然に止んだが、耳の奥でワーンと音が鳴り続けていた。

永之進の不安を見透《みす》かしたように、幸六が笑いながら言った。

「障子、雨戸を立て切ったあるけん、音はそれほど洩れはせんでわ。聞かれても、狸囃子じゃとごまかせばええ」

そう言って目顔で合図すると、にぎやかな囃子が再開したが、ほどなくそれは終わった。

幸六が講釈する。

「盆踊りには、男踊りと女踊りがあってな。ほれから若い娘さんの踊る、女の男踊りもあるんじゃ」

髪をきつく結《ゆ》いあげて鉢巻をした娘が、浴衣の尻をからげ、踊り足袋になって踊るのだという。短い下穿きを着けているだけなので、白い腿が剝き出しになる。美人で踊りもじょうずだと、たいへんな人気を呼ぶとのことであった。

胸には晒し木綿を巻いているが、踊りに夢中になると、激しい動きと汗のために次第にずれて、なにかの拍子に、ぽろりと乳房がこぼれ出ることもあるらしい。

幸六が解説しているあいだに、桔梗が踊り衣裳《いしょう》に着替えて現れた。

菅の編笠をかぶり、その紐を顎の上下二箇所で結んでいる。水色の衿《えり》をかけた浴衣に幅広の黒繻子《じゅす》の帯を結び、下は眼の覚《さ》めるような緋の長襦袢《ながじゅばん》であった。

歩を運ぶたびに、裾からそのあざやかな色が現れては消えた。そして素足に、赤い鼻緒の黒い塗り下駄を履いている。

下駄の歯が板の間に、乾いた小気味よい音を響かせた。

四箇所に置かれた燭台では、百目蠟燭《ひゃくめろうそく》が明るい輝きを発しているので、桔梗の影が幻想的に揺れ動いた。

「女踊りは、組になってこそ味が出るんやけんど」

鉦の一打ちでにぎやかに囃子が始まり、同時に桔梗が滑《なめ》らかに、流れるように中央に進み出た。

両手を差しあげて左右前後にゆらめかせると、浴衣の袖がさがって、真っ白な二の腕が剝き出しになった。永之進はあの夜の桔梗を思い出して、思わず体の芯が震え、熱くなるのを感じた。

下駄の先端とまえの歯が同時に床を打つように斜めにして、まえに出てはうしろにさがる動作を、桔梗は小刻みに繰り返した。そして右に左にと揺れ動くのである。

なるほど、組になって踊ればいっそう艶《あで》やかだろうと、永之進はそのさまを思い描いていた。

男踊りは浴衣の尻を端折《はしょ》り、腰を落として膝を曲げ、右手に団扇を持って両手をくねらせ、折り曲げたり揺らしたりする。

締太鼓を桔梗に渡した若者が、しばらく見本を見せてから、永之進にも踊るようにうながした。

簡単にできそうな気がしたが、体がまるで思うようにならない。見物していたときには、体のそれぞれの部分が囃子にあわせて動いていたのに、実際に踊り始めると、自分の体でありながら、信じられぬほど自由にならなかった。

足は蹴り出しては引っこめる動作を左右交互に繰り返すが、腰を落として膝を曲げているので、ぎくしゃくしてしまうのである。しかも足に気を取られると手が留守《るす》になり、手に注意を向けると足が滑らかには動かない。

わずかな時間で、永之進は汗まみれになってしまった。

「なるほど、近隣に知れ渡っているだけのことはあるな」

「満足してもらえたで？」

「ああ、おかげで堪能《たんのう》できた」

永之進は用意しておいた礼金の包みを、ほかの者には見えぬように幸六に渡した。

屋外に出たときの月の位置からすると、八ツ（午前二時）くらいであろうか。

「今夜かぎりでございますね」駕籠に乗りこもうとする永之進に桔梗が囁いた。

「これからは、気をつけませぬと」

「気づかれたようだ」

「はい、気づかれております」

「盆にはぜひ本物を見たい」

「……！」

「なんとかならぬか」

「どうしても、でございますか」

「どうしてもだ」

桔梗はしばらく考えこんでいたが、やがてうなずいた。

「なんとかいたしましょう」

「ほかでは見られぬ、南国園瀬の盆踊りだからな」

寺町で永之進が春蟬に驚かされて以来、飯森庄之助はなにかというと、「南国ですからな」を連発するようになった。その癖《くせ》が、いつの間にか永之進にもうつっていた。

そしてたしかに、南国は江戸とは桁《けた》がちがう。例えば雨である。梅雨時にもかかわらず、途轍《とてつ》もなく激しい雨が降ったことがあった。屏風《びょうぶ》のように西方をさえぎった山地の上空に雲が見えたかと思うと、あっという間もなく園瀬の盆地全体が、黒くて重い雲に蓋をされてしまった。

地上は夜のように暗くなり、わずかに山の稜線が見えるだけになったが、それでも一滴の雨粒も落ちてはこなかった。

ところが垂れさがってきた雲の一箇所が崩れたかと思うと、篠竹の束を天から突き立てるにも似た、まさに車軸を流すような雨になったのだ。

そのときも横に庄之助がいて、重々しく言った。

「これが南国の雨というものです」

九章

　ある日、庄之助が胸を張って言った。

「江戸では絶対に見ることのできぬ、園瀬ならではのものをご覧いただきましょう」

　二人は日が落ちて四囲が暗くなってから、本丸東南角にある巽櫓《たつみやぐら》に登った。

　眼下には重職たちの屋敷があり、それぞれが塀に囲まれ、邸内には樹木が鬱蒼《うっそう》と茂っている。その向こうには黒々とした濠が幾重にもめぐらされ、調練の広場がぼんやりと白く見えた。さらには町屋や下級藩士の組屋敷、足軽小者の組長屋があるはずだが、夜の底に沈んで判然としない。

「おう、これは」

　永之進は思わず声をあげた。心の深い場所で、なにかが弾けたような気がした。

花房川から引いた用水が、武家丁と庶民の町を、濠や溝となって、網の目のように張りめぐらされている。用水は水門から堤防の下を潜り、満々と水を湛えた広く深い濠となっていた。途中で分かれて、一本は入り組んで城郭の濠を成し、もう一本は灌漑《かんがい》用水として水田地帯に延びている。

城の麓の武家地を取り巻く濠も、城下の町並みをすぎたあたりから分岐し、盆地に何本かの幹のように延びていた。そこから次々と枝分かれして、さらには小枝となっている。そのように次第に細くなりながら、隈《くま》なく盆地全体に水を運んでいるのである。そのさまを明瞭に見て取ることができたが、なぜなら水辺に集まった蛍《ほたる》が、闇に水路を描きだしていたからであった。

幹から枝、そして小枝へと、用水から分岐した溝、さらには一枚一枚の田に水を引き入れる小溝までが、金粉を塗《まぶ》した大樹のように闇に浮かびあがっていた。しかも金粉は点滅を繰り返している。

――これは、なんと！

見たことがあったのだ。

あれはいつであったか……。

庄之助が得意気に言った。

「江戸はもちろんのことですが、園瀬の里でも、下界にいては見ることができません。まさに値千金」

輝く大樹の先端は闇に溶けこんで見ることができなかったが、それが園瀬の盆地の広大さと豊かさを実感させた。

幹から太い枝、そして小枝を浮きあがらせて、明滅する巨樹。

そうだ、あのとき、かれは思わず呟いたのだった。

「おおきな木のようですね」

「砂金を撒いたようじゃ。生きた砂金が輝いておる」

感極まったような、いくらか震えを帯びた声を出したのは母だった。

「なんときれいな」

「美しいと思いますか」

「はい」

「美しいものを美しいと感じることは、とてもたいせつなことなのです。美しいものの美しさがわからぬと、醜いものも見わけられません。澄んだ目で、静かに、じっと見ることです。どんなものに対しても、どんな人に対しても。……そうすれば、そのものの本当の姿が見えてきます」

「じっと見るのですか」

「濁《にご》りのない目で、じっと見ることです。そのためにも、澄んだ目をもち続けなければならないのです」

「澄んだ目？」

「その目です。亀松の目は、きれいに澄み切って輝いておりますよ」

やがて江戸に出て、藩主になるために学ぶことになるだろう、と母は言った。

あるいは母は、かれが江戸に出てしまうと二度と逢えないかもしれないと、予感していたのではないだろうか。だから二人だけで、蛍を見ることにかこつけて話したかったのかもしれない。そのため侍女たちを階下に待たせて、母子だけで櫓に登ったのだ。

「身なりや位だけで人を見てはいけません。人の値打ちは、心が卑《いや》しいか卑しくないかによって決まるのです」と母は言った。「江戸に出ると、いろいろな人に出会うでしょう。言葉の巧みな人、人を蹴落としてでも自分が上に出ようとする人や、楽をしたいという人がいます。反対に無愛想だとか、無口でぶっきらぼうであっても、心根のやさしい人、志《こころざし》の高い人もいます。濁りのない目で静かに見れば、おのずと相手の真の姿が現れるものですからね。なにも恐れることはないのですよ」

あれが母とすごした最後の夏となった。自分がいかにたいせつなものを喪ったかを、改めて永之進は感じた。

美しいものを美しいと感じられることは、とてもたいせつだと母は言った。

その膝で盆踊りの囃子を聞いたのは、もっと幼かったころのことだ。

あのとき、母は思わず知らず膝を揺らせて調子を取っていた。母にとってあの囃子は、心地よく楽しいものであったのだ。

園瀬の盆踊りの囃子をなつかしく感じたのは、母が囃子を好んでいたからだろう。それが子供心にもわかったからこそ、なつかしさが甦ったのだ。

隣りでは庄之助が、黙って盆地に輝く巨樹を見ている。この男は、どういう気持で自分に蛍を見せようとしたのだろうか。

ぼんやりとそんなことを考えていた永之進は、思わず息を呑んだ。

めいめいが勝手に点滅を繰り返していた何万何十万とも知れぬ蛍が、一斉に点滅を始めたのである。黄金色の樹が闇に浮かびあがったと思うと、次の瞬間には、黒漆《くろうるし》を塗りこめたように真の闇になった。息を詰めて見ていると、輝きがもどり、そして消えた。

しかし、みごとにそろっていた輝きは、わずか数回で崩れはじめ、次第に曖昧《あいまい》になると、間もなくもとにもどってしまった。

「ふーッ」

永之進と庄之助は同時に、止めていた息を吐き出した。

「わたしも、このようなみごとな眺めは初めてです」

庄之助の声はかすれ、しかも滑稽《こっけい》なほど震えていた。

「なにしろ、南国のことだからな」

冗談で笑わせようとした永之進の声も、裏返って別人のようであった。

――あのときとおなじだ。

急にそろいはじめ、そして二、三呼吸は、まるで巨大な生きもののように一斉に点滅し、ほどなくもとにもどったのだ。

そなたは祝福されている、と母は声を震わせながらそのようなことを呟いた。なにか、とてつもなくおおきなものに、護られているにちがいない、と。

「おわかりですか」

しばらくして庄之助が言ったが、永之進が答えないので続けた。

「これぞ、天の声でございますよ」

「単なる偶然にすぎぬ」

「なにが偶然なものですか。園瀬にどれだけの蛍がいると思われます？　その蛍がそろって、一つの生きもののように光ったのですよ。若君がこの櫓にお登りになられるのを、まるで待っていたように。これぞ奇跡です。天の声としか申せません」

「よさぬか。それに、このことはだれにも言ってはならん。わかったな」

前山で大蛇に出会ったのは、咄嗟《とっさ》の作り話であったが、蛍はちがった。二人の眼のまえで、まさに神秘としか言えぬ現象が起きたのである。大蛇に加えて、蛍の光の噂を撒き散らされてはたまったものではないが、庄之助の口に蓋をすることはどうやらむりのようだ、と永之進はなかば諦めたのであった。

その庄之助に園瀬の盆踊りを見たいとほのめかすと、けんもほろろであった。

「あれは百姓町人のものです。武士たるもの、あのように下品なものは見るべきではありません」

あきれ果てたと言いたげに目を剝いた庄之助を、撒いてしまったのである。

絶対に発覚してはならなかった。

ところが踊りが始まると、永之進はおとなしく莫蓙に坐っていることができず、次第ににじり寄っていた。永之進が潜んでいるのを気付かれまいとしてだろう、幸六が格子の向こうに葦簀《よしず》を垂らしていたので一部しか見ることができず、もどかしくてならなかったのである。

広場では篝火《かがりび》が焚《た》かれ、家々の軒には盆提灯が吊るされていた。外は昼のように明るく屋内は暗いので、よもや見つかるまいとの気持も強かった。

「なにをしよんで？」

幸六の女房に注意されたとき、永之進はいつの間にか、格子に鼻づらをくっ付けるようにして見入っていた。

「噂にたがわずみごとなものだ」

「感心しとる場合ではないでわ。なんぞあったら、怒《おこ》られるんはわたしやけんな」

永之進はまさに魅《み》せられていたが、それは踊りの変幻の秘密というものを、わずかながら垣間見ることができたという気がしたせいもあった。

最初は、ただただ見惚れていたのである。

郷士屋敷らしい家で桔梗たちに見せてもらったのは、男踊りと女踊りの基本以前であった。今、目前にしているのは、まったく別物だったのである。

――これが、園瀬の盆踊りというものか。

永之進は、ただひたすら、われを忘れて見入っていた。

しばらく見ていると、変幻自在な踊りに、調子の変わり目があるらしいのがわかった。

一瞬にして乱調子になったり、波が退くように静かになったりする。右のほうへとゆるやかに移動しながら、みごとな手さばき足さばきを披露していた娘たちが、寸分の狂いもなく、次の瞬間には左へと円滑に向きを変えて、しかも踊りは途切れることなく続いていた。

男女がめいめい勝手に、踊るというよりは舞うように、優雅に静かな動きを見せているかと思うと、突然の乱調子になる。

目にもとまらぬほどの激しい手足の動き、憑《つ》かれたような瞳、上気して染まった頬、それらは見ている者を恍惚《こうこつ》とさせる魅惑に、あふれていた。そして一瞬ののちには、その何倍もゆるやかな動きに、変わっているのであった。

――これは凄い！

永之進は踊りに見入り、耳は囃子の微妙な変化をとらえていた。早くも遅くも、いかようにも変容し、しかも踊りと鳴物は、一糸乱れることがない。

そして永之進は、合図を送っているのが鉦らしいことに、気づいたのであった。

かれは自分の発見にすっかり興奮していたが、考えてみるまでもなく、鉦ほどその役目にふさわしい鳴物はなかった。

笛や三味線にあわせているときとはちがう連打や強い一撃のあとに、踊り手たちは木の葉が裏返るように、踊りの手振り足運び、緩急などを変える。何列にもなって整然と踊っていた娘たちの、奇数列が右に偶数列が左にとあざやかな交差を見せ、一斉に振り返っては逆方向に動いて擦れちがう。その瞬間は、繰り返し見ても飽きることがない。

なるほど、これでは早くからの稽古が必要な訳だと、永之進は初めて納得がいった。

「ああ、踊りたい！　なんとかして、踊りの輪に加わりたいものだ」

永之進は幸六の仕事場の薄暗闇で、思わず呟きを洩らした。

十章

「お一人で大堤を散策ですと？　なぜそのような無茶をなさるのです。変事が起きれば、いかがなされるおつもりですか」

盆踊りが騒々しくてかなわないので、花房川の河岸を散策してすごしたのだと、永之進は庄之助の追及を躱《かわ》したが、もちろん相手はそんな嘘を信じる訳がなかった。

「しかし、さすがに南国だな。虫までが覇気《はき》にあふれた豪快な鳴きようで、傍らで鳴き始めたおりには、思わず腰のものを抜きそうになった。なんと申す虫だ」

庄之助は答えずに、ただ黙って見ているだけであった。

「ガチャガチャガチャと喧《やかま》しいばかりで、息を継ぐということを知らん。虫とは申せ、愚かしきものであるな」

「クツワムシです。馬が轡《くつわ》を咬《か》み鳴らす音に似ておりますので、そう呼ばれているのでしょう」

「庄之助は学者だのう」

「そのくらい、子供でも知っております」

「大人のわしが知らなんだのだ」

「クツワムシ。またの名をガチャガチャ」

「虫の分際で二つ名を持つか」

「鳴き声が呼び名になっただけですよ」

「鳴き声が呼称になるとは天晴《あっぱれ》なやつ」

「蟬にもおります、ミンミン蟬が」

「これは一本取られた。蟬でやりこめられたのは二度目だな。……真実を申すからそう怒るな。盆踊りを見物しておったのだ」

庄之助は滑稽なほどうろたえて、周りを見まわし、唇のまえで指を立てた。

「若君には命を縮められます。それにしてもなんと無謀な。御法度《ごはっと》でございますよ」

「心配するな、証拠は残しておらん」

「伊豆家のご養子となられますと、それがしのできることにも限度がありま す」

「わかっておる。ただし、これからも連絡はしてもらいたい」

「当然でございます」

「いかなる事情があろうと、勝手なまねだけはするな」

「……！」

「不穏な動きがあれば、かならず知らせるように。わしにも考えがある。武力にもの言わせるようなことをされては、計画が台無しになってしまうからな」

「その計画を、お話しいただけませぬか」

「わしを信じろ」

庄之助は食い入るように永之進の目を見ていたが、ずいぶん経ってからうなずいた。

伊豆家では永之進のために、屋敷内に離れを新築していた。永之進があいさつに訪れたとき、真新しい檜《ひのき》の香が漂っていたのは、新築中の離れのものであったのだろう。

城内での身のまわりの世話は児小姓《こごしよう》がやっていたが、永之進は江戸から連れてきた省吉《しようきち》だけを伴って、伊豆屋敷の離れに移った。省吉は父の斉雅が、「なにかも心得ておるゆえ」と、永之進が江戸中屋敷に移ってからしばらくして、世話をするようにと付けて寄越した、三十歳前後と思える男だ。

もちろん永之進が当主となれば、伊豆の家来が従うこととなる。だがかれは、省吉を常に傍に置くようにした。

離れは十六畳の客間、八畳、六畳が二間など七部屋からなっていた。べつに控えの間と厠などが付随していたが、これは三年後に、隠居した伊豆とおくらが移るのを考慮してのことだろう。

永之進は九頭目伊豆の養子になって、正式に父斉雅の家臣となった。

老職の子息であっても、最初は見習いとしてしかるべき役の下役となる。いくつかの職を経験してから、次第に重い役に就き、やがて中老や家老になるのが順路となっていた。父親や義父が高齢の場合は、入れ替わってその役を継ぐこともあるが、そのときには子もたいていは役にふさわしい年齢になっている。

養子となった永之進は、義父伊豆のもとで三ヶ年藩政について学び、その後、直《ただ》ちに藩の中枢に入ることになっていた。

月番の家老は二人ずつが交替で勤務するので、伊豆は隔月に非番となるが、だからといって暇になる訳ではない。月に一度の大評定には顔を出し、非常時はもちろん、特別なことがあれば登城する決まりであった。

そして継続している仕事や、藩士からの訴訟についての調べものなど、なにかと用は多い。さらには藩主の名代《みょうだい》としての行事への出席や寺社への代参と、場合によっては月番の職務より多忙なことすらあった。

永之進はかなり不定期であったが、三日から十日に一度くらいの割合で、昼八ツ（二時）より一刻（約二時間）か一刻半、伊豆の執務室で教えを受けた。与えられた書類に目を通し、疑問点を集中して質問するのである。

藩の役職全般とその序列、仕事の内容、また緊急時や戦闘における配置、火災や災害に対する対処、藩の地理地勢、米作《べいさく》、特産の莨《たばこ》や藍、製紙などの知識、参勤交代の実際、犯罪とその刑罰、暴動や一揆《いっき》への対処、御公儀の命による開墾《かいこん》や道路普請、城郭や石垣補修の工事費の負担、幕閣におけるさまざまな職務など、教わることは山ほどあった。

かといって、永之進が部屋に閉じ籠《こ》もってばかりいたかというと、そうではない。家老家の婿は野駆けを楽しむだけでなく、並木の馬場に出かけては調教《せめうま》に精を出し、馬術師範とは肝胆《かんたん》相照らす仲となっていた。また西の丸にある藩の道場でも、ごく短時日で、若い藩士たちに慕《した》われるようになっていたのである。

道場では剣だけでなく槍術にも汗を流したし、さらには弓場でもかなりの腕前を見せた。

半年もするうちに、酒も付きあい程度には飲めるようになり、積極的に藩士の中に入って行っては、派閥には頓着《とんちやく》せず、わけ隔《へだ》てなく接した。藩士たちの多くは戸惑いを見せたが、次第にそのあけっぴろげな性格に、好感を抱きはじめたようである。

次席家老の安藤備後は、父が言ったような野望家には見えなかった。永之進の亡き母についてなつかしそうに思い出を語ったことはあるものの、だからと言ってその急死を不審がることもなければ、千代松やお濃の方について触れることもない。おそらく、どのように扱えばいいかの判断がつかないので、ようすを見ているのであろうと永之進は思った。ただし、ひとたび事があれば一気に迫ってくるはずである。

藩の財政についてはまさに火の車で、それは稲川八郎兵衛が斉雅の側用人に自分の懐刀を送りこみ、新興の加賀田屋と結びついたことに端を発していた。

園瀬藩では良質の莨が栽培できる。扱いは藩内の商人たちにまかされ、かれらが買い取りから乾燥、刻みなどの加工をさせて売りに出す。

ところが高級品が江戸や京大坂で評判になったことで、事情が変わってきた。

専売にして収益の分散を防ぎ、藩の借財の軽減をはかることにしたのである。

初代至隆に従って国入りをした、老舗《しにせ》の近江《おうみ》屋が請け負うことになると、だれもが予想していたにもかかわらず、加賀田屋に決まった。十五年ほどまえのことで、背後で稲川が動いたという噂が流れたが、真相は藪《やぶ》の中である。

いずれにせよ加賀田屋は巨額の富を得、そのかなりの部分が稲川に流れたと思われた。

莨の専売による収益は、途中で巧妙に吸いあげられたためか、予定をかなり下まわった。

財政難に喘ぐ藩は起死回生の手段として、荒地の開墾を始めたかったのだが、資金が不足するどころか、まるで欠けていた。借財をすれば、長期にわたって利子の払いに苦しめられることになる。

稲川の案は大胆なもので、いっさいを商人に請け負わせるかわりに、その土地を私有地として与えるというものであった。

反対意見は、広大な土地持ちを生むことに対する危惧が最大の理由だが、代案を出せなかったことが弱みであった。大地主を生むにしても、収穫した四割は藩庫に入るわけであり、なによりも開墾が失敗したところで、藩には負担がかからないという強みがある。

賛否両論で紛糾《ふんきゅう》したが、結局は数を恃《たの》んだ稲川派が、強引に押し切ったのであった。

加賀田屋が請け負った開墾は、八年前に終了していた。

稲川と加賀田屋の癒着《ゆちゃく》がますます強固なものとなったのは想像に難《かた》くないし、かれらが私腹を肥やしているのは明らかなのに、それを立証することができないのである。

飯森庄之助らが、稲川に天誅《てんちゅう》を加えようとしているのも宜《むべ》なるかなと言えた。でありながら城下は、表面上はきわめておだやかな日々が続いている。領民にも不満は蓄積しているようだが、それが爆発するという事態にまでは至っていない。桔梗が言ったように、領民は盆踊りで踊り狂って、憂さを晴らしているのかもしれなかった。だがそれも、いつまでも続くという保証はない。

水面は波もなくおだやかに見えるが、水中には不穏な流れが起きてもふしぎでなかった。ゆがみが生じている気配が、永之進にも感じられた。

さてどうすべきかと思案に暮れたが、なぜなら稲川と加賀田屋をつなぐ鎖は太くて強く、楔《くさび》を打ちこんだくらいでは、解き放つことができそうになかったからだ。

では離間《りかん》の策は可能であろうか。利害だけの結びつきには、強そうでいて脆《もろ》い面があるのはたしかだが、それは利と害の比率による。今のかれらには利だけであり、とすればそこに解決を求めることは難しい。

自分のやりかたは果たしてこれでよいのだろうか、と永之進は思った。藩主になろうという野心などまるでなく、家老の養子に収まったことにも頓着せず、ほとんど無邪気に日々を暮らしているように演じ、しかもそのように周囲に見られているという自信はある。だれともわけ隔てなく付きあい、安藤派や稲川派のほのめかしには、気づかぬ振りをしてきた。

天真爛漫《てんしんらんまん》さが人の心をとらえ、若い層に慕われているらしいのは肌で感じている。しかし、庄之助が考えているように、その力を結集して勢力図を塗り替えたり、藩政を改革したりできるとは思えない。それは、稲川や安藤に代わる派閥《はばつ》を作るだけで、父が望んでいるように、藩政を正しい軌道に引きもどすことにはならないだろう。

十一章

ある種の膠着《こうちゃく》状態なのかもしれなかったが、取り立てて動きらしいものもないままに年が改まり、三月には斉雅が参勤交代で参府した。あるじが不在となっても、園瀬の日々に特に変化は起きなかった。

その日は南風《はえ》のせいで大気が生暖かく、夜になっても一向に風が収まろうとしない。屋敷の樹木が絶えずざわついていたが、横臥してそれを聞いていると、源氏の瀧の別墅のことがしきりと思い出された。

永之進は園瀬で二年目の四月、陽光に輝く青葉が目にまぶしい初夏を迎えていた。あれから早くも一年が経ったのである。

桔梗と肌を接したのは、わずかに二度であった。

源氏の瀧の別墅に忍んできた翌日の夜、踊りを見せてくれた帰りに、気づかれたらしいので今夜かぎりだと桔梗は言った。

伊豆の養子になってからは、数度「花かげ」に足を運んだが、常に一人でなかったこともあって、軽く酒を飲んだくらいである。

年が改まった一月の中旬に、永之進は桔梗に出合茶屋に呼び出されたことがあった。見張られたり跟《つ》けられたりしていないのをたしかめながら茶屋に入ると、桔梗は何度も詫《わ》びてから言った。

「ともかくお目にかかりたくて」

桔梗が身を投げかけてきたので、永之進はしっかりと受け止めた。

「なにかと用ありではあるが、たまには店にも顔を出しておるではないか」

「お目にかかりたいと申しますのは」と桔梗は拳で永之進の胸を軽く叩いた。

「おわかりじゃございませんか。ほんに憎らしゅうございます」

その囁きが、永之進の理性の留金をはずしたのである。

あのとき、桔梗の肌は病気ではないかと心配になるくらい熱かった。わずか二度にすぎないのに、二人の交情はきわめて濃いものに感じられた。

生暖かくて気怠《けだる》くなる気候のせいだけではあるまいが、永之進は狂おしいほど桔梗の肌が恋しくてならなかった。今となっては、あのときの桔梗の気持がよく理解できた。体の芯がたまらなく熱くなって、耐えられないのである。

空気が動いたのを肌が感じると同時に、かすかな化粧の匂いが室内に流れこんだ。

「桔梗！」

押し殺した声とともに、空気の動きは止んだ。猫のように音もなく忍びこみ、雨戸を閉めたらしい。なつかしい肌の匂いが濃く感じられたときには、桔梗が体をすり寄せていた。

思わず控えの間を気にし、咽喉《のど》の奥で声を殺して笑った。永之進が伊豆家に入って初めて、省吉は外泊していた。知り合いに不幸があり、通夜に出て泊まることになると言うので、許可を与えたのである。ということは、桔梗は永之進が一人で離れにいることを、知っていたことになる。

永之進の横に滑りこんだ桔梗は、冷たい鼻先をかれの頰に押し付けながら、唇をあわせて舌をからませ、両腿でかれの足を挟んで、燃えるような下腹を押し付けてきた。

一月の出合茶屋での密会に比べると、桔梗は何層倍も濃《こま》やかであり、しかも貪《どん》婪《らん》であった。屋敷林をざわめかせる風音や、省吉がいないことで大胆になったのか、押し殺していた喘ぎを、堪えきれぬように洩らしたりもした。耳を嚙み、背や尻に爪を立て、体を激しく痙攣させ、微妙に震える体の動きで、永之進の欲望をさらに掻き立てた。

何度目かには、桔梗はうつぶせになって背後から誘った。

盛りあがった臀部《でんぶ》のやわらかさと弾力が、永之進の下腹や内腿に新たな刺激を与えた。桔梗が両手を突いて上体を反らせたので、かれは両掌で乳房を揉みしだき、それが加速度的に速く強くなって最高潮に達したとき、二人は音を立てて突っ伏した。

ずいぶんと時間が経ってから、かれらは並んで天井を見あげていた。

「こんなふうに、可愛がっていただけるのも……」

「……！」

「美砂さまは日ごとにきれいになられます。わたしはすぐに、振り向いてもらえなくなるんですね」

「まだ子供だ」

「女は化《ば》けます」

「だれもがという訳ではあるまい」

「はい。でも、蛹《さなぎ》の殻を破って、きれいな蝶に生まれ変わる人もいます。美砂さまは蝶になられますよ」

　それきり桔梗は黙ってしまったが、しばらくするとククとまるで笑っているように咽喉が鳴った。手を伸ばして指先で頬に触れると、温かなものが指を濡らした。

「お別れでございます。黙って園瀬を出るつもりでしたが、やはり、一目お逢いしたくて」

　突然に永之進の胸に顔を伏せて、桔梗は全身を細かくふるわせた。

　身分がちがうのはわかっていたし、美砂という決まった相手がいるのを知りながら、どうにも気持を抑えられなくて、こんなことになってしまった。自分は日陰の身でもかまわないが、狭い園瀬の里であれば隠しきれないだろうし、そうなれば永之進にも美砂にも迷惑がかかってしまう。

　途切れ途切れに、桔梗はそのようなことを言った。

「だが、それではすまぬこともあろう」

「なにがでございましょう」

「そなた一人のことでは」

「わたくし一人のことでございます。……それとも、なにか？」

「いや、……しかし、どこへ行く」

「江戸にまいります」

「落ち着いたら、住まいを教えてくれ。わしも江戸に出ることがあるだろう。……どうしたのだ」

「お許しください。……そのお心だけでうれしゅうございます」

「教えてはくれぬのか」

「お許しください」

いつ発《た》つのかと訊くと、お盆が終わってからだと桔梗は答えた。年に一番繁忙なときに抜けて、女将に迷惑をかけるようなことはしたくないと言う。

「では、また逢うこともできような」

「それは辛《つろ》うございます。どうか、お許しください」

桔梗の意志が固いのを感じたので、永之進は紙入れを取って渡した。

「これだけしか手持ちがない。餞別《せんべつ》にもならんが」

「お気持だけで十分でございます」

「たのむから受け取ってくれ」

永之進がそう言うと、桔梗は押しいただくようにしたが、翌朝、起きたときには紙入れは文机に置かれ、金もそのままであった。

次席家老安藤備後の使いが来たのは、桔梗が離れに忍んできた数日後、梅雨《つゆ》前の湿った大気に盆地が包まれた日の、黄昏《たそがれ》時である。

永之進は省吉を供に「花かげ」に行くと、裏門から出て紙屋《かみや》町の老舗の紙問屋「大門屋《だいもん》」に入り、店内を素通りして料理屋「呉竹《くれたけ》」の裏木戸より入った。

備後は稲川派に跟けられることを警戒しているのだろうが、「呉竹」の裏と表で見張られていたらおなじではないか、と滑稽な思いを抱かずにはいられなかった。

省吉を待たせ、濠に面した「呉竹」の二階に案内されると、安藤備後と物頭の半沢満之丞《はんざわまんのじょう》が待っていた。障子が開け放たれていたのは、どこからも見られる心配がないからだろう。

半沢が目礼して銚子を取りあげ、うながされて盃を手にすると酒が注がれた。

「お上が病の床に就かれた」と、備後が沈痛な声で言った。「江戸の水があわないのであろうかな、園瀬ではあれほど御健勝であられたのに」

「相当にお悪いのですか」

「いや。……ただ」

備後は言葉を切ったが、黙ったままなので半沢があとを続けた。

「ここ数年は、たびたび体調を崩しておられる。政務に堪えられぬと判断されれば、御公儀より隠居を勧められる可能性が、おおきいと思わねばならぬ」

「勧められるというか、ほのめかされるというか、実際は命令でな。そこでじゃ」備後は注ごうとしたが、永之進が飲まないので銚子を下に置いた。「永之進どのからお上に、家督の相続に関して、再考をおねがいすべきではないかと思うてな」

「伊豆家に入ることになったのは、お上が最も適切だとお考えになられたからです」

「たしかにそうではあろうが、正直な胸の裡《うち》であったかどうか」

「…………」

「おそらく、後悔しておられるのではないかと。いや、かならずや悔やんでおられるはずだ」

「お墨付きをいただける好機ですぞ、永之進さま」半沢が膝を乗り出した。「事情が変わったことを、お上も肌で感じておられるはずですからな」

「万が一の事態となれば、十六歳の千代松どのには荷が勝ちすぎる。その帰趨《きすう》は明らかというもの」

稲川が千代松を傀儡《かいらい》として、今以上に権力を恣《ほしいまま》にする危険を安藤備後が指摘しているのはわかっていたが、永之進は答えなかった。備後は、半沢とちらりと顔を見あわせてから言った。

「長幼の序ということもござるが、園瀬にお国入りされてからの永之進どのが、藩士のみならずひろく領民に、いかに慕われ期待されているかということを、お上も感じておられる。つまり、さまざまな条件がそろった今こそ、またとない好機。長子であることを盾に直談判なされば、翻意《ほんい》されることはまちがいありますまい」

半沢がおおきくうなずいた。

「さよう。お聞き届けなさるはずです。一筆認《したた》めていただくことさえ叶えば、いかに稲川といえども覆すことはできぬ」

「お二人は、なにか勘ちがいされているようですが、それがしはすでに伊豆家の養子となり、まもなく美砂どのを娶ることが決まっております」

永之進は静かに言ったが、備後は少しも動じるところがなかった。

「美砂さまなら、藩主の御内室として十分でござろう」

「しかし、それでは」

「伊豆家には養子をもらえばすむこと」

「はっきり申しますが、そのような気は毛頭持ちあわせてはおりません」

備後と半沢は、顔を見あわせて苦笑した。

例えばかれらが言うようなねがいを、父斉雅に書面にて届けるとしよう。稲川派にも、藩主が病を得たという知らせは届いているはずである。とすれば安藤派に対する警戒を強めていると考えるべきで、だれが書簡を運ぶにしても、途上にて奪われることは考慮しなければならない。また永之進が江戸に向かえば、黙って通すとは思えない。

そのような問題を、安藤備後らがどのように考えているのか気にはなったが、永之進は黙っていた。問えば、藩主になる意志ありと誤解されるのがわかっていたからだ。飯森庄之助たちだけでなく、安藤の一派にも変に動かれてはならないのである。

二人の説得を躱《かわ》し、言質《げんち》を与えることなく永之進は「呉竹」を出た。

盆踊りのおさらいをする囃子が聞こえてきたが、風がないうえに空気が湿っているせいか鈍重で、心はさほど浮き立たなかった。

裏木戸を開けて、永之進はしばらくそのままにしておいた。見張りがいるならば、出てくる人物を見極めようと、木戸を注視しているはずである。

おおきく足を踏み出して一気に出ると、柳の下で女と語らっていた若い町人ふうの男が、さりげなく顔をそむけた。

提灯を持った省吉を先に立たせたが、跡を跟けて来る気配はなかった。ようすを見ていただけで、直ちにどうこうしようという心算はないのだろう。

いずれにしても、安藤派からの接触には応じるべきではない。いたずらに稲川を刺激し、警戒させるのは、得策とは思えなかった。

その深更《しんこう》、雨戸が三度、規則正しい間を置いて叩かれた。

桔梗だ、と思わず胸が高鳴った。

省吉がいるのになんという大胆さだと驚いたが、すぐに桔梗でないと思いなおした。雨戸を叩くなどという方法は、これまでに採ったことがなかったからだ。

永之進は床の間の刀掛けから大刀を取ると、十分な間あいを取って雨戸に体を向けた。ふたたび規則正しく叩かれてから、音もなく雨戸が開いた。顔は見せずに、

「怪しい者ではありません」

低くてちいさな声でありながら、明瞭に聞き取ることができた。

「いつぞや、矢を射かけた者だな」

「なにもおっしゃらずに、お聞きくださいますよう」

一間四方にしか届かないようなちいさな声でありながら、言葉の一つ一つが驚くほど明確であった。それだけでも、いかに訓練を積んでいるかがわかる。

その声が言った。

「藩主斉雅の病気は、案ずるほど悪くはない。千代松が若年であるほうが計画を進めやすいと判断し、予定を早めることにした。今後どのようなことが起きようと、疑念を抱くことなく目的完遂のために努力するように」

それが伝言であった。

「連絡はどうすればよい」

「必要なときが至れば、お教えいたします」

雨戸が音もなく閉まり、同時に人の気配は消えた。

ほどなく、父斉雅が隠居し、千代松を改名した隆頼《たかより》が襲封して、第十三代の園瀬藩主として御公儀に認められたとの報せが届いた。

将軍に謁見する殿上元服がすみ、正式の手続きを終えたということである。ただし若年の身なので、執政が後見となって実務を見ることになる。稲川にとっては思う壺で、あたら好機を逸するとはと、安藤備後は臍《ほぞ》を嚙んだが、あとの祭りであった。

永之進が注目したのは、稲川の腹心が任を解かれ、新たに的場彦之丞《まとばひこのじょう》が隆頼の側用人に抜擢《ばってき》されたことである。

新しい藩主には新しい側用人をと斉雅が推挙したとのことだが、稲川が敢えて反対しなかったのは、的場がきわめて物静かでおとなしい性格であったことと、備後の息のかかった人物ではなかったからだと思われた。

稲川にすれば、隆頼も的場も自在に操れると楽観しているのかもしれない。

的場彦之丞は、斉雅が信頼できる少数の藩士の一人として、名を挙げた男であった。父によって布石の第一着が打たれ、いよいよ新しい局面を迎えたのである。となると永之進は短時日で、期待をかけられることのない、むしろ無能だとだれからも相手にされないような、影の薄い存在とならなければならなかった。

といって見え透いた芝居は打てないし、お家断絶とか領外追放になるような失敗をしてはならないのである。

十二章

梅雨が明けると、南国の長い夏が始まった。

キリギリスさえもが昼間はぐったりとしているのか、朝夕のいくらか凌《しの》ぎやすい時刻にしか鳴き声を発しない。それも「キリギリース」と鳴いてから、忘れたのかと思うほど時間が経ってから「チョン」と続ける、投げ遣りな鳴き方であった。

百姓も早朝か夕刻、それとも風のあるときにのみ、田の草取りなどの作業をし、うだるような日中は、家中の障子を開け放って昼寝をするしかない。

そして日が落ちると、あちこちで盆踊りの囃子が聞こえ始める。

盆が数日後に近づいた日の早朝、花房川に鰻獲《うなぎと》りの仕掛けをあげに出かけた川漁師が、高橋からはかなり下流に位置する、うそヶ淵に浮いた男女の死体を発見した。奇妙な淵の名は、岸の榎の根方に川獺《かわうそ》が巣をかけていることに由来する。

おお喰らいの川獺が縄張りとするくらい、魚影の濃い淵として知られていた。

報せを受けた町奉行配下の手代と同心が急行したが、心中ということでほどなく事件は落着した。

二人は浴衣姿で、女は裾が乱れるのを恥じてだろう、両足首と膝の上を細紐で縛っていた。しかも互いの体を帯で結び、袂《たもと》には石を入れていたのである。

それ以上の調べがなかったのは、覚悟の相対死と断定されたからだが、女が「花かげ」の桔梗だと知って永之進は衝撃を受けた。

男のほうは十五俵二人扶持《ぶち》の、武具櫓番の下に組みこまれている草薙佐治《くさなぎさじ》である。仕事は武具の管理と手入れだが、交替で数日置きに詰所に出るだけでよい。組長屋住まいのかれは、手当てだけでは妻子を養えないので、内職に精を出していた。

草薙は二十三歳で、妻一人子一人の三人暮らしであった。高級料理屋「花かげ」で働く桔梗と、どうして知りあったのかとだれもがふしぎがったが、佐治は若いころから釣りが得意で、非番の日には釣りに出かけ、夏場は鮎《あゆ》、冬場は鯉や鮒《ふな》を「花かげ」などの料理屋に買ってもらっていた。

佐治の同僚や桔梗の朋輩のだれ一人として、二人が親しかったとは知らなかった。だが、遠くて近きは男女の仲、人にはわからぬ事情があって、深間にはまったのだろうとのことである。

佐治に妻子がいて結ばれぬのを悲観し、桔梗が死ぬと言ったのに男が同情して死を選んだという、もっともらしい噂が流れた。

心中をする覚悟があるなら、手を取りあって他郷に出奔《しゅっぽん》すればいい。二人ともまだ若いのである、死ぬ気になれば、道は開けないこともないだろう。

そこが料理屋で働くような女と、組長屋住まいの軽輩の哀しさだ。逃げてもどうせ裏長屋で、侘《わび》しい日々を送らなければならない。それくらいだったらひと思いにと死を選んだのだと、結論はその辺りに落ち着いたようであった。

桔梗が心中をするなどとは、永之進にはどうしても考えられない。かれはあれこれと思い出しながら整理してみた。

源氏の瀧の別墅に桔梗が忍んできた翌日の夜、永之進は郷士の屋敷らしき造りの家で踊りを見せてもらっている。

帰りの駕籠に乗ろうとすると、「今夜かぎりでございますね」と桔梗が言った。かれが「気づかれたようだ」と答えたのは、庄之助に不審がられている、慎重にしなければとの意味であった。桔梗は、「はい、気づかれております」と答えた。今にして思えば、庄之助にではなく隠れ伊賀、あるいは稲川などに覚《さと》られたとの、含みだったのではないだろうか。

桔梗が普通の女でないことは、永之進にもわかっていた。なぜなら武芸には多少の心得があるかれが、忍びこまれたことにすら気づかなかったからだ。しかも、庄之助らはもちろん、番屋の老夫婦をも薬で眠らせたという。

そうでもしなければ二人きりになることができないと桔梗は言ったが、逢いたいというだけで、並の若い女にあれほど大胆な行動が取れるはずがない。

永之進はまず筆頭家老稲川八郎兵衛が、かれの真意を知ろうとして近づけてきたという可能性を考えた。とすればそれなりの訓練を受けているはずで、別墅や伊豆の屋敷の離れにも忍びこめただろうし、酒に眠り薬を入れたことも納得できる。

経験のない若者に対する色仕掛けの効果は、絶大であったと言わねばならない。心や頭脳の九割以上を、桔梗の遣《や》る瀬ない吐息や喘ぎ声が、掌や内腿に残るやわらかで蕩《とろ》けるような感触が占めていた。残りの一割で、永之進はかろうじて自己を制御していたのである。

もしも稲川が放ったのであれば、無防備を装《よそお》って逆に探りを入れ、矛盾《むじゅん》した情報を流して混乱させようと考えてもいた。永之進にしても、父斉雅の立てた計画を、そう簡単に成就できるとは考えていない。肉を切らせて骨を断つとの覚悟がなければ、遂行できることではないからだ。

隠れ伊賀が手を下した可能性もあるが、果たして心中に見せかけて殺せるだろうか。桔梗に心得があるとすればなおさらだが、なくても激しく抵抗するだろう。あるいは隠れ伊賀は、一人ではないのかもしれない。姿を見せない協力者や仲間がいると考えたほうが、むしろ自然であった。

稲川の一派が手にかけたとも考えられた。

永之進があまりにも無防備なため、桔梗はおのれの役目に嫌悪を感じて、手を引こうとしたのかもしれない。稲川としては事情を知りすぎた桔梗を、そのままにはしておけなかったのだろう。そのため心中に見せかけて殺したのであって、相手はだれでもよかったのである。不運なのは草薙佐治であった。

「花かげ」で二度目に逢ったとき、かれが桔梗のことを知りたいと言うと、「お知りにならぬほうが、よろしゅうございますよ」と、一瞬だが寂しそうな色を浮かべたことがあった。今にして思えば、あの言葉に桔梗の気持が潜んでいたような気がしてならない。

永之進は桔梗について、なに一つとして知ってはいなかった。手がかりは「花かげ」と羽織師幸六の店だけであったが、かれらが知っているようには思えなかったし、知っていたとしても教える訳がない。考えられるのは稲川の手の者、そして隠れ伊賀、あるいはその一味、この二つの可能性が高かった。

次席家老の安藤備後は、考えなくてもよさそうである。桔梗と永之進の接点を探り当てているとは思えないし、桔梗が稲川の手の者だと知れば、まず永之進に警戒するよう忠告するはずであった。

飯森庄之助にしてもおなじで、永之進に知らせず、勝手に殺すとは考えられない。ましてや心中に見せかけて殺すなどは、まず不可能だろう。

羽織師の幸六はどうだろうか。屈強な職人を八人も抱えているので、心中を装った殺人も不可能ではない。

だがその場合は、幸六が稲川に使われていて、桔梗がその手先ということになる。それは「花かげ」の女将にしてもおなじであったが、こちらは幸六以上に可能性は低そうであった。

義父ということは有り得るだろうか。その思いは永之進の心を暗くした。

伊豆がなにかの偶然、例えば厠に立ったとき、永之進の離れから桔梗が出て行くのを目にし、二人のただならぬ仲を知って、娘と家を思うあまり手にかけたというようなことが。

それはないと断言していいだろう。

あの夜、風は強かったが月は出ていなかった。もし満月であったとしても、庭を挟んでは桔梗と特定できようはずがない。

永之進は園瀬の盆踊りを見たいという気には、ましてや踊りたいなどとは思いもしなかった。囃子を耳にするだけでも辛く、酒を飲んでもまぎらわすことはできず、気分はますます憂鬱になるばかりである。

盆が終わって十日ほどして、永之進は「花かげ」に飯森庄之助を誘った。桔梗の死に対する手がかりが、得られるかもしれないと思ったからである。

書き入れ時が終わって、一息つく時期でもあったのだろう、女将が相手をした。

「わたしにはどうしても、あの娘《こ》が心中するなどとは思えないのでございますよ」

「しかし、相手がいたのだからな」

「亡くなった草薙さまには申し訳ないですが、あの方と桔梗が相対死するなんて、絶対にありえないと思います」

「絶対に、とはまた言い切ったものだな」永之進は誘い水を向けた。「では、桔梗がこの人のためなら死んでもいいというのは、どういう男だ」

「永之進さまのようなお方でしょう」

「なんだ、おれかと思っていたのだがな」

女将の言葉に、永之進は顔が強張りそうになったが、庄之助がおどけてみせたので、笑ってごまかすことができた。

「みどもと飯森が野駆けのあとで寄った日が、桔梗のこの店での初日だと言っていたが、女将の親類なのか」

「呉服町の幸六さんにたのまれたのですよ」

永之進は驚いたが、女将が語った内容はさらにかれを驚かせた。

桔梗は、永之進が斉雅に随伴して園瀬入りした数日まえに、幸六が店に連れて来たというのである。遠縁の娘で、将来、料理屋を出すためにイロハから学びたい。給銀はなくてもいいし、住まいは幸六が面倒を見るので、いろいろ教えて、いや、試しに使ってみてくれないかとたのまれたらしい。ちょうど辞める者が一人いたので、使ってみることにしたのであった。

「もちろん、給銀は払いましたけれど」

「園瀬の生まれではなかったのか」

「あら、そのようなことを申しましたか、あの娘が」

「いや、盆踊りが好きだと言っていたからな。あれは余所者《よそもの》には簡単に踊れぬのだろう」

「親が踊りの師匠だそうですから、筋がいいのだと思いますよ。そう言えば」女将が言った。「給銀はいらないと言われたとき」

たまに仕事を抜けることがある。つまり、空いている時間だけ働くという勝手なまねを認めてもらいたい。もっとも店が忙しいときに抜けるようなことはしないから、というのが幸六の出した条件であった。

疑問が一つ解けた。桔梗が深夜に忍びこんできたことや、郷士の屋敷らしいところで踊りを見せてくれたことも、そのような条件を出していたとすればわからないではない。

桔梗は幸六の配下であった。永之進に接近する役目でありながら、命令に従わなかったので、殺されたにちがいない。

心中の連絡を受けてうそヶ淵に駆けつけた同心は、相田順一郎《あいだじゅんいちろう》だとわかった。

省吉を使いにやると、相田は緊張した顔でやってきた。面長で、眼が窪《くぼ》み、髭《ひげ》剃《そり》跡が青い、三十半ばと思える年齢である。

「役目に関わりのあることではあるが、訊いてどうこうしようという訳ではないので、気を楽にしてもらいたい」茶を運んだ省吉が去ると、永之進はおだやかに話しかけた。「盆まえの、うそヶ淵での相対死の件では、真っ先に駆けつけたと聞いたが」

「それが、……なにか」

「心中だとの断をくだしたのは」

「お奉行の平野さまです」

「見たまま感じたままを、話してもらいたいのだが」

「なにか、ご不審でも」

「役目柄、職務に関して他言できぬのは承知しているが」一呼吸置いてから、永之進は続けた。「どう考えても、みどもには心中するとは思えなくてな」

桔梗が江戸に行くと言っていたことからして、草薙が店に川魚を納めていたとしても、それが二人を結びつけたとは考えられない。なぜなら魚を見て買値を決めるのは料理人であって、桔梗のような仲居見習いが関わるはずがないからである。

かれが話しているうちに、相田の額にはうっすらと汗が浮いてきた。

「どのように感じ、そして考えたかは申さずともよい。見たままを話してくれぬか。わしはおのれの考えや勘がどれほどはずれていたか、あるいは的を射たものであるかを知りたいだけでな、だれにも洩らす気遣いはない」

相田が懐を探っているので、永之進は懐紙を渡してやった。同心は頭をさげて受け取ると、しきりに額を押さえた。

「見たままを申しあげます」ややあって相田は口を開いた。「駆けつけたとき、仏……骸《むくろ》は岸に引きあげられておりました」

男女とも筵《むしろ》でおおわれていたが、引きあげたままで、動かしていないとのことで相田は安堵した。

かれはまず、女の胃の腑の辺りを押してみたが、何事もなかった。溺《おぼ》れ死んだのなら、たっぷりと水を飲んでいるので、指で触れるだけで口から水があふれ出るものだ。

町奉行所手代の野村睦右衛門《のむらむつえもん》もすぐに事情がわかったらしく、目付きが真剣になった。

どんな些細《ささい》なことであろうと聞かれてはならないので、かれらは野次馬を遠ざけておいた。二人は目顔で会話しながら、慎重に調べを続けた。

まず足を結んだ紐は、桔梗本人や草薙が縛ったものではないと思われた。結び目が膝の裏側になっていたが、どちらが縛ったとしても普通なら結び目は上になるはずである。

男は多量の水を吐き出した。そして、唇はその両端が赤く擦り剝けており、両腋《わき》の下と後頭部が内出血していた。

それらから推理できるのは、女がすでに死んでいたこと。男は声を立てないように猿轡《さるぐつわ》を嚙まされ、背後から羽交《はがい》締めされていたらしいことである。一人が男を押さえているあいだに、べつの者が女の足を紐で縛って、覚悟の死だと思わせようと袂に石を入れ、二人を帯で結びつけた可能性が高い。

準備が整ったので猿轡がはずされ、同時に草薙は突き落とされたのだろう。水練の達者な者でも、死人を結びつけられては泳げるものではない。たちまちにして沈み、いやというほど水を飲んだのだ。

見たままだけをと前置きしながら、相田は自分の考えたことまで、洗い浚《ざら》いぶちまけてしまった。

野村と相田の報告を聞いた町奉行の平野左近は、疑いようもない相対死だと断言して調べを打ち切った。紐や内出血についてなおも説明を続けようとしたが、一蹴されてしまったのである。

相田は話しているあいだに、次第に悔しさが抑えられなくなったようだ。

「ご家老さまのお話をうかがって」

相田はかれを家老と呼んだが、永之進は打ち消すことはせず、目顔でうながした。

「おかげで謎が解決しました。いや」ちょっと考えなおしてから、相田は続けた。「かえってわからなくなりました。女は身籠《みご》もっていたのです」

「まことか」

「まちがいありません。五、六ヶ月くらいだと思われますが、心中でないとすると、なぜに殺されなければならなかったのでしょう」

「たしかに、おおいなる謎であるな」

永之進は辛うじて平静を装い、一朱を包んで渡した。相田は恐縮しながらも、うれしそうに帰って行った。

腕組みをしたまま、永之進は眼を閉じて考えに耽《ふけ》った。今では明確に、指図したのが稲川だとわかっていた。真実を握りつぶした町奉行の平野は、稲川の腹心の一人であったからである。

桔梗の腹の子は、まちがいなく自分の子であったはずだ。だから桔梗は去ろうとしたにちがいない。

園瀬を離れて子を産み、ひっそりと暮らそうとしたのだと考えると、別れを告げにきた理由がわかる。相田は身籠もって五、六ヶ月だと言ったが、一月の出合茶屋のときの子だとすれば計算はあった。

四月に忍んできたとき、桔梗は永之進の胤《たね》を宿したことに気づいていたのだ。黙って姿を消そうとして感づかれ、稲川の配下の手にかかったと考えると納得がいく。

なんたる残虐《ざんぎゃく》、なんたる非道！　永之進は激しい怒りを抑えることができなかった。

十三章

九月になって、斉雅が江戸藩邸の上屋敷から中屋敷に移り、病気の療養をしているとの連絡が入った。だが、隠れ伊賀からなにも言ってこなかったので、永之進はそれほど気に留めてはいなかった。

斉雅本人からは、永之進二十歳、美砂十七歳で予定していた婚儀を、一年早めるようにとの書簡が届いた。翌年の四月には隆頼が藩主として初のお国入りを果たすので、それを待って式を挙げるようにと認《したた》められていた。

予定の変更を知って、斉雅の病状がよくないのではないかとの噂が流れた。隆頼の新藩主と永之進の家老就任を、家士や園瀬の領民に確認させ、後顧《こうこ》の憂いがないようにしたいのだろうというのが、大方の見方であった。

永之進は戸惑ったが、なぜなら桔梗の遺体がうそヶ淵で見つかってから、まだ二月《ふた》も経っていなかったからである。せめて一年は喪《も》に服したかったが、それは人に話せる事柄ではない。

　美砂は蝶が羽化するように、驚くような変身を遂げるだろうと桔梗は言ったが、永之進の見るかぎり変化が現れてはいなかった。

　それよりも、桔梗がいつどこで美砂を見たのか、それがふしぎでならない。というのも、美砂はほとんど外出しなかったからだ。書や和歌、茶道、華道などは母親のおくらが教え、琴は屋敷に師匠を呼んで学んでいた。

　瘦せて色が黒く、目が異様におおきな美砂のどこに、桔梗が美しくなる要素を見出したのかが、永之進には理解できなかった。あるいは、男を恋慕した女の直感というものであろうか。

　美砂がかれの居室の襖を開けて不意に乱入し、言いたいことを言い放って出て行く。おもしろがってそんな場面を思い描いたこともあるが、両親にきつく叱られでもしたのか、そのようなことは、その後は一度もなかった。

　むしろ、おなじ邸内にいながら、なるべく出会わないように、気を遣っているらしいのである。

　永之進を見かけるようなことでもあると、顔を赤らめながら頭をさげ、目を伏せてすばやく姿を隠すようになっていた。それが娘のはじらいというものかどうかはわからなかったが、言いたいことを言い放った最初の印象が強すぎたので、奇妙な思いにとらわれるのかもしれない。

養子になったのだから、家族がそろって食事をするのが普通だろうが、永之進は離れで省吉の世話を受けながら、一人で食べていた。

それはどうやら、将来を考えてのことであるらしかった。

毎日食事をともにして兄妹のような感情が芽生えては、式を挙げて「さあ夫婦ですよ」と言われても、しっくりこないだろうとの配慮であろうか。伊豆とおくらは、なるべく接することなくべつべつに日々をすごし、式を境に夫婦となるのが好ましいとでも、考えたのかもしれない。

秋の長雨が続いたあとで、小柄だった美砂の身丈が急に伸びたようであった。

おなじ邸内で生活していても、めったに顔をあわせることもないので、久しぶりに目にして驚かされたのである。ただし、相変わらず痩せていたし、色は黒いままだったので、まるで針金細工のように感じられた。

成長期というものは、全体が均等に生育する訳ではないらしい。それぞれが勝手に、ほかの部位とは関係なく発達するようだ。

江戸の中屋敷時代に、庄之助の耳が急におおきくなり、しばらくして鼻が一気に高くなったことを、永之進は思い出していた。

人の体は、各部位が好き勝手に変化し、一定の時間が経過すると、それなりに収まるのかもしれなかった。それが成長ということだろうか。

天高くの季節になると、針金のようであった美砂の体に肉が付きはじめたようである。ようであるというのは、廊下を歩く姿や、庭の築山を散歩しているのを、遠くから目撃する程度なので、永之進にもよくはわからなかったのだ。

しかし翌年の春になると、美砂は驚くほどの変貌を見せた。肉が付いて皮膚が伸びひろがったからという訳ではあるまいが、黒かった肌が白く色変わりしたのである。その白さも内側から輝くような、真珠に似た艶をもっていた。

顔は相変わらず小振りで、切れ長の涼しげな眼が印象的な娘になっていた。桔梗が予言したとおり、わずか半年ほどで、美砂は蛹から蝶に変貌を遂げたのである。

新藩主隆頼のお国入りに関しては、特に目立った任免はおこなわれなかった。目付の一人に芦原《あしはら》弥一郎《やいちろう》が新たに採用されたくらいだが、斉雅が名を挙げた人物の一人だったので、永之進は記憶に留めておいた。

永之進と美砂の婚儀は、四月下旬の吉日を選んで執《と》りおこなわれることになった。

園瀬はちいさな藩だが、老職家の婚儀ともなると、婚約の時以上に煩雑な手続きや行事が続く。

招いたり招かれたりが頻繁にあり、式の十日まえには家老や中老の妻や娘を招待して、美砂の祝言道具の披露がおこなわれた。藩主家の一族でしかも一人娘ということもあって、招かれた女性たちが溜息をつくほど豪華な品揃えであった。

婚礼の当日の暮六ツ（午後六時）に、永之進は一年半のあいだ起居した離れを出て、奥の間に入った。

列席したのは、藩主の代理である筆頭家老の稲川八郎兵衛、次席家老の安藤備後、家老の九頭目甲斐、中老の九頭目の二家、そして家老の九頭目伊豆とおくら夫妻であった。

月番の稲川と甲斐は四ツ（午前十時）に登城し、普段より早い八ツ（午後二時）に下城して、夕刻になってから出向いて来た。

奥の間での「三献之祝」は、熨斗《のし》と海老《えび》の飾りをまえに、肩衣《かたぎぬ》に袴で威儀を正した永之進と、白無垢《しろむく》で白い綿帽子に顔を隠した美砂が、やや離れて斜めに向きあうように坐って、執りおこなわれた。

その後、花婿と花嫁は寝間にさがり、祝い人たちは表座敷で酒宴に移った。

「不束者《ふつつか》ではございますが、どうか末長くおねがい申しあげます」

三つ指を突いた美砂が神妙な顔であいさつしたので、永之進は思わず微笑んだ。

「それは互いということであろう」

「さぞや、お蔑《さげす》みのことでしょうね」

「藪《やぶ》から棒であるな。なにが申したい」

「お笑いになられました」

「ああ、そのことであるか。あまりにも淑《しと》やかゆえ、意外な思いがしてな」

「覚えてらっしゃるのですね」

「忘れられるものではない」

「恥ずかしゅうございます」

「いや、恥じることはない。あれで、わしは美砂どのがすっかり気に入ったのだ」

黒目がちの眼が輝き、顔が一気に朱に染まった。美砂がにっこりと笑うと、大輪の花が開いて辺りが明るくなったように感じられた。

「夫たるお方が、おのれの妻にどのをつけるのは、おかしゅうございます。呼び捨てにしてくださいまし」

「婿養子ゆえに遠慮しておるのだ。下世話に申すではないか、小糠《こぬか》三合持ったら養子に行くな、とな」

「まあ」

「まだ、気持は変わらぬのであろう」

「気持と申されますと」

「わしには、藩主になろうという気は寸毫《すんごう》もない。それどころか、事によってはこの家《や》の禄を減らすかもしれん」

「どのようでありましょうとも、従わせていただきます」

「それを聞いてひとまず安心した。そのことだけは、はっきり申しておきたかったのだ」

言いながらも、永之進は美砂を見続けていた。二人きりになってからというもの、ほとんど瞬きもせずに見入っていたのである。

「恥ずかしゅうございます。なぜ、そのように」

「正面からじっくりと見せてもらうのは、これが初めてだからな。最初のときは、それ、白馬がなんとかと申すが、それであった」

「……？　ああ、白駒《はっく》の隙《げき》を過ぐるが如し、でしょうか」美砂はくすりと笑った。「それでしたら、意味がちがっておりますよ」

「そうか」

「人生は、白い馬が壁の隙間の向こうを走り抜けるのがちらりと見えるほど短い、との喩《たと》えでございましょう」

「襖が開けられ、女の子がなにか言ったと思う間もなく、ぴしゃりと閉められたのだ」

「それで白馬が……、でございますか。白馬ではなくて、じゃじゃ馬でございましたね」

なんと可愛く、形のいい唇だろうと、永之進は美砂が言葉を発するさまを見ていた。そして瞳を見、顔全体を見、唇を見、瞳を見なおす。

それに気づいた美砂は、恥じらいで顔を真っ赤にさせた。

「おやめくださいまし、そのように見られますと、恥ずかしゅうございます」

「昔、母に言われたことがある」

「……？」

「じっと見続けると、そのものの本当の姿が見えてくる、と」

「恐ろしゅうございます」

「見えた！」

「はッ！　驚かさないでくださいまし」

「美砂どのの姿が見えたぞ」

「……ど、どのように、でございましょう」

「真っ白な、漉《す》きあげたばかりの紙」

そう言われて、美砂の顔が輝いた。

「お好きな色で、存分に絵をお描きくださいまし」

永之進は美砂の肩を引き寄せたが、かれの腕の中で花嫁の全身は小刻みに震えていた。

翌日の勤めがある稲川と甲斐は五ツ（八時）に帰ったが、残りの人々は夜更けまで酒盛りを続けた。

婚儀はまだまだ終わってはおらず、翌日は、本来なら花婿の実家で花嫁の両親に酒肴を振る舞うのだが、永之進がすでに養子となっているので、前日に招かれた者が祝いの品を持参して伊豆家を訪問した。このとき、藩主からは太刀《たち》などが贈られた。

さらに翌日の晩には、伊豆とおくらが花婿の永之進に酒肴を振る舞い、改めて家と美砂を託したのである。

その後もさまざまな祝いや招待があったが、五日後には稲川八郎兵衛の屋敷に招かれ、御座敷で「三献之祝盃」をあげて、脇差が与えられた。

それがすむと伊豆家の表座敷に親族を招き、伊豆の一年早い隠居と、永之進の家督相続、および一亀への改名と家老就任の披露目《ひろめ》がおこなわれた。

それは翌日に届けられ、藩主の許可を得て発効した。ここに一連の儀式のすべてが終了し、一亀は晴れて九頭目家の当主となったのである。

かれは義父に付いて三年間、家老職になるために学ぶ予定だったが、自動的にそれは二年で切りあげられた。残りの一年間は、伊豆の後見によるという、条件付きでの家老であった。藩主の兄ゆえの特例である。

五月から園瀬藩家老、九頭目一亀の勤めが開始された。

義父のもとであれこれと教わってはいたが、実務となると学んだとおりにはいかない。しかもさまざまな用件に、短時間で判断をくださなければならないのである。おなじ月番の次席家老安藤備後に教わり、場合によっては下城後に伊豆に訊ねるなど、一亀は職務に忙殺されることになった。

飯森庄之助から一献どうか、との誘いがあったときには正直ほっとして受けたのだが、考えてみると時機を見ていたという気がしないでもない。祝いの言葉を述べ、品を贈ると、庄之助は膝を進めた。

やはり一亀の予想したとおり、稲川八郎兵衛がますます権力を強めたことに対する危機感が、とりわけ若手のあいだに強まっているとの訴えである。

隆頼が、ということは稲川が加賀田屋に有利な許可を立て続けに与え、ほかの商人との均衡がさらに崩れた。新しい側用人の的場彦之丞は、藩主の補佐が役目でありながら、稲川の言いなりになっているとの不満であった。

藩士の監督と不正を取り締まるのが役目の目付は、そのほとんどが稲川派で占められているため、本来の役目が遂行できていない。新任の芦原弥一郎も期待外れのどうしようもない鈍物だと、庄之助は愚痴《ぐち》を並べた。

父斉雅が信頼できると名を挙げていた的場と芦原がこきおろされるのを聞いて、一亀は苦笑を隠すのに苦労した。

かれには逆に、二人がたのもしく思えた。一亀とおなじように、まず期待されない、むしろ無視される存在になろうとしているのが、わかったからである。

となれば稲川を暗殺するしかないのだが、と庄之助の話は続いた。屋敷の守りは堅固で隙がなく、登下城は屈強の供侍に護られている。しかも八郎兵衛は、一刀流の免許を持ち、若いころには剣の遣い手として知られていた。城中でねらうことも困難である。

「ご家老には計画がおありだとうかがったことがありますが、話していただけませぬか」

一亀が答えないでいると、庄之助は盃の底を覗きこんでいたが、ぽつりともらした。

「われらは、やることになるでしょう」

「そのおりには、報せてくれるであろうな」

「というお約束でした」

お盆が近づいたある日、一亀は普段より四半刻（約三十分）早く登城して巽櫓に登った。かつて庄之助とみごとな蛍の輝きを見た櫓で、そこからは園瀬の盆地が一望できた。

一亀は、はるかうそヶ淵がある辺りに眼をやって、しばし桔梗の冥福を祈り、心ひそかに復讐《ふくしゅう》を誓った。父との約束を果たし、桔梗と、生まれることなく命を絶たれた腹の子のためにも、稲川八郎兵衛を処罰しなければ、気持が収まらなかったのである。

その夜、飯森庄之助がやってきた。

「約束しましたのでご報告にあがりました、お力をお借りしなければならぬ事態が出来いたしました」

かつての学友は杓子定規《しゃくしじょうぎ》に言った。

藩主隆頼を殺害して御公儀には病死と届け、一亀が藩主に就任し、稲川派の目付を解任して、新任の目付によって書類を調べあげ、筆頭家老稲川八郎兵衛を処罰する以外に、藩を救う手立てはない。ぜひとも合力ねがいたいと言う。

「成功すると思っているのか」

「かならず成功させます」

「書類によって不正を調べるまえに、稲川一派に逆襲されよう。その以前に、主殺しは大逆、全員死罪ぞ」

「主殺しではありません。お上には病死していただきます。それに同志は増えておりますので、おめおめと稲川の思いどおりになるようなことはありません」

一亀にすれば、弟の殺害を黙認できる訳がない。それに御公儀に咎《とが》められずにはすまないだろう。お家騒動としてお取り潰しになる、そのような事態だけは避けねばならなかった。

「もはや決行は変更できません」

「……！」

盆踊りは、十二日が宵日で十五日が楽日の四日間であったが、その楽日に決行することになったと庄之助は言った。

園瀬の盆踊りは、今では一種のお祭りだが、めずらしく酒が入っても、乱闘はおろか小競《こぜ》りあいさえ起きなかった。

踊りは百姓町人のものであっても、小者中間のほとんどが見張りや警護に就く。喧嘩が起きたら鎮めるというよりも、空き巣狙いなどを阻止《そし》するのが主な目的であった。

盆の十五日は公務が休みとなり、武家の多くは墓参りに出かける。藩主もわずかな供を連れて、菩提寺の興元寺に墓参するのが決まりとなっていた。

庄之助たちが楽日に決行するについては、ほかにおおきな理由があった。

宵日や初日に行動に出ては、年に一度の庶民の楽しみを奪うことになる。さらには、商人たちの商売をじゃまして反感を買い、逆効果になると考えたのだろう。

楽日であれば、旅籠《はたご》や料理屋などにはすでに金が落ちており、また土産店らもほぼ品を売り終えている。

「どうか覚悟をお決めになって、お待ちいただきたい」

飯森庄之助はそう言い残して帰った。

一亀は呆然と、その場に坐り続けた。

十四章

新藩主隆頼の初のお国入りということもあって、その年の盆踊りはとりわけ盛りあがりを見せた。隆頼が各町と村に酒を配ったのが前景気を煽《あお》ったらしく、町人や百姓たちにはおしなべて好評だったようである。

もっとも一部には、財政が逼迫《ひっぱく》しているときにとんでもない浪費だとの声もあがった。祝い酒は造り酒屋「花房川」と例の加賀田屋が、稲川家老に賄賂《わいろ》を使って働きかけた、との憶測が原因していたようだ。

そして、待ちに待った宵日になった。

暮六ツ（六時）には間があるというのに、辻々には待ちかねた踊り手や見物人が集まっていた。思い思いの衣裳に身を包み、ある者はひょっとこの面を後頭部につけ、べつの者は頰かむりをし、早くも男たちは赤い顔をしていた。

笛や大太鼓、あるいは三味線の試し弾きが始まると、待ちかねていた踊り手が浮かれて踊り始め、その数が増えたと思う間もなく、渦《うず》が巻き起こった。

待っていましたとばかりに富田《とみた》町のきれいどころが繰り出し、自慢の美声を披露して「よしこの」を唄い始めた。

踊り踊るなら品よく踊れ
品のよいのを嫁に取る

この文句は各地で唄われていて、園瀬固有という訳ではない。ただし、これが唄われることによって、その土地独自の文句が次々と呼び起こされるのである。

女たちは三味線を弾き語り、知りあいの顔を見付けると、あとで店に顔を出すよう声をかけながら流してゆく。

どうせ盆踊りのあいだは、踊り疲れたらちょっと寄って休むくらいで、腰を落ち着けて飲む客などはいない。店が空いてくると、女たちは町に出て見知った顔を探すのだが、それは口実で、本当は唄い、そして踊りたいのであった。

早くから稽古をしているだけあって、勝手に跳びはね、両腕を突きあげているように見えても、そこにはある種の秩序が見られた。ばらばらだった踊りが、いつしか列になり、波打たせながらの統一された踊りとなって、見物人を十分すぎるほど魅了する。

見ている者も囃子にあわせてしきりと体を揺り動かし、誘われるままに踊りの輪の中に入ってゆくが、たちまちにして汗にまみれてしまう。

踊り手は疲れると休んで手拍子を打ち、濠端に出、胸をはだけて団扇の風を送ったりする。しかし囃子に急き立てられるように、ほどなく踊りの輪にもどるのであった。

男たちは無茶苦茶な動きをしながらもぶつかることなく、流れるようにすれちがう。まるで前後に目があるのではと思うくらい、楽々と体を躱すのである。

それだけに、絶えず人にぶつかりながら、夢中になって踊っているその男は、人目を引いた。かれは頬かむりをして浴衣の尻をからげ、腰に瓢簞《ひょうたん》をぶらさげていた。

「おまい、初めてかぁ」

にやにやと笑いながらしばらくようすを見ていた、明らかに職人とわかる男が園瀬の方言まる出しで訊いた。

「土地のもんとちゃうなあ。余所《よそ》から見物に来たんやな」

言われた男はうなずいた。目だけを出して鼻の下で結んだ頰かむりなので表情はわからないが、目が人懐っこく笑ったようである。

「ちょっと踊ってみぃ」

そう言われて、男は手と足の動きもちぐはぐに踊り始めた。

「ちゃうなあ。こうゆうふうに踊れんか?」

職人は巧みな手捌《さば》き足捌きで手本を見せた。全身をむだなく使って、しかも自然に体を動かしている。

男はすぐにまねて踊ったが、足に気持が向かうと手が留守になり、手に気を取られると足がぎこちなくなるようであった。

「腰を使わんとあかん。膝と足首から、むだな力を逃がすんやけんどな」

ふたたび見本を見せると、男は見習ってやってみた。

「お、覚えが早いな。……そうそう。踊りは女を喜ばすんとおんなじで、要は腰の使いかたひとつなんじゃ」

腰を落とせば腿と脛《すね》に力が入って、ぎくしゃくする。膝と足首で衝撃を逃がすと、動きは楽に、しかもずっと滑らかになった。

「うまいうまい。見こみあるでよ。筋がええんやな」

おだてられ、調子に乗って男は踊り狂った。動きが自然になったために、人と人のあいだを流れるように縫いながら、動けるようになったのである。

そうなるとゆかいでならないのだろう、かなり大胆な動きも見せるようになった。生まれつき勘がいいのかもしれない。

突然、職人が棒立ちになって、凍り付いてしまった。顔色が赤くなったり青くなったりを繰り返し、唇が震えていたが、しばらくして絞り出すように言った。

「ご家老さま！」

言われて男も棒立ちになった。踊りに熱中するあまり、頬かむりが解《ほど》けて顔がむき出しになっていた。

狼狽《ろうばい》して結びなおしながら、

「これ、なにを申す」

侍言葉が出て、自分から白状してしまったのである。

一瞬にして空気が変わった。

それを敏感に感じたのだろう、踊っていた町人や見物人が遠巻きにして、二人のやりとりを見ている。

騒ぎに気付いたらしく、警備の中間がやってきた。一人は樫《かし》の棒を手にし、もう一人は腰に木刀を差していた。

「どうした」

「ご家老さまが踊りを」

職人が鉢巻をはずしながら中間に答えた。

「まことなら重大事だが」

年輩の中間がそう言うと、職人は首を振った。

「植定《うえさだ》の安蔵《やすぞう》でございます。お屋敷に出入りさせてもろうとるけん、まちがえようはずがありまへん。一亀さまじゃ。ご家老の九頭目一亀さまに、まちがいありまへん」

中間に見られて、一亀は静かにうなずいた。周囲が一気に騒がしくなった。

年輩の中間が若いほうに、

「一番近いお目付のお屋敷に直ちに報せろ」

若い中間は転がるように駆け出した。

「まこと、九頭目さまでございますか」

「いかにも」

一亀が認めると、中間は地面に膝を突いて絞り出すような声で言った。

「ご無礼の段、ひらにご容赦《ようしゃ》ねがいます」

「立たれよ」

一亀が二度三度とうながすと、ようやく中間は立ちあがった。四十歳前後であろうか、実直そうな男である。

「それにしても、なぜに」

「踊りたくてな。それだけだ」

「ではございましょうが」

「そのほうは踊りたくならぬか、警備をしておって」

中間は返答に窮《きゅう》してしまったようであった。むりもない、身分は低くても町人ではないのである。

人が次第に集まり始めた。一亀さまとか、ご家老、九頭目さまなどの言葉が行き交っている。それを気にしたのだろう、中間が言った。

「お屋敷にまいりましょうか」

「いや、かまわぬ」

野次馬が増えたので、中間は不安になったのかもしれなかった。

「散れーい、散れ！」

声とともに武士の一団がやって来ると、町人たちは左右にわかれて道を空けた。

白扇を右手に構えた中央の武士は、目付の豊嶋一策《とよしまいっさく》であった。中背だが恰幅《かっぷく》がいいので押し出しが利き、なかなかの貫禄である。

「武家が盆踊りに興ずるは、藩の御法度ということを、存じておろうな」

声は野太く威厳があった。

「いかにも」

「では、同道ねがおう」

豊嶋一策の配下が、すばやく一亀を取り巻いた。

踊りに浮かれる町屋をすぎて武家丁に入ると、急に閑静になり、同時に周囲も暗くなる。

連絡を受けたからだろう、一亀の屋敷には番方の者たちの姿があった。

表座敷に入ると、豊嶋一策は極めて事務的に言った。

「沙汰があるまで慎《つつしみ》を申し付ける」

見張りの配下に指示を与えると、目付は帰って行った。

これで、とりあえず隆頼暗殺はまぬかれるだろうが、問題はなに一つとして解決した訳ではない。むしろ、悪化の度合いを増す可能性のほうがおおきい。

熟考を重ねたものの、一亀はほかに方法を見出せなかったのである。

言い渡された慎は、正式の罪状が決定するまでの仮の処置である。これで閉門か蟄居《ちっきょ》になるはずであった。

隆頼を殺害して一亀を藩主に祭りあげ、藩の改革を画策している連中は身動きがとれない。罪人を藩主にする訳には、いかないからである。

追って沙汰があるとのことであったが、宵日に踊っているところを見付けられ、初日、二日目と待っても音沙汰なかった。

園瀬藩では毎月、二の付く日を式日とし、二日と十二日には月番の家老、中老、物頭が評定所で政務の打ちあわせをおこなう。そして二十二日には、その顔触れに非番の物頭や目付、さらに勘定、寺社、町の三奉行が加わり、大評定が持たれた。

お盆は公務がほぼ休みとなるので、緊急の評定が持たれないかぎり、一亀に対する処分は二十二日の大評定で決まるはずであった。

何事もない静かな時間が流れた。

「犯した罪は承知しているので、黙って沙汰を待ちたい。今はなにも申してくれるな」

一亀が義父母と美砂にそう言うと、家族はそれに従った。もっともかれらにしても、どうしようもない状態ではあった。

楽日は七ツ（午後四時）すぎにかなり強い驟雨《しゅうう》があったが、すぐに晴れあがった。

四囲のあらゆるものが、本来の色をいっそう濃く深くした。白壁や庭の白砂はまぶしいまでに白く、樹葉はさらに緑の濃密さを強くし、空は黒く感じるほどの深い群青となった。

盆踊りの囃子は前日よりも狂気の度合いを増したかのようで、三味線も太鼓も強烈な響きを撒き散らし、笛の狂騒や鉦の煽り立てるような渦へと変わっていた。

日が没するとその熱気は加速し、五ツ半（午後九時）をすぎると、囃子ことばが「あしたない、あしたない」の、切りのない反復に取って代わった。明日は日常にもどり、この熱気とは縁がなくなる。踊りに身を委《ゆだ》ねるには、一年を待たなければならないとの気持が、「あしたない、あしたない」のうねりを生み出しているのであった。

一亀の屋敷は武家地としては西の方角、西の丸の下に位置しているので、町屋とは距離があったが、踊りの囃子はそこまで聞こえてきた。

入側《いりがわ》に坐り、かれは静かに囃子に耳を傾けていた。

昼間、墓参中の隆頼が襲われていたなら、踊りは中止になったはずである。取り敢《あ》えず最悪の事態はまぬかれた訳であったが、ただそれだけのことでしかない。困難なのはこのあとであった。

いかに南国とはいえ、さすがにお盆も終わりになると、朝晩はしのぎやすかった。

庭草の辺りでは、コオロギの類《たぐい》が盛んに鳴き声をあげていた。その声の多さに一亀は驚かされたが、なぜなら虫の音に耳を傾けたことなど、ここしばらくなかったからである。

風が出てきたのか、踊りの囃子がまるで呼吸でもするように、おおきくなりちいさくなりしている。

踊り始めた当初は、あらゆる雑念が胸中で渦を巻いていた。眼前の危機を逃れるには、ほかに考えが思いつかなかったし、踊りながらもさまざまな思いにとらわれていたのであった。

藩の立てなおしのこと、会話を交わしたことさえない弟隆頼のこと、婚儀をすませて三月にしかならぬのに、罪人の妻とならねばならぬ美砂のこと、心中に見せかけられて殺されたであろう桔梗のこと、一亀の謹慎によって計画が根底から崩れ去った飯森庄之助たちのこと、実の父母と義理の父母のこと、筆頭家老稲川八郎兵衛と次席家老安藤備後のこと、そして藩の行く末などが次々に頭をめぐっていた。

植木職人の安蔵に声をかけられたとき、一亀は狼狽した。園瀬の里言葉をまるで話せぬことに思い到ったからだが、見物人の振りをするにしても、それらしき他郷の言葉を知らなかった。

町人にまぎれて踊り、発見されることを意図していながら、いざとなると武士であることを隠そうとしたのである。しかたなく安蔵の言葉にうなずきながら、相手に不審がられたら、口が利けぬ振りをしようと決めたのであった。

ところが手ほどきを受け、ちょっとした助言を得ただけで驚くほど体が動くようになると、いつしかそれが強烈な興奮と悦《よろこ》びを呼び起こしていた。

そのうちに、踊ること、体を動かすこと自体に、なんとも言えぬ解放感と自由を感じ、全身の血が沸き返った。

やがて一亀は、自分がなんのために町人にまじって踊ることになったのか、ということすら忘れ去っていた。

――わしの血が踊らせるのだ。わしの血が踊り狂うことを望み、わしの体がその望みを叶え、そうすることによって身も心も、十全な満足を得たいとねがっているのだ。

ゆえに百姓町人たちはあれほどまでに待ち望み、踊り狂うのだろう。どうして、武士たるものが踊ってはいけないのか。

だからこそ、頬かむりが外れて正体が露見したとき、一亀は狼狽したのであった。

流血を避けるため、弟隆頼の命を奪われないために、踊っているところを発見されようとしていた。望んでいたにもかかわらず、いざそうなってみると、かれはまさに罪人として白日のもとに引き出されたような心境になったのである。

背後で人の気配がした。

美砂であることは、振り返らなくてもわかった。坐ったようである。

「虫の声をお聞きでしたか」

「…………」

「いつの間にか、秋になっていたのですね。萩《はぎ》が咲き始めたことを、今日になって知りました」

かなり間を置いてから、美砂は静かに続けた。

「話してはいただけませぬか」

「…………」

「此度《こたび》のことでしたのね」

正式に夫婦になった夜、この家の禄を減らすかもしれんと、一亀が言ったことを指しているのだ。

「あきれ果てたか」

「いいえ。ただ、少しだけ驚かされました」

「少しだけか」

「お聞かせいただけませぬか」

「…………」

「深いお考えがあってのことと思います。妻たるわたくしは、知りとうございます」

一亀が黙したままでいると、かすかな吐息が聞こえた。

「お聞かせいただける日を、お待ちいたしております」

なおも一亀は黙っていた。

「わたくしは、信頼申しあげております」

静かに立ちあがり、美砂は部屋を出ていった。正直な女だと思い、これまでになく美砂がいとおしくなった。

「わたくしは」と言ったところをみると、義理の父母をはじめ家士たちも、相当に落胆、あるいは動揺しているのだろう。

むりもない、最悪の場合はお家の断絶もあり得るのだ。しかし成就できるまでは、いかに妻といえども打ち明けることはできなかった。

十五章

大評定が持たれた二十二日の八ツ半（午後三時）に、目付の豊嶋一策と芦原弥一郎が、九頭目一亀の屋敷の門を潜った。二人は直ちに客間に通ると、床《とこ》の間を背に上座を占め、豊嶋一策が懐より上意書を取り出した。

「上意である。承れ」

平伏した一亀に対して、豊嶋は通達を読みあげた。

処分の内容は、藩の御法度に叛《そむ》きしこと不届きゆえ、家禄を三百八十石から百九十石に半減、家老から裁許《さいきょ》奉行に格下げす、というものであった。なお、出仕は半年後よりとのことである。

読み終わると、豊嶋一策は上意書を両手で掲げて一亀に示した。

「承りました。寛大なる処置に、衷心《ちゅうしん》より感謝致します」

一亀は平伏したまま言葉を述べた。二人の目付は、配下の者に指示を与えると帰って行った。

　裁許奉行という手があったか、と一亀は内心舌を巻いた。

　四ツ（午前十時）に始まる大評定が八ツ（午後二時）すぎまでかかったのは、紛糾したからだろう。

　裁許奉行に、しかも出仕は半年後より、との案を出したのは、弟の隆頼だろうか、それとも父斉雅が練りに練った策を、予《あらかじ》め伝えていたのか。

　裁許奉行は藩政初期にはなかったが、享保《きようほう》二十年になって複数の家老が相次いで病気や怪我で休務しなければならぬ事態が出来したため、七代藩主宗道《むねみち》が新しく定めた役職であった。

　家老に長期休務が発生した場合に代理を務める関係上、中老格であったが、ここで宗道は実力主義を採用した。つまり役は人に対してのもので、家に付くのではない。世襲にはしなかったのである。

　さすがに足軽以下からの採用はなかったが、それはかれらが藩校に通う余裕をもたず、勤めの関係からも、藩政について深く考える立場になかったからだろう。また優れた案や能力を持っていたとしても、それを執政に認めてもらう機会に恵まれていない。いや、ほとんど皆無《かいむ》だからということもある。

それはともかく、能力さえあれば、下士であろうと登用するのが原則であった。中老格にふさわしい屋敷が与えられ禄も増やされるので、身分の低い者にとっては破格の出世となる。

園瀬藩では家老が三百八十石から一千石まで、中老は百五十石から三百七十石までと定められていた。五十石の藩士が裁許奉行に抜擢されると、最高で三百二十石、最低でも百石が足高《たしだか》として加増される。

家老職が健康に恵まれ仕事に支障がない場合、裁許奉行の本来の職務は月に一度、町奉行や郡代奉行の手に負えない、庶民あるいは士卒と陪臣《ばいしん》の訴訟を裁決し、またねがいに対して許可を与えるということで、役名もそこから採られていた。

禄が高いにもかかわらず月に一日の勤めでよいため、遊び奉行と羨《うらや》ましがられ、めったに公務の席に出ないことから蔭《かげ》奉行とも呼ばれるが、仕事である以上楽はできない。

役宅の一室を執務の場とし、藩はもちろん幕府や他藩の事例を調べ、またあらゆる場合を想定して、どのようなできごとが起ころうと的確な判断を、それもすばやくだせるように準備をしなければならなかった。

訴訟の裁決や陳情に対する許可にしても、その場で即座にくだせるものなら、町奉行や郡代奉行で処理できるのである。役宅で書類に埋もれての作業に、忙殺されるというのが実情であった。

多忙であろうが陰口を叩かれようが、下級藩士にとってはまず望めない出世である。また上士にしても跡継ぎである嫡男はともかく、特別に取り立てられるか、婿養子とならないかぎり一生を部屋住みですごさねばならぬ次三男坊は、裁許奉行の席を目指し、目の色を変えて学問に励むことになった。

一方、裁許奉行に選ばれたものは、早くから息子に仕事を教え、事あるごとにわが子の優秀さを売りこむことに懸命になる。裁許奉行の任命は藩主がおこなうが、実際に決めるのは老職であった。

そのため、二代にわたって裁許奉行を務めた例もある。もっとも、地位にふさわしい能力の持ち主でないと判断されると、突然に罷免《ひめん》されることもあった。とてもではないが、遊び奉行などと呼ばれる安気《あんき》な役職ではない。

一亀が感心した理由は、ほかにもあった。

ほとんど登城しない裁許奉行は、特別な場合を除き藩主と接することがないのである。傍目には、藩主が邪魔者である異腹の兄を中老に格下げしたうえ、名目だけの役である閑職に封じこめて、身動きできなくしてしまったと映るはずだ。

忘れ物をしたと芦原弥一郎が引き返してきたとき、一亀は書見台をまえにしていた。

「これはこれは、いやはや、さすがに……」

なにに感心したのか、弥一郎は感に堪えぬという声を発した。顔も丸ければ体つきも丸く、しかも童顔なのでまるで貫禄というものが感じられない。

「忘れ物はなんでござるか」

「ここに」袴の裾をさばいて坐ると、弥一郎は口を指し示した。「豊嶋氏を待たせて話をすれば、勘繰られましょう。それで忘れ物を口実に」

「かえって怪しまれるのでは」

「こういうときのために、粗忽《そこつ》者の実績を積みあげてまいりましたので」

無邪気とも思える笑いに、一亀もつい微笑《ほほえ》んでしまった。芦原弥一郎は、相変わらず笑みを浮かべながら静かに言った。

「それがしを手とも足とも考え、あれこれとお命じください。ことは慎重に、されど急がねばなりませぬ。このあと、いかがなされるおつもりですか」

「半年後より出仕ですからな、静かに本でも読もうかと」

「で、そのあとは？」

「…………」

「時間はありますので、じっくりとお考えください。とは申しましても、さほどのんびりともできません。旬日や半月は休息していただいても、差し支《つか》えないでしょう」

軽く会釈《えしやく》して立とうとする弥一郎に、一亀は思わず声をかけていた。

「裁許奉行の件は大殿のお考えか」

「いえ、わが殿が申されたことです」

浮かしかけた腰をおろすと、弥一郎はきまじめな表情になった。

やはり大評定は紛糾したらしい。まず、次席家老の安藤備後が、あまりにも厳しすぎると強硬に反論した。ところが意外にも、稲川八郎兵衛が安藤に同意したのである。

「藩主家に連なるお家柄、あまりに厳しき処置では、藩士が動揺いたしましょう」

筆頭と次席の家老が同意見となれば、ほかの家老も反対はしない。中老や三奉行なども控えめながら、もう少し穏当な処置が適当と思われるとの見解に傾いたのであった。

　隆頼が十七歳という若さであれば、後見である執政の考えが、藩主の意向と重なると考えるのは当然であった。

「皆の者はどうじゃ」

　言われて重職たちはうなずいたが、それまで苦虫を嚙みつぶしたような顔で沈黙していた九頭目甲斐が、寛大に扱うことに反論したのである。

　身内に対して厳しすぎないかと言われて、甲斐は激昂した。

「政をなんと心得おる。藩の御法度なれば、武士たるものが守るは当然。ましてや老職なれば、率先して遵守《じゅんしゅ》すべきであろう」

「それは建前と申すものではござらぬか」

　全員を見渡してから、稲川八郎兵衛は困ったお人だとでも言いたげな顔で甲斐を見た。

　伊豆家に藩主の長子永之進が婿入りして以来、甲斐家は一族の中で影が薄くなっていた。その憤懣《ふんまん》を晴らそうとしているのではないのか、との揶揄《やゆ》がこめられた視線である。

　そのとき、隆頼がやや甲高《かんだか》い声で言った。

「甲斐の申すとおりじゃ。よいか、一亀のおこないたること不届きにつき家禄半減、裁許奉行に格下げし、半年後より出仕との処置、一歩たりとも引くことはならぬ」

「ではございますが」今度は安藤備後が喰いさがった。「一亀さまはお上のお兄上にございます。あまりに厳しき罰は、かえって同情を呼ぶこととなり」

「それは心得ちがいというもの。家老ともなれば、藩士のみならず百姓町人にも範を垂れるべきものである。身を厳しく律してこそ下《しも》を指導でき、下の者も従う。老職であり、藩主家に連なり、しかもわが兄である。されど法は法。ここで身贔屓《みびいき》せぬ厳しさを示してこそ、万民を納得させることができるのではないのか」

　正論であるだけに、だれ一人として言葉を返すことができなかったのである。

　それまで余裕たっぷりに、薄笑いさえ浮かべていた稲川の表情が、急に厳しいものとなった。言うがままになっていた操り人形が、それも大評定の場で、正々堂々と自分の意見を述べたのである。

　重臣たちも見なおし、隆頼に対する評価は一気に高まったようであった。

　一座には少数ながら、反稲川派も参列していた。一亀の擁立《ようりつ》を目論みながら、今回の踊りの一件で夢が幻として霧散したかれらは、今度は若き藩主に期待を抱くことだろう。大評定での仔細《しさい》は、ただちに大評定に出ていない反稲川派の面々にも伝わるはずである。

一亀の影はますます薄くなった。まさにねらいどおり、いやそれ以上の結果を招いたのであるが……。

「これ以上の長居は、いくら粗忽なそれがしでも不審に思われますゆえ」

言い残して、芦原弥一郎は帰って行った。

完全に政治の中枢《ちゅうすう》から離れたことで、一亀は期待も警戒もされることはなくなった。それは自分が望んでいたことではあったが、実際にそうなってみると、妙な閉塞《へいそく》感にとらえられたことも事実である。

隆頼は若いにもかかわらず己の主張を通し、それによって重臣の評価も得た。しかしそれは藩主という立場にいてこそできたことであり、それが権力のありかたというものの本質だという気もする。

もしも自分が藩主となっていれば、隆頼とはちがった方法で、父には成し得なかった藩の改革がおこなえたのではないだろうか。

あるいは正室と側室の子であること以前に、自分は凡庸《ぼんよう》で藩主になる器ではなく、逆に弟はその才に恵まれていたのかもしれない。それを見通した父斉雅が、兄弟の対立や藩の分裂を防止するために、熟慮の末に巧妙に筋書きを運んだとも考えられた。

兄弟で力をあわせて稲川の不正を暴き、藩政を正常にもどすようにと父は言ったが、そのことは隆頼にも伝わっているのだろうか。そうでないとすれば、自分は翼をもがれたまま、遊び奉行として一生を終えなければならないかもしれないのである。

「愚かしきことを」

一亀は思わず呟き、そして苦笑した。

調子よく事が運んだというのに、つまらぬ猜疑心《さいぎしん》にとらわれてどうするというのだ。まさに考えていたとおり、いやそれ以上の、望み得るかぎり最高の展開ではないか。雑念の虜となることなく、時間が自由に使える今こそ、今後のために念入りに計画を立てるべきなのだ。

「のんびりしておるときではないぞ、一亀。正真正銘の遊び奉行として、腕を揮《ふる》ってやろうではないか」

十六章

家老から裁許奉行に格下げされ、家禄半減の処分を受けた九頭目一亀は、大評定の翌朝六ツ（六時）に、並木の馬場の手前に姿を見せた。

前日、目付の芦原弥一郎が九頭目家を辞してから、一亀は瞑目したまま微動もせずに、考えをまとめたのである。

四半刻（約三十分）ほどして「よしッ」と声をあげると、省吉を呼び、翌朝、並木の馬場で調教をするので、用意をしておくようにと命じた。省吉が瞬時ためらいを見せたのは、罰に違反するのではないかと考えたからかもしれない。

「かまわぬ。なんの問題もありはせん」

明快で迷いのない主人の言葉に省吉がうなずくと、一亀は付け足した。

「握飯を用意しておけ」

乗馬は黒鹿毛の新月《しんげつ》と月毛の望月《もちづき》で、ともに九頭目家の自馬《もちうま》である。一亀が望月に跨り、省吉が新月の口を取っていた。木刀を腰に差した中間が従う。中間は省吉が下女に用意させた握飯を、背負網《しょいあみ》に入れて斜めに背負い、竹の水筒を腰にさげていた。

盆がすぎたばかりということもあって、行きかう者もほとんどいなかった。たまに通りかかる百姓や商人は、それまでと変わることなく、朗《ほが》らかな笑みを浮かべた鞍上の一亀に頭をさげた。武士以外の領民の多くはまだ、かれが受けた処分を知らなかったので、べつにふしぎには思わなかったのだろう。また、そんな早い時刻に歩いている武士はいない。

七ツ半（午前五時）に屋敷を出たかれらは、城山の麓《ふもと》をひとめぐりして、並木の馬場に向かった。一亀の屋敷は西の丸の下にあるので、かなりの距離、武家丁を通らなければならない。

馬は歩かせていたが、そのままでは蹄の音が響く。何事が起きたのか、またこんな時刻に何者がと訝《いぶか》る者がいるかもしれぬので、省吉は二頭に馬用の草鞋《わらじ》を履かせていた。音をさせてはならないとき、また滑りやすい岩盤が剝き出しになった山道を歩くときなどのために、馬用の草鞋は常に用意してあった。

馬は体重があるため、草鞋はすぐに擦り切れてしまう。口取役は必要になりそうだと判断すれば、腰からたくさんの草鞋をさげるのが常であった。

濠に架けられた三本の橋の一つを渡ると、左手に調練の広場があり、右手は空き地で、その先は濠となっている。

やがて、下級武士の組屋敷と町屋が混在した地域に入った。

城下の掘割には何箇所も、水際におりる石段が設けられていた。おりきるとコの字になった窪みとなっていて、そこで女たちは野菜を洗い洗濯《せんたく》をする。各戸に井戸はあるが、汲みあげるのが手間であるし、水量が豊富なため女たちは洗い場を利用していた。

小ぶりな盥《たらい》に洗濯物を入れた女が、洗い場からあがって来た。蹄の音もしないのに、突然、目の前に二頭の馬が姿を見せたので、よほど驚いたのだろう、目を見開いて立ち竦《すく》んでいた。

そのようなことはあったが、かれらはほとんどだれに知られることもなく、並木の馬場にやって来たのである。

水田地帯からの道と寺町を抜けた道が合流し、西へと延びる街道にも、馬場の西を花房川の橋の袂にある北の番所に向かう、ほぼ直線の街道にも、人影はなかった。

馬場は二万五千坪強の広さがあり、城山の北を隣藩に向かう街道の走る西側と、その先に花房川の流れる北側は、防風林を兼ねた並木になっていた。外側は常緑の松、内側には落葉樹の櫟《くぬぎ》が植えられている。馬場の名はそれに由来していた。

並木では油蟬と熊蟬が姦《かしま》しく鳴き交わしていたが、それに時折ツクツクボウシの声が混じっていた。秋がそこまで忍び寄っているのだ。

馬場がほどほどの広さなのは、馬の馴致《じゅんち》を主な目的に設けられたからである。馬に体力と持久力を付けるためには、藩士は巨大な蹄鉄状の大堤を往復した。あるいは土地の起伏が激しい、雁金《かりがね》村や蛇ヶ谷盆地などへの遠乗りに出るのであった。九十九《つづら》折りになったイロハ峠だと、歩かせて往復するだけでも、若駒は相当な脚力を付けることができた。

並木の馬場には、長方形あるいは楕円形の何種類かの砂馬場や、長い直線の走路が設けられている。山野を駆けめぐる野戦《のいくさ》の訓練のために、岩や柵、崖や溝などの障碍物を配した一画もあった。

さらには削蹄《さくてい》のできる作業場が設けられている。当然、調教後の汗を洗い落とすために、馬洗場も設置されていた。

小屋から番人が顔をのぞかせたが、一亀だとわかると一礼して顔を引っこめた。

「のどかなものであるな」

かつては六ツともなれば、熱心な藩士たちが調教に励んでいたであろうが、平穏な日々の続く昨今では、早朝の馬場はまず無人ということらしい。

この調子では、西の丸にある藩の道場だけでなく、何箇所かの道場にも、汗を流す藩士の姿は少ないのではないだろうか。

――道場も覗いてみなければならんな。

そう思いながら、一亀は望月を砂馬場に乗り入れた。蹄が小気味よく砂を嚙み、尻への突きあげがいくらかやわらかくなった。

馬の筋肉がほぐれるまで輪乗りをしてから、調教を開始するのが手順である。

月毛の馬は、ほとんど白いものから黄褐色まで、体毛の個体差がおおきかった。ただし、目は一様に明るい茶色である。望月の体毛は色が薄く、ほとんど乳白色に近い。色が薄い体毛の馬には何種類かがあるが、月毛の馬は少なくて、園瀬藩では望月だけであった。

二頭ともに一亀は何度も跨っていた。三歳と四歳のまだ若い駒なので、乗り手の指示通り従うように、約束事を覚えさせている段階である。

発進と停止、急発進と急停止、右折、左折、常歩から速歩、さらには駆歩への滑らかな移行、走行中の手前替えなどを、一亀は繰り返し教えた。

いわば基本中の基本で、これを徹底して覚えさせると、さらに複雑な以後の調教に、楽に進むことができるのである。

後退や斜行、後脚《こうきゃく》を軸にした回転などはもちろんとして、全力疾走《しっそう》の動きでありながらまるで前進しない、「その場駆歩」のような高等馬術は、これから長い時間かけて教えることになる。

一亀が根気よく、おなじ動作を教えこんでいるあいだ、省吉は長方形の馬場で、ゆっくりと新月の引き運動をしていた。

鞍下や内腿のように擦れあう部位では、汗は白く泡立ち、やがては垂れて流れ落ちる。馬上にいても汗が強く臭うようになったので、一亀は望月を省吉に委《ゆだ》ね、続いて新月の調教を開始した。

手綱《たづな》を受け取った省吉は、鞍を外すと馬を水場に連れて行く。背の鞍下部分は汗が白い泡状になり、湯気が立っていた。

馬洗い用の水場では、花房川から引いた小川が、コトコトと規則正しい音を立てながら水車をまわして、木製の水槽にきれいな水をふんだんに送りこんでいる。

省吉は引き手を左右の杭に繋ぎ、手桶で水をかけながら望月の汗を洗い流した。全身を洗い清めると、薄い金属板を輪状にして柄をつけた水切りで、水を削《そ》ぐようにして落としていく。擦《こす》っても飛ばなくなるまで水を切っておくと、残った水気は馬の体温で自然に蒸発するのである。

調教を終えた新月を省吉に託すと、一亀はその手際よい手入れに見入った。鞍を外して鞍置き台に置いた省吉は、すぐには水洗いに取り掛からない。新月の脚もとを見ながら、周りをゆっくりとひとめぐりした。

背中からは濛々《もうもう》と、湯気が立ちのぼっている。

馬は落ち着きなく、脚を何度か踏み替えていたが、それを見ていた省吉は、先が鋭く曲がったちいさな手鉤《てかぎ》を手にした。ゆっくりと黒鹿毛の馬に近づきながら、安心させるように間延びした声をかける。

「おーら、おーら」

新月の後脚の、人で言えば膝に当たる部分をぽんぽんと叩き、省吉は足首を摑んでひょいと持ちあげた。

蹄が裏返しになると、楔形《くさび》になった蹄叉《ていさ》の中央の溝に礫《こいし》が挟まっていた。省吉は手鉤の先でそれを取り除くと、藁を束ねた手入れ具でやわらかく撫で、水車が溢れさせている水槽の水を、馬洗場の馬の脚もとを流れるように引いた。

「しばらくじっとしてろよ。冷やせば、すぐに楽になるからな」

言われた意味がわかったかのように、新月はそれまで落ち着きなく動かしていた脚を、ぴたりと止めた。

「省吉、おまえは馬と話せるのか」

一亀が問うと、省吉は少し考えてから答えた。

「馬は利口な生き物で、喋ることはできませんが、人の言っていることは、おおよそわかるようです」

「さようか。ならば、うっかり悪口は言えんということだな」

一亀が言うと同時に、新月が音高く鼻を鳴らした。

「それが返辞のようですね」

省吉は澄ました顔で、手際よく馬の手入れを続ける。

父斉雅が身の回りの世話をさせるために付けた省吉は、短い期間に馬丁の仕事もこなすようになっていた。なにをやらせても、いつの間にか習得しているので、一亀もつい、かれにやらせるようになっていたのである。

そのころになると、街道を往来する荷車や農夫などが増えていた。

馬の手入れを終えた省吉は、やわらかそうな禾本《のぎぐさ》の密生した草場に連れて行き、手綱を柵に結び付けた。引き返すと、水車のまわる水場に行って、底の深い桶に水を満たし、それを馬たちの所に運んだ。

「さて、飯にしますか」

もどった省吉がそう言ったので、中間は背負網から筍皮《たけのこがわ》に包んだ握飯を取り出した。馬がいるときはまず馬を優先し、人はその次であった。

それは、戦いの続いた時代から守られてきた習慣である。「兵卒の替えはいくらでもいるが、馬、特に良馬の替えはない」と繰り返されてきた言葉は、戦に縁の薄い時代となっても生きていた。

「まず馬、それから人」である。

主従三人は雨覆《あまおお》いのある板敷きに移って握飯を食べ、水を飲み、四半刻ほど横になって疲れを癒した。

そのようにして、遊び奉行、いや裁許奉行としての、九頭目一亀の第一日は始まったのである。

十七章

新月と望月を屋敷に連れ帰るよう中間に命じると、一亀は省吉を供に何箇所かの道場をめぐることにした。

まず向かったのは、古屋敷と呼ばれている大谷《おおたに》道場である。

道場主についてはもちろん、来歴やどのような弟子を育てたかなどということを、一亀はほとんど知らなかった。

「ここから一番近い道場はどこだ」

「大谷道場です」

「では、そこからにするぞ」

そんな遣り取りだけで、最初の訪問先に決めたのである。

省吉によると、馬之介《うまのすけ》と内蔵助《くらのすけ》という年子の大谷兄弟が開いた道場だが、兄が江戸に出たため、弟が跡を引き受けているとのことであった。

常夜燈の辻をほぼ園瀬の城下の中心とすると、大谷道場は東北の外れに位置していた。集落からは孤立し、周りはすべて水田となっているので、立地条件としては相当に劣悪である。おそらく、上級藩士はほとんど通っていないだろう。

家老や中老格の屋敷は、二の丸、三の丸、西の丸の下に屋敷割りされている。番方はその周辺の番丁を中心に、役方の住居はその東に主に配され、一部は町屋と混在していた。組屋敷は、さらにその周縁に点在している。

大谷道場だと往復だけで四半刻（約三十分）、西の丸下の武家屋敷からだと半刻（約一時間）近くもかかる。毎日ではないとしても、これでは道場通いも楽ではない。

省吉によると、大谷道場の弟子のほとんどは中級以下の藩士の次三男坊で、町人や百姓も通っているとのことである。

一亀と省吉は水田の中の一本道を、古屋敷へと歩いて行った。

稲穂はこれから次第に重みを増してゆくのだろうが、垂れるまでにはいたっておらず、色もまだ濃い緑である。その稲穂の上を風が渡るので、水田が絶えず波打っているように見えた。

道に沿って流れる小溝には、田の水面に落ちる稲の花をたっぷりと食して育った、一寸（約三センチ）ばかりの小鮒が群れていた。小鮒は狭く浅い溝から、成長するにつれて広く深い用水、そして掘割に移り、群れも次第におおきくなる。稲が黄金に色づく秋になると、盆地中のかなりの数の小鮒が、城郭の深い濠に集まった。そして、巨大な怪魚かと思うほどの、真っ黒な群れとなって泳ぐ姿が、住民たちを驚かせるのである。

「なぜ古屋敷と呼ばれているか、ご存じですか」

竹刀《しない》を打ちあう音や、気合声がおおきくなり始めると、省吉がべつに訊くともなく言った。この若者は、いつの間にかそのような情報や知識を得ていた。それも一亀が省吉を重宝《ちょうほう》する、理由の一つであった。

「屋敷のあるじは、裕福なお百姓だったそうです」

園瀬の盆地がたびたび洪水に見舞われていたころからの旧家で、水田の中にある小高い丘を屋敷地としたのはそのためだ。周囲は石垣で、さらに全体が練塀で取り巻かれている。先祖はおそらく、平時は農業に励む郷士だったのだろう。

ところが初代藩主の発案による事業で、大堤が築かれたため、花房川は氾濫する心配がなくなった。となると、高台にあるのが却《かえ》って不便となる。農作業、特に収穫のたびに、米や麦、豆類などの穀類を運ばなければならないからだ。また農機具を運びあげたり、おろしたりするのも大変な重労働であった。

「そこで、あそこに」

言いながら省吉は、城山の裾野にある一画を指さした。神社の赤い鳥居が見える辺りの、少し南にある平地に、十年ほどまえに屋敷を新築したとのことであった。古屋敷は空家となったので、大谷兄弟は安く借りることができたらしい。

長いあいだ手を入れていないらしく、練塀はいたるところで漆喰《しっくい》が剝げ、上部の瓦も一部が落ちていた。

近付くにつれて、庭も広いけっこうな敷地だということがわかった。籾干《もみほ》しや脱穀などのためには、それだけの作業場が必要なのだろう。

厩舎や牛小屋も別棟となっているが、馬も牛もいない今は、物置として使用されているようだ。母屋の横手辺りからは、母仔の山羊《やぎ》が鳴き交わす声も聞こえてきた。庭では猩々茶《しょうじょう》と呼ばれる赤褐色の羽色をした鶏が、地面を蹴りながら餌《えさ》をついばんでいた。二人が近付くと、悲鳴をあげながら逃げ惑うので、埃《ほこり》が舞いあがった。

母屋にも納屋にも、軒下には燕《つばめ》の巣用の板がかけられていたが、すでに巣立ちは終わっているのだろう、雛《ひな》の姿は見られない。

道場は納屋を改造したもので、戸も窓もすべて開放されている。近づくにつれて、竹刀の音がさらにおおきくなった。

一亀と省吉が屋内に入ると、弟子の一人がやって来て、黙ったまま、「なに用か」とでも言いたげに目で問うた。名を告げると、やはり礼もせぬまま、道場主らしき男に小声で知らせたようである。

脛毛《すねげ》だらけの足を見せて胡坐《あぐら》を組んだ中肉中背の男が、道場主の大谷内蔵助であるらしい。三十前後と思われる男は、じろりと一亀たちを一瞥すると、弟子を叱りつけた。

「馬鹿者《もん》。客人なら濯《すす》ぎを持たんか」

言ったきり、男は正面を向いてしまった。

弟子は返辞もせずに道場を出たが、しばらくすると、母屋と納屋のあいだ辺りで水音がした。

省吉が一亀の草鞋の紐を解き、馬乗袴の裾の埃を払った。そこへ弟子が洗足盥《すすぎだらい》を持って来た。足を濯いだ一亀は、見所に出向いて男にあいさつした。

「九頭目一亀と申す」

「大谷内蔵助でござる」

「暫時《ざんじ》、見学させてもらいたいのだが、よろしいか」

「御随意に。ただし、なんのおかまいもできん」

「では、失礼」

一亀は腰をおろすと、大刀を右に置いた。

省吉は入口近くに正座している。

建物は天井の高い平屋で、無数の梁《はり》が渡されていた。農閑期に稲束を干す竹棹《たけざお》などを保管するために、使用していたのだろう。

かまうことはできぬと言った道場主の言葉どおり、茶の一杯も出なかった。客に対して話しかけようともしない。

ほどなく道場を出た二人は、水田の中の道に続くゆるい坂を、ゆっくりとおりて行った。一亀が含み笑いをすると、おなじように省吉も声に出さずに笑った。主従は黙ったままであったが、互いの胸の裡は十分にわかっていた。

——時間のむだでしたね。

——と申して、あいさつだけで、すぐ引き返すこともならず。

——志が低すぎます。技を磨くまえに心を、せめて鍛錬の場である道場を、清めることから始めなくては。

戸も窓も開け放ってあるにもかかわらず、道場には重く、うっとうしい空気が充満していた。汗を吸った稽古着の発する、饐《す》えたような臭いだけではない。稽古の前後に念入りな拭き掃除をしないために、いつしか不快な臭いが染み付いてしまったのだろう。

それよりも一亀が失望したのは、大谷内蔵助の態度であった。名を告げるなり、その目に蔑《さげす》んだような色が浮かんだのを、かれは見逃さなかった。

［なるほど、おまえが噂の間抜け侍か］

言葉にはしなくても、露骨に目が詰《なじ》っていたのだ。それは剣を学ぶ者、教える者の姿勢とは言えない。もっともそんなことは、今の一亀には問題ではなかった。むしろ、かれのねらいが思ったよりも早く、しかも深く浸透しているらしいとわかり、それがおおきな収穫と言えた。

程度の差はあっても、そして態度に出すか出さないかのちがいはあろうが、ほとんどの藩士が、大谷内蔵助とよく似た目で一亀を見ていると考えていいだろう。それも、大評定から一昼夜も経たないのに、自然と浸透したようである。

――これでよいのだ。

一亀は内心にんまりとした。

このままあちこちに顔を出し、身分や仕事に関係なく多くの人に接するとしよう。そしてなるべく短期間で、益をもたらしてくれる訳ではないが害にもならないという、そこにいてもだれもが気に留めようとしない、空気のような存在になることだ。

多くの者が重視しない人物になりきれば、勝手な行動をとっても、さほど注意を払われることがなくなる。そうすればさらに自由に動きまわれるし、さまざまなきっかけを得ることができるだろう。また、ごく一部ではあっても、かれの真意に気づいて、協力してくれる者も出てくるはずだ。

大谷道場に続いて、一亀は日向《ひゅうが》道場と原《はら》道場を覗いた。

一亀が魅力を感じ、救われた思いがしたのは、二番目に訪れた日向道場主の、日向主水《もんど》である。

かれの道場の床は拭き清められて黒光りしていたし、弟子たちも礼儀正しかった。稽古に取り組む姿勢も、大谷や原の道場とは根本的にちがって、真剣かつまじめで、空気が張り詰めていた。

しかし、いかんせん道場主の主水が老齢でありすぎた。矍鑠《かくしゃく》としてはいるが、おそらく七十歳くらいだと思われた。

「小高根大三郎《おだかねだいさぶろう》どのを養子とし、道場を譲ったとのことです」

「だが、実際は爺さんが取り仕切っておる」

「はい。大三郎どのは今でも大先生とお呼びして、師匠を敬《うやま》っているそうです」

もちろん、それはいいことではあるが、大三郎には一亀が望んでいる人物像とは、相当なずれが感じられた。養子となったものの小高根道場と改称せず、以後も日向道場で通す気でいるらしい。

――律儀者なのはいいが、どことなく物足りないな。壮年で、これという人材はいないものか？

父斉雅に藩の状況を知らされたとき、一亀が痛切に感じたのは、藩士の一部にある、心のありように対する思いちがいであった。武士の立場というものをはきちがえているために、権威を笠に着て威張るとか、地位を利用し、当然のような顔をして商人から賄賂《まいない》を取ったりするのである。

そのためには藩校および道場で、まず根本になる心構えから、教導しなければならないというのが一亀の信念であった。

不正を糺《ただ》して藩政を本来の軌道に乗せるという、短期的な目的のための行動と、それを維持するに必要な人材の育成という、長期的な展望で臨み、しかもそれを並行しておこなわねばならないのである。

一亀は、かれの考えを遂行するための、核となるような人物を得なければならないと、痛切に考えていた。特に剣に関しては、外部から指南役を招くつもりはなかった。生え抜きの藩士で、志が高く、剣の技だけでなく精神面でも、若い藩士の模範となるような人物でなければならないのである。

——なるべく早く、日向道場を再訪するとしよう。

一亀は心にそう決めた。

あの老人はなかなかの一刻者《いっこくもの》らしいが、頑固だということは、自己の信念を持ち、しかもそれを枉《ま》げないということでもある。

主水にはおそらく、一亀の求める人物についての心当たりがあるだろう。かれの眼鏡《めがね》に適《かな》った人物なら、若い藩士を託せるはずであった。

「日向どのは渾名《あだな》で呼ばれているそうですから、お弟子さんに人気があるのでしようね」

「あれほどの年寄りなのに、渾名で呼ばれておるのか」

「昔から年寄りだった訳ではありません」

「なるほど、道理だ」

「お顔をご覧になられて、なにを思われましたか」

型どおりではあるが、九頭目一亀と日向主水はあいさつを交わした。当然、一亀に関する事情は耳にしているのだろうが、主水は曖気《おくび》にも出さない。

容貌で印象が強かったのは、ちいさな目であった。いや、目だけでなかった。道場主にはとてもふさわしいと思えない、おちょぼ口だったのである。

当たり障りのない会話ののち、主水は稽古に励む弟子たちに視線を向けた。ちいさくてもその眼光は鋭かった。そして与える指示は簡潔で、しかも的を射ていた。

主水の横顔に一亀は驚かされたが、なぜなら額から顎までが一直線に見える異相であったからだ。つまり、額、鼻、顎の先端、さらに言えば両頬がおなじ高さなのである。

要するに、鼻が極端に低いのだ。正面から見ると、顎が張っているので長方形をなし、眉が薄いこともあって、顔全体がのっぺりと平板に見えた。しかも二つの目と口が、異様なまでにちいさい。

それを逆さにすると、

「下駄……か」

一亀がそう言うと、省吉はにんまりと笑った。

「はい。下駄の師匠。それ以外に考えられないでしょう」

まさに鼻緒なしの下駄、としか喩《たと》えようがない。

「渾名はもう一つありまして」

「……？」

「破門先生」

なぜなら突然のように爆発して、「破門だ！　わしのまえに二度と顔を見せるな！」と呶鳴《どな》りつける。そのため破門にした弟子は、数知れないという。

「ところが、時間を置いて詫びを入れると、たいてい許してくれるのだそうです」

「その人のいいところが人気なのだな」

「まさか」

破門を許された弟子があとになって、「わたしはなぜ破門されたのでしょう。先生はなにをお怒りだったのですか」と訊いても、答えることができないのである。

「つまり短気ですぐにカッとなりますが、しばらくすると、なぜ自分が激怒したのかを、忘れているのですね」

「口ばっかりで腹は空っぽということか。まるで鯉幟《こいのぼり》だな」

省吉は静かに微笑んだだけであった。

――下駄の破門先生、か。やはり、会わねばなるまいな。それもなるべく早く。

風が出たためか、降るような蟬時雨《せみしぐれ》が急におおきくなった。乾いて白っぽくなった路面に落ちた老松の影が、くっきりと濃い。

最後が原道場である。道場主の原満津四郎《まつしろう》は六尺（約一八二センチ）を超える上背があり、肩幅が広くて、極端な怒り肩であった。

しかし体形をべつにすれば、大谷内蔵助と大同小異である。弟子たちの礼儀知らずさや、道場に籠もった重苦しい臭いや空気も、ほとんど変わることがない。

十八章

屋敷にもどった一亀が、開け放した表座敷で茶を飲んでいると、「よろしいかな」と、遠慮がちに声をかけた者がある。

義父であった。

「よろしいもなにも」

家老職を引き継いだ永之進が伊豆を襲名すれば、隠居名に変える予定でいたが、かれが一亀を名乗ったために、義父は伊豆のままで通していた。もっともそう遠くない将来、名を改める気ではいるらしい。

「だれか、おらぬか。義父上《ちち》に茶をお持ちしろ」

「あ、いやいや」

手で中途半端に制しながら、伊豆は落ち着かぬようすで腰をおろした。

用向きがわかっているので、一亀はおだやかな笑顔を義父に向けた。目で催促《さいそく》したのだが、そのために相手は、さらに切り出しにくくなったようである。

一亀がその日の早朝に屋敷を出て、長いあいだ家を空けたのは、九頭目家が坩堝《るつぼ》のようになるのを見越してのことであった。

婿養子の一亀が、御法度である園瀬の盆踊りで頬かむりをして踊っていた事実は、家族と家士、そして使用人にとって、まさに青天の霹靂《へきれき》にも等しかったはずである。その後、十日間の禁足が命じられ、そして前日の処分であった。

今後の状況次第では、それだけではすまない可能性も高く、場合によってはお家の廃絶すら心配しなければならない。それなのに当主の一亀は、朝早くから馬場に出かけてしまったのである。だれもが頭を抱えたにちがいない。

伊豆のもとには、不安の声が否応なく入って来るはずだ。妻のおくら、一亀の妻である娘の美砂、そして用人の北原明興《きたはらあきおき》、さらには家士や中間小者までが、伊豆に対して有言無言の圧力をかけるはずである。

それだけではない。同族の家老九頭目甲斐や、中老の九頭目の二家をはじめとして、親類縁者も黙ってはいないだろう。

つまり、一亀が並木の馬場で馬に乗っているあいだに、すべての意見が出尽くすはずであった。

伊豆が隠居して一亀が家老となったとき、北原は用人の役をそのまま引き継いでいた。通常であれば、まず北原から一亀に話が来るはずである。だが、今回にかぎっては荷が勝つと判断し、伊豆が直接乗り出すことが、一亀にはわかっていた。

予測していたとおり伊豆はやって来たが、実際に面と向かうと、考えているようには話せないのだろう。庭木に目をやったまま、伊豆は何度か咳払いをした。その目の先には、底紅《そこべに》の芙蓉《ふよう》がひっそりと咲いている。義母のおくらが、殊《こと》のほか愛《いつく》しんでいる花であった。

芙蓉花にしばし目をやっていた伊豆は、それ以上は無言を続けられないと観念したのか、諦めたような顔になって口を開いた。

「並木の馬場に、調教に出向かれたそうであるが」

「はい。やはり早朝は、空気が清々しくて爽快です。馬には適度な運動だったでしょうし、おかげで、わたしもいい汗をかくことができました」義父が言うよりも先に一亀は続けた。「そのあと、三箇所の道場をまわりまして。それなりにおもしろうござったが、中でも日向道場のあるじが変わり者で、二つの渾名を持っておるそうです」

「下駄の師匠、それと破門先生」

一亀にそれ以上喋らせまいとしてか、伊豆はねじこむように早口で言った。

「ご存じでしたか。もっとも、当然と申せば当然ですな。当地で長年、家老を務められていたことでもあるし」

「一亀どの」

「義理ではありますが息子です。どの付けでなく、どうか一亀と呼び捨てにしていただきましょう」

伊豆は憂鬱な目になって、何度も首を振った。

「よろしいか、一亀どの。昨日の今日ですぞ。いくらなんでも、少しは慎まれるべきではござらんか」

「そのことでしたら、なんの問題もありません」

「……？」

「よくよく考えてのことです。どこからも文句の出る筋合いではないし、万が一ねじこまれたとしても、ちゃんと受け答えはできます」

前日、芦原弥一郎が帰ったあとで、一亀は処分について改めて検討しなおした結果、一片の問題もないと判断したのであった。それだけではない。くだされた罰が十分に注意を払われたものであることを、つまり父斉雅の策に副《そ》ったものだと、再確認していた。

目付の芦原によると、若き藩主で一亀の弟である九頭目隆頼は、大評定の席で次のように言明したという。

「よいか、一亀のおこないたること不届きにつき家禄半減、裁許奉行に格下げし、半年後より出仕との処置、一歩たりとも引くことはならぬ」

処分およびそれに続く言葉は厳しいものだが、その実、巧妙に計算されたものであることに、一亀は気づいていた。芦原によると、今回の処分は、隆頼自身が決定したとのことであった。

もちろん、相手が義父といえども、実父斉雅の計画を洩らす訳にはいかない。

「家禄を減らされるとか、降格を言い渡される場合、当然ですが、通常はそれに応じて、動きを制約されます」

婿の真意を測りかねたからだろう、伊豆は慎重にうなずきながら、黙って続きを待っている。運ばれて来た茶には、手を出そうともしなかった。

家老を務めた伊豆なら知悉《ちしつ》していることだが、一亀は処罰について、それぞれを義父に確認しながら話を進めた。

「まず、もっともよく知られている閉門は、武士、社人、僧に対して科せられる刑です」

「さよう」

文字どおり門を閉じ、窓をふさぎ、終日人の出入りを禁じるが、病気の折には医者を呼ぶことが認められていた。また、近火があれば消火に努《つと》め、危険だと判断すれば屋敷を立ち退いてもよかった。

藩によっては、門に×形に青竹を組み、扉や窓を釘付けさせることもある。期間は、一般には五十日から百日となっていた。

士分以上に科せられる蟄居は、やや例外的な刑罰で、閉門よりは重く、陪臣については国元で執行された。門を閉じた上、一室内に引き籠もって謹慎しなければならない。

期限がないので、政変で失脚した場合などは、政局の変化を待つしかなかった。

永《えい》蟄居となると、これは終身刑である。

士分と僧などに科せられる逼塞《ひっそく》は、閉門よりは軽い。門を閉じて白昼は出入りできないが、夜分、潜門《くぐり》からの出入りについては認められていた。期間は三十日、五十日となっている。武士と庶民に科せられる押込《おしこめ》、武士と僧を対象とした遠《えん》慮《りょ》があった。

公家と武士に科せられる差控《さしひかえ》は、職務上の過失などにより出仕を止め、自宅謹慎するもので、それよりも少し軽い刑に公家と武士の慎《つつしみ》、士分以上の謹慎がある。

「ところで今回の処罰は、半分の減石、家老から裁許奉行への格下げと、非常に厳しいものです」

「たしかに」

「ですが見方を変えれば、むしろ寛大だと申してもよろしい」

「寛大、と。それはまたいかなる理由でか」

「これだけの処罰であれば、当然のように付帯して蟄居、あるいは閉門が言い渡されるのが通例です」

「まあ、そうなるであろうな」

ところが一亀に関しては、行動に対する制限は微塵《みじん》も伴っていないのである。単に、「半年後より出仕」とあるだけであった。本来ならば、「半年間は出仕に及ばず」となるはずで、これはどう考えても奇妙と言うしかない。

「つまり、なんら制約されていないので、自由に動いてもいいと解釈しても、不都合ではありません」

伊豆は一亀の言わんとしていることを理解したらしく、いくらか困惑したような表情を浮かべた。

つまり家老に、それも藩主家に連なる名門に対する厳罰からすれば、当然のように自宅で謹慎せねばならないと、多くの藩士は受け止めているはずだ。

ところが、謹慎、蟄居、閉門などという言葉は、通達のどこにもない。つまり、こと行動の制限に関しては、差控よりも軽微なのである。とすれば自由に動いてもいいのではないか、とそのように解釈できないこともない。

伊豆家の婿どのである一亀は、それを逆手《さかて》に取って、処分の翌日、堂々と馬場で自馬に調教をつけた上、道場めぐりまでしたのだ。

「理屈ではそうかもしれぬが、自分につごうがいい勝手な解釈を、世間が認める訳がない」

「当然です」

「……！　であれば、なぜ」

「老職たちの心情を逆撫《さかな》でに」

「なんと！」

「しようとした訳ではありません」

肩透《かたす》かしを喰らって伊豆は渋い顔になった。

「だが、だれもそのようには取ってはくれまい」

「わたしもそのように思います。おそらく、開いた口がふさがらないというところでしょう、大方の受けとめかたは」

「そこまでわかっておるなら、なぜに」

「武士にあるまじき御法度を犯したことを強く恥じ、打ちひしがれて自室に引きこもっている、などというのはわたしらしくありませんからね。なにしろ園瀬の盆踊りを、頬かむりをして踊り狂っていたという、天真爛漫そのものの、家老家の婿ですからな。だれもがそう見ているのですよ。おおらかで人の好い九頭目一亀が、あの程度の処分で青菜に塩では、まるで一亀らしくないではないか、とね」

「とすれば、どういうのが、らしいと申される」

「処分を受けた翌日なのに、蛙《かえる》の面《つら》に小便とばかり、能天気に朝から馬に乗っている、とそんなところでしょうか」

「いやはや、あきれたものだ」

「だれもがそう思うでしょう。重臣だけでなく若い藩士や、足軽中間に至るまでが、小馬鹿にして嗤《わら》っているはずです」

一度そのように決め付けてしまうと、人はその人物の行動を、色眼鏡をかけてしか見ない。多少、いや、かなり奇矯《ききょう》なおこないであったとしても、「あの男ならしかたあるまい」で片付けてしまうものだ。

それこそが一亀のねらいで、だからかれは厳罰を言い渡された翌日、調教に汗を流すことにしたのであった。

もっともそんなことが、伊豆に理解できる訳がない。苦渋に満ちた顔をして腕組みをすると、やがて目を閉じてしまった。

義父は長い時間そうしていたが、やがて目を開けると膝を進めた。

「本音を話していただく訳にはまいらぬか」

「園瀬の盆踊りが農工商だけに許されて、武士が参加できないのは、どう考えてもおかしい。仕事や身分に関係なく、自由に踊れるようにしたいものです」

「……！」

「ははは、冗談ですよ。……いや、そうでもないか」

「おそらくわたしの考えが古いゆえだろうが、一亀どののねらいがどこにあるのか、まるでわかり申さぬ」

「複雑に考えすぎるからではありませんか。もっとも大事なことを中心に考えれば、答はおのずから見つかります。例えば政は、本来は領民のためにあらねばならぬものでしょう。武家のもので、ましてや藩主だけのものであってはならんのです。それがすっかり蔑《ないがし》ろにされています」

「……？」

「わたしは揺さぶりを掛けたいのですよ。妙なことで凝《こ》り固まっている世の中をおおいに揺るがし、風通しをよくしたいと思っていましてね。普通にやっていては、とてもではないがそのようなことはできません」

「一亀どののなされたことは、あまりにも破天荒で、わたしには理解しかねるが、深い考えがあってのことと推察してはおる」

「であれば、しばし静観していただけませぬか」

「するもなにも、わたしには、ほかに方策がないようだ」

「だれもかれもが、言いたい放題を言うでしょう。それを聞き流してほしいのです。人になにか言われても、考えがあっての振る舞いであろうから、邪魔をせぬように見守ってあげるとしようと、そこで打ち切っていただきたい。それ以上は一切受け付けず、きっぱりと一線を引いていただけますか」

「それくらいのことしかできぬのであろうな、わたしには」

「それで十分ですよ。これで安心して動けます。しかし、わたしのすることに驚かないでください。今日はほんの序の口で、こんなものではありませんからね。もっと楽しく、おもしろくなるはずです」

茶が冷えたので淹れなおさせると言ったが、伊豆は首を振りながら、離れの自分たちの部屋へと去ろうとした。

「あ、義父上」

振り返った伊豆の顔が極端に緊張していたので、一亀は目いっぱい、人の好さそうな笑いを浮かべた。

「わたしも俳諧を学びたいと思っているのですが、発句合《ほっくあわせ》の会に入れていただけませぬか」

一瞬の間があったが、やがて伊豆はうなずいた。

「藩にはいくつかあるので、そのうちに手ごろなのを探して、紹介しよう」

「どうか、よしなに」

やはり一亀を入れてはやりにくいと思ったのだろう、伊豆は自分の会への入会を、やんわりとはぐらかした。

さて、これで一応の下地はでき、筋書きに一歩近づけたと一亀は感じていた。自分が今度の処分をさほど気にはしておらず、これまでと変わることなく振舞うつもりであること、また、それによって非難される謂《いわ》れはないと考えていることなどを、義父に明らかにしたのである。

もちろん一亀にしても、相手が納得したと思っている訳ではない。しかし伊豆としては、「一亀には一亀なりの考えがあると思われるので、当分は静観しようではないか」と、周囲を抑えるしか手がないはずであった。

これで一亀は、当初思っていたよりも、はるかに自由に動けるはずである。そのためには、なるべく早く既成の事実を作ってしまうことであった。

十九章

「おお、メシモリの庄ちゃんではないか。そのうちに来るとは思うておったが、これほど早いとは意外であったな」

飯森庄之助は口を開けたまま、まじまじと一亀の顔を見た。あれだけのことがありながら、盆以前と変わることのない一亀の明るさに驚き、同時にそれが芝居とは思えないことに、戸惑いを覚えたらしい。

庄之助が考えていたのとは正反対の、完全に予想を裏切った態度と言葉だった、ということだろう。

この人は、自分のような凡俗には計り知ることのできぬ、大きな器なのだろうか、あるいは……、という困惑が、表情だけでなく、庄之助の全身をおおっていた。

それも当然と言えば当然であった。一亀との考えのずれに、この男はまるで気付いていないのである。ゆえに藩主を殺害して御公儀には病死と届ける、などと無謀なことを実行しようとしたのだ。

藩主があまりにも暗愚なため、領民が苦しみに耐えきれなくなり、またその愚かしい言行のために、他藩や幕府とのあいだに取り返しのつかない問題を引き起こす可能性がある場合、止むにやまれずそのような行動を取らざるを得ないことも稀《まれ》にはある。

だが、老職をはじめ藩士が一丸となって決行し、緘口令《かんこうれい》を敷いたとしても、なぜか露見してしまうことが多い。お家騒動として、石高の少ない地への所替えならまだしも、改易《かいえき》の処分を受けかねないのである。

藩士は浪々の身となって、家族や使用人ともども路頭に迷うことになる。徳川開幕《かいばく》の初期ならともかく、浪人を受け容《い》れてくれる藩主や藩は、まずあり得なかった。武芸や学問に抜きん出て優れ、伝手《つて》がいてさえ仕官は困難なのが現状である。

庄之助たちには、そこまで考える余裕はなかった。しかも自分たちの計画はかならず実現できると、固く信じているのだ。

その決行が目前に迫っているとなると、あれこれ迷っている余裕すらない。最悪の事態を避けるため、一亀は博奕《ばくち》としか思えない手段に出るしか、方法がなかったのである。

園瀬に来てほどなく、かれは「花かげ」の桔梗から、盆踊りが庶民にだけ許されたものだと教えられた。武家には御法度で、踊ることはおろか、見ることさえ禁じられているということを、である。

中老の遠藤多丸が、町人に変装して踊っているところを見つかり、座敷牢に入れられたこともそのときに知った。隠居を命じられ、長男が家督を継いだが、家禄は半減となり、無役に落とされたのである。

それゆえ一亀は多丸のまねをした。その結果として、庄之助たちの決起を、未然に阻止することだけはできたのであった。

それに対する処分もくだされた。覚悟していたとはいえ、代償はやはりおおきかった。

しかし処分の翌朝、並木の馬場に出かけるという思い切った行動に出たことで、一亀自身は一歩も二歩も前進できたと思っている。

さらには義父の伊豆を通じ、かれのすることについて、当分のあいだ静観するようにと、家族や家士に釘を刺すこともできたのである。

もっともそれは伊豆次第であるが、おそらくは一亀の期待しているように、運ぶにちがいなかった。なぜなら、そうせざるを得ないように仕向けたからである。

まずまずの成果を得たことに、かれはほぼ満足していた。

――さて、問題はこれからだな。

一亀は出来事を整理し、次の段階について考えようと思っていた。

その矢先に、思い詰めたような顔をした庄之助が来訪したのである。そして相手は、一亀の対応をどう判断していいかわからずに困惑しているらしい。

「あきれてものも言えんか。どうやら、おのがおこないを深く恥じ、部屋に籠もっているとでも思っていたようだな」

「という訳でもありませんが」

「ひたすら弁解するだろうと、思っていたのだろう。打ちひしがれておるのを見たいと望んでいたのであれば、それらしいところを見せてもいい。もっとも、芝居はあまりうまくない」

「おたわむれは、その辺までということにしていただいて」

「なぜにたわむれねばならん。わしは常に真剣だ」

「真剣に、われわれの計画をぶち壊した、ということですか」

「そうだ」

「お陰でわれわれは、振り出しにもどらざるを得ません」

「それでいい」

「……！」

「あんな無謀な計画が、成功する訳がないだろう。空中に描いた楼閣《ろうかく》に、人は住めやしない」

「わたしは十分に可能だと思っていました」

「しかし、終わった。もはや、わしを外して計画を練りなおすしかない。罪人を祭りあげる訳にゆかぬからな。となると、手立てはないということか」

「残念ですが。……ところで以前、計画がおありだとおっしゃいました」

「ないこともないが、砂上の楼閣と言われたらそれまでだな。メシモリの庄ちゃんの空中楼閣と、似たり寄ったりというところだ」

　さすがに庄之助はムッとなったようだが、なんとか抑えたようだ。

「ところでこの辺で、もうわかったのではないのか」

「なにがでしょう」

「見極めに来たのだろう。今後、この男と組んでやっていけるかどうかを。であれば、答は明らかでないか」

「……？」

「園瀬の愚兄賢弟《ぐけいけんてぃ》との言葉が、わずかなあいだに一気にこの里に広まった」

「初耳です」

当然である。広まってなどいないし、広めようと画策しているのは、ほかならぬ一亀であった。

「園瀬の愚兄賢弟、まさに的を射た言いまわしだ」

一亀はしばし考えるふうを装い、納得したようにうなずいた。

「そうか、庄ちゃんの耳に届いておらんとすると、やはりおぬしは警戒されておるということだな」

「警戒ですか。しかし、なぜに」

「一亀を押し立て、よからぬことを企んでおる連中の首魁《しゆかい》、と見られているからだ。だれもが、庄ちゃんのおるところでは口を閉ざしてしまう」

「混ぜ返さないでください」

「説明するまでもないが、愚兄とはほかならぬわし、つまり九頭目一亀だ。頻かむりをして園瀬の盆踊りに興じたため、家老から裁許奉行に落とされた、間抜け野郎だからな。となると賢弟がだれかは、賢明な庄ちゃんにはわかっておるはずだ」

「どうか、その辺りまでにしていただけませんか」

「大評定の噂は耳にしておろう。まさにあれこそ藩主にふさわしい器だ。先代藩主、つまりわが父だが、あのお方は、妾腹《しょうふく》の長男と正室の産んだ次男を秤《はかり》にかけて、冷静に断をくだしたということになる」

「…………」

「下手に動くなと申しても、藩政をなんとかせねばとの熱意に燃えている庄ちゃんは、聞く耳を持たぬはずだ。だが言っておく。稲川を誅《ちゅう》する道具として、弟を利用することは断じて許さん。それと、なんらかの行動を起こすなら、絶対に気取られぬよう、慎重が上にも慎重にやることだ。先般の企みは筒抜けであったぞ」

「まさか！」

「わしがあのように動いたからよかったが、でなければ一網《いちもう》打尽《だじん》になっていただろう」

「……！」

「同志の中の裏切り者を焙《あぶ》り出すことから始めるくらい、冷静沈着でなければ、事を成すことなどできる訳がないのだ」

もちろん脅しであったが、その程度の牽制《けんせい》で動きを封じておいて、ちょうどいいと一亀は思っていた。

「ところで、どうする気だ。すべてが瓦解《がかい》した今となっては、どこから手を着けていいか、わからぬのであろう。幻は霧消したからな」

「幻、でございますか？」

「大蛇の作り話を廐連中が、いや、それを聞いた者のほとんどが、無条件に信じたこと、そして蛍の光が同時に点滅したという偶然から、庄ちゃんも、あるいは、もしかすればと儚《はかな》い夢を抱いたのかもしれんが、絵に描いた餅であった」

庄之助は頭を抱えこんでしまい、ずいぶん経ってから呟いた。

「わたしには一亀さまが、さっぱりわからなくなりました」

庄之助の目は、完全に混乱しきった者のそれであった。「では、以前はわかっておったのか」と皮肉りたくなったが、一亀はそこまで言う気はない。

「どこまでが本心で、どこからがでたらめ、あ、どうもご無礼を。……わたしには判断がつかなくなってしまったのです」

「わし自身でもようわからんのに、他人にわかる訳がない」

これで当分は、庄之助たちも動くに動けないだろう。なにかあれば連絡だけはするようにと念を押し、一亀は腕を組んで目を閉じた。会談の打ち切りを、無言のまま伝えたのだ。

義父の伊豆もそうであったが、飯森庄之助についても、一亀はなるべく早く話しあわねばならないと考えていた。それがともに、先方からやって来たのである。

もっとも、考えてみれば当然かもしれない。事件後の一亀のようすを、そして今後どうしようと考えているのかを知りたくて、伊豆も庄之助も、居ても立ってもいられなかったはずだからだ。

一亀は適当にはぐらかしながら、自分の言いたいことだけは伝えておいた。

二人と話したことで、曖昧だった部分が次第に明確になりつつあったが、それは直接自分が関わっていたからである。

しかし本当に知りたい事柄に関しては、どこから手を付ければいいのか見当もつかない。父斉雅は、筆頭家老稲川八郎兵衛と加賀田屋の癒着を証明できる文書の存在を、隠れ伊賀が突き止めたと言った。それを入手したあとの手順については何通りかを示したが、いかにして手に入れるかについては教えてくれなかった。父自身もそこまでは考えられなかったのだろう。

――それがこの一亀の役目ということか。

とは言うものの、まったく別世界の商人にどのように接近すればいいのか、一亀には見当もつかなかった。

さてどうしたものかと手を拱《こまぬ》いていると、家士が芦原弥一郎の来訪を取り次いだ。

「客間にお通しするように」

一礼してさがる家士の後ろ姿を見送りながら、一亀は思わず笑いを浮かべた。

「なにもかもがかように、おのれから動かなくてすむなら、楽なのだが」

芦原は前日、豊嶋一策とともに大評定の決定を伝えに来たばかりである。一体なにごとだろうと思いながら、一亀は客間に向かった。

二十章

「夜分にお邪魔いたします」

芦原は一亀の顔を見るなりそう言って、童顔をほころばせた。体つきが丸いこともあって、どことなく頼りない印象を与える。

「目付の芦原どのが、いかなるご用で」

「さて、それでござる」

茶を出した家士がさがるのを待ってから、小肥《こぶと》りの目付は続けた。

「藩士の不正、違反を取り締まり、監察するのが目付最大の役目ですからな。九頭目どのは処分を言い渡された翌日でありながら、早朝、並木の馬場に出向いておられるが、いかなるお考えがあってか」

「そのことでござれば」

一亀は義父の伊豆を混乱させた、通達の不備だとかれが解釈した事柄に関して、滔々《とうとう》と意見を述べた。

「いやはや、あきれ果てました」

聞き終えるなり芦原はそう言ったが、表情に非難は微塵も含まれておらず、むしろ称讃の色が濃かった。

「昨日のうちにその矛盾にお気付きになられ、翌早朝には、さっそく馬場に出ておられたのですか。これは驚きというしかありません」

「単なる曲解だが、強引に押し通してしまったのだ。今後もそうする」

「いや、お見事でした。わが殿の英明さに舌を巻いたばかりですが、考えてみればそのお兄上であられるのだから、当然のことと言えますな」

「そのように、おおげさに騒ぐほどのことでもあるまい」

「昨日、わたしが帰ろうとしたおり、一亀さまは申されました。裁許奉行の件は大殿のお考えか、と」

「たしかに」

「わが殿が申されたことです、とわたしはお答えしました」一亀がうなずくと、芦原は続けた。「あとになって、なぜあのようなことをお訊きになられたのかと、それが気になりまして」

あれこれ考えたものの、どうにもわからなかったらしい。そして今朝になってようやく、裁許奉行への格下げと、「半年間は出仕に及ばず」ではなくて、「半年後より出仕」の意味が理解できたのだという。つまり藩主隆頼の真意は、一亀が自由に動けるようにとの配慮だったことを、である。

そこに、一亀が早朝から並木の馬場で馬に乗っているとの報せが、続いて若党一人だけを連れて、大谷、日向、原の、三つの道場を訪れたことが伝えられた。

「これで目付であるわたし芦原弥一郎が、一亀さまの真意を訊くために、役目として九頭目家に出向く、正当な理由が整ったという訳でして」

「そういうことであれば隠さずに申すが、わしは一日も早《はよ》う、だれもがまるで気にかけない、空気のようになろうと思うておるのだ。そこで園瀬の愚兄賢弟の噂、利発な弟と愚かで不出来な兄だとだれもが言っておると、喧伝《けんでん》してもらいたい。さりげなく、しかし一気に広まるようにな。ただし」

「……？」

「愚かではあるが、底なしの馬鹿ではない。明るくて陽気、裏表がなく、おおらかで欲を持たぬお人好し、というところだな。特に、欲を持たぬお人好し、というのが肝要《かんよう》だ」

芦原はそのはちきれんばかりに太い腿を、音を立てて叩いた。

「そこまでお考えだとは、思いもしませなんだ。……ただしわたしには、愚兄賢弟などはとんでもないことで、賢明兄弟としか申せませんが」

「割り切って言い触らしてくれ。なんども言っておると、つい楽しくなって、自分でもそう思うようになるぞ。まさに園瀬の愚兄賢弟ではないか、とな」

「ははは」と歯を見せて笑ってから、芦原は真顔になった。「これは、どうも失礼を」

「お人好しで無害というのを最大限に発揮して、なるべく早う、だれもが警戒せぬようになるつもりだ。相手が、つい油断して秘密を洩らすような間抜けにな」

「わかりましたが、くれぐれも慎重にねがいます」

「慎重にと申せば、稲川八郎兵衛と加賀田屋の繋がりだが」

「あれこれ探っていますが、一筋縄では行きそうにありません。場合によっては、搦《から》め手からの攻めを考えねばならぬでしょう」

「証拠となるようなものは、残しておらんだろうからな」

「急激に店をおおきくしたそうですから、歪《ゆが》みも生じておれば、泣かされた者、怨《うら》んでいる者も相当数いるはずです」

「今後、どのようにやってゆくか。おぬしとの連絡や打ち合わせを、どうすればいいかということになるが」

「お上への窓口は、御側用人の的場彦之丞どのお一人に、的場どのへの連絡はわたしが。目付であれば役目上、疑われることはありません。お上、的場どの、わたし、一亀さまと、線を一本化したいのです」

「現時点で、もっとも安心のできる方法ということだな」

「なにしろ油断のならない状況ですので、極力、人を介さないようにしなければなりません。問題は一亀さまとわたしが、いかに連絡を取り合うかですが」

「空気のごとき裁許奉行となっても、頻繁に接触しては不自然に思われるということだな」

　的場と芦原の名は、実父の斉雅が藩主時代に、信頼できる人物として挙げた中にあった。斉雅の長子である裁許奉行の一亀と、次男で藩主となった隆頼を繋ぐのが、的場と芦原である。

　兄弟が腹ちがいということもあって、さらには弟が藩主を継いだため、二人の仲が疎遠であると藩士に思いこませなければならない、と斉雅は言った。ゆえに兄と弟は、できるかぎり顔をあわせるな。事が成る暁《あかつき》まで、稲川派だけでなく、その対立関係にある者たちも、騙《だま》し通さなければならんのだ、と。

一亀と隆頼、的場と芦原、そして柱となる中老の新野平左衛門《あらたのへいざえもん》を加えた五名が、協力して改革を進める、ということである。

「新野どのとの連絡も、やはりおぬしを通じてということだな」

「はい。それも、極めて慎重にやらねばならないでしょう。しかし最大の問題は、われわれ二人の遣り取りをどうするかにかかります。このあとは、さらに頻繁に連絡を取り合い、密に連携して、進めねばなりませんので」

「おぬしは、道場には通っておらぬのか。門人同士なら頻々《ひんぴん》と逢っても、さほど疑われることはない」

「二十歳くらいまで通いましたが、その後はとんと。それに腕は並以下ですので、急に道場通いを始めると、かえって怪しまれます」

「なにか……。そうだ、義父に俳諧の会を紹介してもらうことになっておる。おなじ会におぬしも入らぬか。同人であれば、絶えず連絡しあっても、さほど不自然ではあるまい」

「でしたら、九頭目さまがわたしたちの会に」

「おぬし、俳諧をやるのか」

一亀は目を丸くして、思わずおおきな声を出した。

「それほど意外ですか。まあ、この顔なら発句よりも川柳向きでしょうが」

「人は見かけによらぬものだな」

「風流人という訳ではありません。むりに誘われ、しかたなく入りましたので。俳号が哉也《かなや》だと言えば、おわかりいただけると思いますが」

「俳諧をやるには俳号が要るというのはわかったが、哉也は俳号らしくないな」

「らしくない、と申されますと」

「哉也では、直哉《なおや》や信也《しんや》のように人の名そのままだ。也哉《やかな》のほうが、俳号らしい気がするが」

「一亀さまも、追い追いおわかりになると思いますが、俳諧の発句には切字というものがありまして、この使い方ひとつで句は生きもすれば死にもします。代表的な切字に、や、かな、けり、があります。なにも知らないわたしが切字でよく失敗しましたので、それを忘れぬようにと命名してくれたのですよ。みずから謙遜して付けたのなら愛嬌ですが、宗匠が哉也しかないと決めてくれたのですから、推して知るべしでしょう」

「頻繁に逢っても不思議に思われぬには、ほかに手もないか」

「これは案外といいかもしれませんね。俳諧の会は道場に近いものがあって、年齢、仕事、身分などは関係ないですから。武士だけでなく、商人もいれば、職人、百姓もいるという具合で多彩です。もっとも商人は大店の隠居か主人、番頭あたりまで。職人は棟梁《とうりょう》や親方、百姓だと名主、世話役などにかぎられていま す。僧侶や神主もおりますので、事情を探るには好都合でしょう」

「であれば、いろいろな趣味の会に入るか。初心者なので教えてもらいたいと、同好の士としてたのめば訊きやすいし、怪しまれることもあるまい」

「仰せのとおりです」

「俳諧、謡《うたい》、詩吟《しぎん》、囲碁に将棋、書画、骨董《こっとう》、釣魚《ちょうぎょ》、か。いくらでもあるな」

「思いつくかぎりの会に入られますか」

「裁許奉行の別名が遊び奉行だとは申せ、それでは身がもたんし、金ももたん」

「ごもっとも」

「ところで当藩の剣の遣い手だが、目ぼしいところをすぐに挙げられるか」

「さきに申しましたように、二十歳くらいまでしか道場には通っておりませんし、腕もぼんくらなので、噂を耳にしている程度ですが」

　そう前置きしてから芦原は名を挙げた。

「筆頭家老の稲川八郎兵衛さまは、かなりの遣い手だとお聞きしております。群を抜いて腕が立つとなると、大目付の林《はやし》甚五兵衛《じんごべえ》どの。居合もやれば、槍術、弓術、柔術も得意で、同世代で太刀打ちできる者はいないとのことです」

「稲川の懐刀とも、右腕とも呼ばれている男だな」

園瀬に五人いる用人の一人で中老格の田貝猪三郎《たがいいさぶろう》は、家老や藩主側近筆頭別格の側用人などを輩出した由緒ある家柄の出で、かなりの遣い手だと評判である。槍術と馬術にも秀《ひい》でているとのことだ。

「というよりも、伝説的な人物として知られておりまして。奏者役小林《こばやし》家の三女で園瀬小町の異名を取った文《ふみ》どのを、五人の若侍との激しい争奪戦の末に射とめました。十年以上まえの出来事ですが、いまだに語り種《ぐさ》になっているほどです」

立川彦蔵《たちかわひこぞう》は郷士の出ということもあってか、常に控え目に振る舞い、滅多に対戦することはないそうである。止《や》むを得ず対戦しなければならない場合、一本勝負では負け、二本なら引き分け、三本なら一勝二敗という調子で、かならず成績が悪いとのことだ。

「本当に強い遣い手は、勝っても負けても常に僅差で、大勝ちしないかわりに大負けもしないとのことですね。藩士のかなりの数が、立川どのが一番の腕だと見ているようです。対戦した相手も勝負を見た者も、ともに、一枚も二枚も上だと断言しています」

「つまり勝ちを譲っているというのか。名誉を第一とする武士が、それをやるとも思えぬが。第一、相手に対して無礼であろうが」

「たしかにそうですが、なにか考えるところがあるのかもしれません。いずれにせよ、本気できたらひとたまりもないだろうと、戦った相手のだれもが真顔で言っているとのことです」

立川彦蔵は、必殺の手裏剣の遣い手でもあるらしい。

――いくら腕が立っても、郷士の出だからとの遠慮があっては、藩士を教え、まとめてゆくことはむりだな。

一亀は残念ながら、立川彦蔵の名を割愛するしかなかった。

「戸《と》崎《ざき》喬《きよう》之《の》進《しん》どのは、日向道場でも一目置かれる存在でしたが、ある試合で、師匠が教えていない技で勝ったために、破門になりました」

「破門先生の日向主水か」

「よくご存じですね。渾名はもう一つありまして」

「下駄の師匠、だろう」

許しを請えば受け容《い》れたのに、戸崎がそうしなかったため主水としても取り消すことができず、長い期間に亙《わた》って悔いに身を苛《さいな》んだという。

「あとは岩倉源太夫《いわくらげんだゆう》でしょうか。軍鶏侍《しゃもざむらい》が渾名の変わり者でして」

芦原とは藩校千秋館《せんしゅうかん》で学び、日向道場でも相弟子だったという。主水の推薦で江戸勤番になったおり、一刀流の椿《つばき》道場で免許皆伝を得ているとのことだ。

「渾名の謂れは、面魂が軍鶏に似ておるからか、それとも軍鶏を飼っておるのか」

「両方です」

「おもしろそうだな。どのような男だ」

一亀の瞳に、悪戯《いたずら》っぽい色が浮かんだ。

「まれに見る無口な男です。ただそれは、何事に対しても、十分すぎるほど考えるからだと思います。なぜなら、納得のゆくまでものごとを見、見極めねば気がすまない性格だからでしょう」

「納得のゆくまで見る、か。ふむ、逢わねばなるまいな」

「……！」

二十一章

九頭目一亀が、家老就任わずか二ヶ月あまりで裁許奉行に降格したので、国元の家老は四人から三人になった。これまでは二人ずつの月番制であったが、中老の一人を家老に引きあげることはせずに、残った三人のまわり番に決まった。七月は稲川八郎兵衛と九頭目甲斐が務めていたが、以後、八月は甲斐と安藤備後、九月は安藤と稲川、十月は稲川と甲斐にもどり、以後は繰り返しになる。

これは、家老になにかあった場合に補佐する裁許奉行に、家老であった一亀が就いたためだ。当座はまわり番にして、ようすを見たほうがいいとの判断であるらしい。

伊豆が家老に復帰しなかったのは、一亀の裁許奉行との兼ね合いで、一家による重複を避けるのが原則だからである。

ほかの家老に病気や怪我の者がいないので、一亀に緊急の出番はない。もっとも、半年の制約期限が切れるのは来年の一月二十二日なので、裁許奉行としての正式の仕事は、二月からということになる。

「時間は余るほどあり、好き勝手なことができるのだ。退屈している暇なんぞないな。省吉はおるか」

一亀はほとんど予定を立てずに、その場の思いつきで決めてしまうことが多い。しかもなにかをやっていても、

「これには飽きた。なにかおもしろきことはないか」

このように気まぐれでは、古くから伊豆に仕えていた家士を、供にする訳にはいかない。そのため、常に省吉を、そして行先に応じて、中間を一人だけ連れ歩くことになる。

なんのことはない。毎日の行動が、微行《おしのび》と変わらないのである。

一亀はまず、気になっていた道場主の日向主水を訪れた。再訪だったからか、主水は母屋に招いて茶を出した。

かれはそつなく、弟子を育てることで一番に心がけていること、また難しさや、伸びる者はどのようなきっかけで伸びるのか、などを聞き出した。礼儀正しいだけでなく、一亀の明るさと邪気のなさが気に入ったのか、主水は厭《いや》がらずに

答えてくれた。

相手の話に応じて、ときには脱線もしながら、一亀は次第に範囲を拡げていった。そして主水の弟子にかぎらずと念を押して、園瀬藩の剣の遣い手について名を挙げてもらうところまで、なんとか漕ぎ着けた。

「お訊きになりたいのは、生きておる者にかぎって、ということでよろしいかな」

「と申されますと」

「いい武芸者はみんな死んでしもうた。今はロクなのがおらん。技はもちろんだが、心構えがまるでだめだ」

「かつての武芸者につきましては、またの機会に教えていただくとしまして」

「そうさな」

日向主水はしばらく黙ったままでいたが、平板な長四角い顔に、ちいさな二つの目と、これまたちいさな口である。まさに下駄と言うしかない。一亀は笑いを堪えるのに苦労した。

主水が挙げた中に、芦原弥一郎に聞いた名はほぼ含まれていた。ほかにも五、六人の名があったが、それが主水の弟子かそうでないかまでは、一亀は確認しなかった。

「これまでに何百人という、いや、千指に余る弟子を育ててこられたでしょうが、一番の遣い手となると、だれになりましょうや」

主水は一亀を一瞥すると、苦虫を嚙み潰したような顔になり、目を閉じてしまった。

いけない、逆鱗《げきりん》に触れてしまったか、と思ったが、一亀は弟子ではない。まさか、呶鳴《どな》りつけられることはないだろうと思いながら、主水の言葉を待った。

ところが相手は無言の行のごとく、瞑目したままである。

息苦しくなった一亀が詫びようとしたとき、

「戸崎喬之進」

それきり、主水は口を閉じてしまった。取り付く島もないとの思いにさせられていると、

「それと、岩倉源太夫」

「戸崎喬之進どのと、岩倉源太夫どの」

「一番と問われたとなると、一人に絞らねばならんが、わしは二人に優劣が付けられん」

「甲乙付け難し、と」

「そういうことであるが、これでは答にならんわな」

「いえ、そんなことはありません。で、一番とされる根拠は」

「戸崎は理詰めでいっさいのむだがなく、岩倉は本質を見極める、透徹した目を持っておった」


一番に挙げた理由を具体的に知りたくなり、問いを投げ掛けようとしたとき、主水がちいさな目を一杯に見開いた。

「もっとも、わしが教えたのはともに十八歳までであな。戸崎はわしの短慮で破門にし、岩倉は江戸に出てから花開いた。つまり出藍《しゅつらん》の誉《ほま》れと言うより、はっきり言って、わしは師匠失格、せいぜいが踏み台であったということよ」

「いえ、そんな」

「これでよろしいか。道場にもどらねばならんのだ」

思ったよりも長い時間が経っていたので、一亀は非礼を詫びて主水といっしょに母屋を出た。

「また伺いたいのですが、かまいませぬか」

「こんな年寄りの話でよかったら、いつでもおいで」

主水の態度は一貫して無愛想であったが、自分が嫌われている訳ではないのがわかって、一亀は安堵した。特に最後の言葉は、まるで弟子にでも話しかけるようで、それまでとはちがったやわらかさが感じられた。

——戸崎喬之進か。

一亀はその名を記憶にとどめた。

組屋敷に岩倉源太夫を訪問すると、息子の嫁の布佐《ふさ》が庭に案内した。

どの家も狭い敷地内に畑を設けて、家族が食するための野菜を育てている。岩倉家でも茄子《なす》、胡瓜《きゆうり》、南瓜《かぼちや》などが少しずつ植えられていた。

ところがそれだけではない。家に差し掛けて鶏小屋が作られていたし、いくつもの唐丸籠《とうまるかご》が置かれていた。籠の中では美麗な羽毛の軍鶏が佇立《ちよりつ》して、周囲に鋭い視線を投げかけている。

そして軍鶏に劣らず鋭い眼光の、上背のある屈強な武士がいた。

岩倉源太夫である。

——なるほど軍鶏としか言いようがないな。

あいさつを終えるなり、一亀は思わず軍鶏に見入ってしまった。美しいのである。

羽毛の色だけでなく、すっくと立った立ち姿そのものに、一亀はすっかり魅了されてしまった。腿が太く、脚は長い。その上に分厚い胸が乗って、翼はいくらか短めである。そして人を人とも思わぬ、傲岸不遜《ごうがんふそん》な面魂が、狷介《けんかい》孤高さを見せて、思わず背筋を伸ばさずにはいられないほどであった。

羽毛の色は赤みを帯びた褐色が多いが、どの軍鶏も一色ではなく、いろいろな色が混ざっている。黒、白、白み掛かった緑、青み掛かった緑、さらには紫や灰色掛かったものもあった。

目を奪ったのは、頸筋をおおった、流れるような蓑毛《みのげ》である。体のほかの部分と較べると、極めて幅が狭く、しかも長い。さらなるちがいは、その細い羽毛が金属光沢を放って輝くことであった。茶、白、緑、紫、灰、青、黒、それらが微妙に混じりあい、重なっている。蓑毛は軍鶏の動きにつれて、絶えず色の変化を見せた。

軍鶏は犬や猫のように滑らかな動きをせず、クックックッあるいはキョトキョトキョトと、機械仕掛けのように動く。そのたびに蓑毛が触れたり、重なったり、離れたりしながら、千変万化した。

「なんと美しい鶏だ」

　思わず一亀が感嘆の声を洩らすと、源太夫がぽつりと言った。

「軍鶏」

　一瞬、訳がわからなかったが、似てはいても軍鶏は鶏ではない、と言いたいのだとわかった。

「……ああ、軍鶏。それにしても、見事な美しさですな」

　相手はやはり簡潔に言った。

「美しい軍鶏は強い」

「……？」

「強い軍鶏は美しい」

「……！」

「軍鶏も武士も、不動心あってこそ」

　思わず一亀は源太夫を見た。芦原弥一郎が極めて無口だと言ったので、これほど喋るとは考えてもいなかったのである。

　と言っては、いささか大袈裟にすぎるだろう。とても饒舌《じょうぜつ》と言える言葉数ではないし、選び抜かれたように感じられる言葉には、禅語のような味と深みがあ

うか。

あるいは一亀が軍鶏に強い関心を示したため、気を許したとでもいうのであろうか。

芦原も日向主水も、園瀬で腕の立つ剣士として源太夫の名を挙げた。しかも主水は、戸崎喬之進とは甲乙付け難し、と評したのである。話し振りからすると、どうやらこの男は、研《と》ぎ澄まされた武士の魂を内蔵しているらしい。

時間を置いて考えてから、結論だけを答える、という意味のことを芦原は言った。言葉に重みが感じられるのは、そのためかもしれない。

――なかなかの人物のようだ。

一亀は源太夫に対して俄然、興味を抱いた。

「とすれば、美しさから推して」かれは唐丸籠の軍鶏を示した。「これは相当に強いということでござろうか」

問われた源太夫は、口許《くちもと》にかすかな笑いを浮かべながら首を振った。

「未だ木鶏《もっけい》たり得ず」

殴りつけられた思いがして、一亀は凝結してしまったが、次の瞬間にはそうなった自分を強く反省した。人を身分や身装《なり》で見てはならない、だから澄んだ目を失うことなく、常にそのものを凝視しなければならないと、母にあれほど言われたではないか。

信じられぬ思いがしたのは、組屋敷に住む御蔵番《おくらばん》の口から、考えてもいなかった『荘子《そうじ》』の故事が出たからであった。それに驚かされたということは、意識しないうちに、一亀が外見に囚《とら》われていたということである。

木鶏とは、木彫りの鶏のようにまったく動じることのない、最強の状態を意味した。一亀のまえにいる軍鶏は、とてもそこまで行っていないと、源太夫はやんわりと打ち消したのだ。

——ああ、この男ともっと話したい。

一亀はますます源太夫に興味を抱いたが、それを見越しでもしたように相手が訊いた。

「軍鶏に関心がおありのようですな」

「まるで知らぬので、この機会に教えていただこうと思う」

渡りに舟だとばかり、一亀は身を乗り出すようにしながら言った。おだやかにうなずくと、源太夫は声を張りあげた。

「権助《ごんすけ》」

名を呼ばれ、古稀《こき》に近そうな、少なくとも還暦は過ぎたと思われる下僕がやって来た。

「軍鶏について教えてさしあげろ」

下僕に命じると、源太夫はすかさず一亀に言った。

「権助のほうが、みどもより詳しいので、なんなりとお訊きくだされ」

返辞を待つことなく、「では、ごめん」と言い残して、源太夫はすばやく姿を消してしまった。

「無口な方だと伺っていたのだが」

「そういえば、めずらしくよく喋りましたです。九頭目さまを、気に入られたのでございましょう」

一亀は権助の言葉を聞きながら、糸を巻き付けた釣竿を担ぎ、魚籠《びく》を提《さ》げて出て行く源太夫の姿をちらりと見た。

客を下僕に押し付けて姿を晦《くら》ますなどは、礼儀に悖《もと》るも甚《はなは》だしいものだが、源太夫ほど堂々としていると、まるで無作法な印象を与えないのがふしぎに感じられた。

いずれにせよ、一亀はすぐにも軍鶏の飼育や鶏合《とりあ》わせ（闘鶏）ができるほどの知識を、下僕の権助から得ることができたのである。

また源太夫が、三千五百石の大身旗本秋山勢右衛門《あきやませいえもん》に感化され、軍鶏に魅せられたこと、鶏合わせから閃《ひらめ》いて秘剣を編《あ》み出したということも、知ったのであった。

だが、一番知りたかったのは、岩倉源太夫の考えである。

あるいは源太夫は、一亀の胸の内を直感的に察知し、かれを怒らせることなく、さらりと身を躱《かわ》したのかもしれなかった。

――見事に一本取られたが、こんなことでは諦めはしないぞ。

それにしても世間にはおもしろい、そして魅力的な人物がいくらでもいるものだ、と一亀は改めて感じたのであった。

二十二章

月が変わって八月となったその朔日《ついたち》、目付芦原弥一郎の若党東野才二郎《とうのさいじろう》が、使いとして九頭目家にやって来た。

弥一郎の関わっている発句合の月次《つきなみ》が九日に催《もよお》されるので、ぜひ参加をとの誘いである。開始は暮六ツ（六時）からで、そのまえに弥一郎が迎えにあがり、同道するとのことであった。九日会《ここのかかい》の名で毎月九日に開催されているが、才二郎も会場については知らされていないらしい。

「九日というのは、句の会をもじったようだな。芦原にとっては、さぞかし苦の会であろう」

一亀はおもしろがったが、若党には通じなかったようだ。肯定も否定もせずに、きまじめな顔で訊いた。

「それではご出席とのことで、よろしゅうございますか」

「ああ。ただし今回は、見学だけだと伝えてくれ」

義父の伊豆が句会に入っていたものの、それがどういうもので、いかなる手順で進められるのか、などが一亀にはまるでわかっていなかった。俳諧を嗜《たしな》むには俳号が要るということを、つい先日の芦原弥一郎との話で知ったばかりである。

伊豆に教えてもらおうかとも考えたが、白紙の状態で臨んだほうがいいだろうと思いなおした。ただし義父には、目付芦原弥一郎に紹介された句会に入ることにした、とだけ告げた。気のせいか、伊豆は安堵したようであった。

六ツ開始とのことなので、食事はせずに早めに用意していたが、弥一郎はなんと七ツ（午後四時）を少し過ぎた時刻にやって来た。しかも二挺の駕籠とともに、である。駕籠の横には東野才二郎が従っていた。

駕籠で行くとは、一亀は考えてもいなかった。歩くとしても、せいぜい四半刻（約三十分）もかからぬ距離だろうと思っていたのだ。

「会は持ちまわりでして、大体は近場が多いのですが、今回は宗匠の家となります」

しかし弥一郎は、宗匠がだれでどこに住んでいるかなどは教えようとせず、一亀を押しこむように駕籠に乗せると、自分も乗って行き先を告げた。

「蛇ヶ谷の松本《まつもと》だ」

その集落は国入りのおりに通過した細長い盆地で、九頭目家からはかなりの距離がある。弥一郎が予《あらかじ》め話さないということは、ほかにも驚かすことがあるからかもしれない。

——ならば、成り行きを楽しむとしよう。

もともと楽天的な一亀は、あまり気にすることもなかった。

駕籠脇には、省吉と才二郎が従う。

武家丁を抜けた駕籠は、濠に架かった橋を渡ると東進した。

城下のほぼ中心となる常夜燈の辻で折れて、水田の中の道を真南に向かう。大堤の坂を斜めにのぼり、土手道を進んで高橋を渡った。渡り切って東に曲がり、花房川沿いの道を般若峠に向かうが、途中で南に折れると細長い盆地がある。

そこが蛇ヶ谷の集落で、その先には参勤交代で越えたイロハ峠があった。

峠に向かう街道の中ほどで、かれらは駕籠をおりた。舁《か》き賃を払うと、弥一郎は迎えに来る時刻を告げて駕籠を帰した。

「宗匠などと申せば、けっこうな歳とお思いでしょうが」

ゆっくりと東への道を歩みながら、弥一郎は一亀に話しかけた。

「まだ若い百姓で、三十歳くらいでしょうか。名は作蔵《さくぞう》」

三町ほど先が少し小高くなっていて、屋敷林に護られた広壮な百姓家があった。

作蔵は「松本」の屋号で知られる裕福な百姓であり、集落の世話役の一人だとのことである。敷地内に、屋号の由来になっている巨大な赤松が聳《そび》えていた。

松本では代々、文人や芸人に宿を提供していた。宿泊と食事の面倒を見るのと引き換えに、京大坂や江戸、また各地の新しい情報を知り、学問について教授してもらい、芸能を楽しんできたのである。もちろん、相手に応じてそれなりの謝礼を払っていた。

さらに文人には園瀬藩内の分限者《ぶげんしゃ》を紹介し、芸人には興行が打てるようにと有力者を世話してきた。父祖《ふそ》の代から受け容れていたので、園瀬を訪れる文人や芸人はだれもが松本を頼った。芝居や人形芝居の一座、噺家《はなしか》や手妻《てづま》師などの芸人、富山の薬売り、絵師、本草《ほんぞう》学者、武芸者など、まさに多士済々《せいせい》である。なかでも多かったのが、俳諧師と狂歌師であった。

もちろん玉石混淆《ぎょくせきこんこう》で、名の通った者もいれば、宗匠頭巾をかぶってはいても、「名だけの宗匠」と呼ばれる連中もいた。たとえそうであっても、話術が巧みだとか、各地の情報に詳しいというだけで、歓待したのである。

俳諧師が逗留《とうりゅう》すると句の手ほどきを受け、お礼に発句集をもらったりもする。また書簡の遣り取りをしているうちに、作蔵一家の者は、たいていの俳諧師となら対等の話ができるほどになっていた。

五年まえに父親が亡くなったとき、句会の総意で作蔵が宗匠に推されたのである。

そのような経緯《いきさつ》で、祖父から父、そして引き継いで作蔵が宗匠を務めるようになった九日会は、園瀬の里ではもっとも質の高い句会として知られていた。

句の会だから毎月九日に集うことにし、名称も簡単に決まったらしい。

「それほどの会に」

言いかけて一亀は口を閉ざしたが、弥一郎は笑顔で引き取った。

「宗匠に哉也の俳号を付けられた、わたしのような凡俗が入会できたか、でござるな。それが、九日会の七不思議の一つでして」

「七不思議？」

「冗談めかして、そのように呼ばれておるのですよ」

などと話しているうちに、二人は門のまえに立っていた。

いかにも大百姓らしいと思えるのは、門の手前から左手へ迂回《うかい》して、荷馬車用らしい道が引きこまれていたことだ。道は大きな納屋に通じ、納屋と母屋のあいだには、広い空間が設けられている。古屋敷の大谷道場に較べると、二倍半以上はありそうな広さであった。

一亀と弥一郎の話し声が聞こえたからだろう、玄関から男が出て来た。大柄で赤銅色の肌をし、精悍《せいかん》な顔付きをしている。日焼けしているからか、白い歯がやけに目立った。

下男らしき男が現れて、省吉と才二郎を屋敷の横手に案内した。供の中間や商家の使用人は、句会が終わるまで別室で控えることになっているのだろう。

門から玄関にかけて、三尺四方もありそうな園瀬の青石が、少しずつずらして敷かれていた。

右手が泉池《せんち》のある築山庭園で、その向こうに見える母屋の障子はすべて開放され、笑い声がしている。

「これは、九頭目さまと芦原さま、ようこそお越しいただきました」

「句会に上下なしではござらぬか」と、弥一郎が右手で煽《あお》ぐようにしながら言った。「師匠が弟子をさまで呼ぶなどは」

するとこの男が宗匠の作蔵ということになるが、と一亀は改めて見なおした。なるほど若いし、どう見ても俳諧の宗匠らしくない。外見だけで判断してはいけないとは思いながら、一亀は意外な思いを抱かずにはいられなかった。

作蔵も弥一郎とおなじように、手で煽ぐ仕種をした。

「滅相《めっそう》もない。それに九頭目さまは、初のお目見得でございますし。さ、どうぞ。皆さまお待ちですので」

「初心者なので、本日は見学ということに」

「承知いたしております。では、こちらへ」

襖が取り払われて、十二畳と八畳が続きとなった広間に、机がコの字に並べられていた。各人のまえには湯呑茶碗、硯箱《すずり》と筆、料紙《りょうし》などが置かれている。

談笑していた十四、五人ほどの先客が、一斉に三人を見あげた。興味津々《しんしん》という笑顔が多かったが、いくらか冷ややかに感じられる目もあった。

一礼した弥一郎が、正面に向かって右側の列の末席に坐ったので、一亀は左側のやはり末席に腰をおろした。

宗匠の作蔵は正面の席に座を占めると、同人の一人が風邪《かぜ》で欠席したが、急に熱が出たとのことで句を用意できなかった旨を伝えた。そして、これまでどおり句会が一刻（約二時間）、引き続き酒食会となること、また新しく入会したいとの新人が、見学というかたちで参加しているので後ほど紹介すると告げた。

一亀はちいさく頭をさげた。

「お知らせしましたように本日は持ち寄りで、三句出し三句選となっております。では、提出を願います」

全員が短冊に書いた句を机の上に出すと、係が漆《うるし》塗りの箱にそれを集めてまわった。

句がそろうと、念入りにつき交ぜ、三枚ずつに振り分けてゆく。その作業が終わると全員に配り、銘々がそれを清書する。続いて短冊が箱にもどされ、清書した紙を順に右にまわしてゆくのであった。

なにしろ初めてなので、一亀にはすべてが興味深かった。

隣りから紙がまわってくると、考えたり天を睨んだりしながら、手許《てもと》の紙にあれこれと控えるのは、句を選ぶための覚え書きであるようだ。

机をまえに坐っている見学の一亀にも、左隣りの老人から紙がまわって来た。なかなかの達筆である。句だけで作者名は書かれていないが、書かれていたとしても、弥一郎の哉也しか知らないので、一亀には見当もつかない。

見終わって持って行こうとすると、気を利かせて弥一郎が取りにきた。

次々とまわされる用紙に、一亀も一応は目を通した。ただし、手順がわかればいいくらいの軽い気持であったので、句の内容にはそれほど注意を払わなかった。

清書した用紙が一巡すると、各人が控えておいた句の中から、それぞれ三句を用紙に書いて、先程の句を集めてまわった係のもとに提出する。

それを集計して、選んだ人の多い順に披講《ひこう》者が読みあげていくのだが、評価の高い句もあれば、だれからも選ばれない句もある。自作は選ばないという規則があるため、無点句も出るのだ。

読みあげられると、その作者は名乗りをあげた。

軍鶏の句が取りあげられると、一亀の左隣りの老人が「シャモです」と名乗った。

ところが二つ目の軍鶏の句でも、商家の隠居と思われる五十半ばの、その老爺が名乗りをあげた。そればかりではない、軍鶏を詠《よ》んだ句はさらにもう一つあった。もちろん作者は、シャモと名乗った老人である。一亀の好奇心は掻き立てられた。老人は軍鶏に強いこだわりをもち、しかも三句がすべて評価されたということになれば、それなりの才能の持ち主なのだろう。さて、いかなる人物なのだろうか。

句会は宗匠である作蔵の総評によって、お開きとなった。

総評は句の優れた点や欠点、また言葉をなおしたり入れ替えたりするだけで、内容がよくなることを実例で示し、評価を加える。作蔵は驚くほど多くの句や短歌、さらには漢詩などを引用しながら、比較や検討をしていった。

――なるほど、宗匠だけのことはあるな。

一亀は作蔵の蘊蓄《うんちく》や適切な寸評に、うなずいたり唸《うな》ったりした。

なお、句会の進行がここに記したような形になったのは明治になってからだが、とすると、九日会はそれを先取りしていたということになる。あるいはその良さが次第に知られるようになり、現行の句会に繋がったのかもしれない。

現在はここにある提出が「出句」または「投句」、清書が「清記」、句を選ぶのが「選句」、総評が「講評」などと呼ばれている。以下はまぎらわしくならないよう、現行の句会にあわせて進めたい。

句会のあいだに別室には膳部が用意され、全員が移ってすぐに食事の席となった。

「あとはお気楽に楽しんでいただきたいのですが、先程申しましたように、見学の方がお見えです。いかがでしょうか、自己紹介していただくというのは」

ぱらぱらと拍手があり、作蔵にうながされて一亀は立ちあがった。

「ここしばらく平穏だった園瀬の里を、一人で騒がせ、うしろ指を指されている愚兄賢弟の前者が、ほかならぬわたしです」

笑いやまばらな拍手にかまうことなく、一亀は続けた。

「俳諧の会では、世間的な身分、職業、年齢などには一切関係なく、全員が平等であり、そのために俳号で呼びあっているとのことですので、自分なりに考えてみました」

言いながら、懐から折り畳んだ紙を出して拡げ、一亀は全員に見せた。

求繫と墨書されていた。

「ぐけいとお読みください」

どっと沸きあがる笑いが鎮まるのを待って、宗匠の作蔵は何度もおおきくうなずいた。

「求繫、……繫がりを求む、ですか。なかなか見事な俳号です。ちなみにわたしは屋号の松本を、そのまま用いておりますが、どうにも野暮ったくて、味がありません。その点、求繋はよろしい。ところで、どなたとの繋がりを求めておられるのでしょう」

「九日会の御一同」

「いや、恐れ入りました。なかなか楽しい人が加わってくれました。それでは求繋さんの入会を祝しまして」

　作蔵、いや俳号松本が盃を差しあげ、それに全員が和した。そのようにして酒食会は、表面上は和気藹々《あいあい》のうちに進んだのである。

あくまでも表面上は、であった。なぜなら筆頭家老稲川八郎兵衛の懐刀林甚五兵衛がいるかと思うと、次席家老安藤備後の腹心半沢満之丞もいた。その稲川との癒着が噂されている加賀田屋の大番頭もいれば、商売敵である近江屋のあるじの顔も見えた。

　加賀田屋の大番頭は清蔵《せいぞう》、俳号小菅《こすげ》、四十貫（百五十キログラム）は超えていると思われる、相撲《すもう》取りのような巨漢だ。近江屋のあるじの名は吉右衛門《きちえもん》、俳号は青山《せいざん》であった。長身だが瘦せた、剃刀《かみそり》を思わせる男である。ところが、対立しているはずの二人が、おだやかに語りあっているのである。

　もちろん、一亀はごく一部の人物しか知らなかった。顔や名前がわかったのは、あとになってのことである。

——優雅に見えても実態は伏魔殿《ふくまでん》であるな。

つまり、雑談の断片から相手の考えを読み取ったり、判断を誤らせるようにそれとなく誘導したり、さりげなく牽制したり、という場でもあるらしい。

ほかも、なにを考えているのかわからない、得体の知れない人物だらけである。もっともその伝でゆけば、一亀などは胡散《うさん》臭い人物の筆頭、と言えなくもなかったが。

それはともかく、会はこの上もなく和《なご》やかに進んだ。一亀はにこやかな笑いを浮かべながら談笑の輪に加わったが、新人らしく控え目な態度で聞き役に徹した。そうしながらも、神経を張りめぐらせていたのである。

思いもかけず加賀田屋の大番頭と知り合うことができたが、かれはこれからも当分はあいさつ程度に留め、すぐには接近しないほうがいいと直感した。稲川派の林甚五兵衛がいるので、勘繰られたり警戒されたりしては、今後の行動に差し障るからである。それまでに句会の同人たちをよく観察し、十分に見極めなくてはならない。加賀田屋の大番頭清蔵には、たっぷりと時間をかけて、ごく自然に接するようにしようと自分に言い聞かせた。

一亀は一番気がかりだった、シャモと名乗った老人のまえに膝を進めた。

俳号について訊ねると、老人は筆を取って写模と書いた。

「写模、つまり模写ですか」

「はい、わたくしはありのままを写すことを心がけております」

「なるほど。しかし、それにしてもお見事でしたな、三句がすべて選ばれたのですから」

「まぐれです。いつもは、ほとんど無点句ばかりですよ」

「軍鶏にこだわりをお持ちのようですが」

「こだわり、……ですか。好きなだけでして」

「とすると、飼っておられる」

写模がうなずいたので、一亀はもうひと押ししてみた。

「で、軍鶏のどのようなところが、お好きなのでしょう」

「一切のごまかしがありませんから、人のようには」

その瞬間、一亀の脳裡《のうり》を、軍鶏侍と呼ばれている岩倉源太夫の、鋭い眼光が横切った。

「軍鶏がお好きであれば、岩倉源太夫どのは」

「もちろん、存じあげております」

「では、お逢いになられたことも」

「いえ、あのお方は武芸者ですから、わたくしなどはとても。クズ……求繫さまは」

「一度、逢いました。サムライですな、今ではほとんどお目にかかることのできない」

「はい。わたくしのような商人《あきんど》、と申しても隠居にすぎませんが、とてもではないですが近づくことすらできません」

「いや、そんな人物ではない。ま、無口で取っ付きにくいところはあるが」

あとでわかったが、写模老人は呉服町にある名の知れた太物《ふともの》問屋、結城《ゆうき》屋の隠居物兵衛《そうべえ》であった。

「それにしても解せんのは、だな」

重みのある声がしたので見ると、林甚五兵衛が芦原弥一郎に、右手の人差指を突き付けていた。丸い体と、人の好さそうな顔をした弥一郎は、零《こぼ》れそうな笑みを満面に湛えている。

「どのようなきっかけで、哉也どのが求繫どのを九日会に引きずりこんだのか、

「それに負けないほどのことでしたら」

「引きずりこんだとは人聞きが悪いですが、そのことでしたら」

　林の声はおおきかったが、すでに赤い顔をした弥一郎も、それに負けないほどの音声《おんじょう》であった。そのため、だれもが二人の遣り取りに、自然と耳を傾けることになった。

　おやおや、さっそく稲川派の牽制かと思ったが、実際に警戒しているのならこのような場で騒ぐことはないだろう。出鼻を軽く叩いておけ、くらいの軽い気持にちがいないと一亀は判断した。弥一郎もおなじように感じたらしく、肩を竦《すく》ませながら、林よりもむしろ同人たちに向かって語りかけた。

「俳諧の会にはあまりふさわしくない、無粋な話題ではありますが、問われましたのでお答えしましょう」

　弥一郎はその場の全員の視線を引き付けてから、おもむろに語り始めた。

　求繫こと九頭目一亀は、御法度を破ったことで、厳しい罰を言い渡された。にもかかわらず、その翌朝、並木の馬場で馬を乗りまわしていた。

　藩士の不正、違反を取り締まり、監察するのが役目の目付としては、無視することはできない。当然、弥一郎は詰問《きつもん》のために出向いたのであった。

「ところが求繋どのが申されるには」

そこで弥一郎は、一亀が義父の伊豆を煙《けむ》に巻いた珍解釈を聞かせたのである。聞き終えた一座の人々は、いささかあっけに取られたようであった。ところが、一亀の解釈を正しいと確信しているらしい弥一郎と、悪びれることなく、晴れ晴れとして翳《かげ》りのない一亀を見ているあいだに、じわじわと忍び笑いが洩れ、それが次第に増幅して、遂には爆笑となった。

ところが、

「尻切れ蜻蛉《とんぼ》であるな」

甚五兵衛がふたたび弥一郎に指を突き付けたので、その場の和やかな空気は水を注されたようになった。

「なぜ求繋どのを、この会に引っ張り込んだか、それを知りたいと申しておるのだ」

「ああ、そうでした。一番肝腎なことを忘れるのですから、粗忽者の哉也には困ったものです」

いかにもとぼけた切り返しに、座には笑いが戻った。弥一郎は満面に笑いを浮かべて続けた。

「そのような経緯《いきさつ》で、裁許奉行としての出仕は半年後からとなります。そのための下調べなどもありますが、やはり上に立つ者としては、豊かな心を持たねばならない、とすれば知的な趣味で風雅の心を養うべきだろう、とのお考えでした。そこでこの会のことをお教えしたのですが、まったく心得がなくてもやって行けるものだろうかと、不安な顔をなさいました。そこで」

一瞬、言葉を切って弥一郎は一座の面々を見渡した。

「申しあげたのです。心配はご無用です。なぜなら、わたしが除名されずにやっているのですから、と」

どっと起きた笑いに、甚五兵衛も苦笑するしかない。その笑いによって一亀の入会は自然に容認されたことになり、大評定での処分を無視した行動も、うやむやなうちに認められた形になったのである。

——期待をはるかに超えた成果だ。

弥一郎と目があうと、相手も満足そうにうなずいた。

二十三章

　句会について教えてもらいたいことがあると省吉を使いに出すと、目付の芦原弥一郎はその夜のうちにやって来た。

　九月の九日会は席題でおこなうと、前回のお開きのとき宗匠に言われていたのである。句会について一亀はほとんど知らなかったが、もちろんそれは口実で、ほかに知りたいことがあったからだ。

「持ち寄り、題詠、吟行《ぎんこう》、この三つが句会にはあります」

　八月に宗匠の家でおこなったのが、持ち寄りの句会で、単に句会と言えばこれを指す、と弥一郎は説明した。季語が入っておれば題材は自由に選んでよいし、準備期間も十分に取れるので、考え、推敲《すいこう》する時間はたっぷりとある。

　題詠は通常、二つか三つの題が出される。題は一つを選んでもいいし、三句出しの会で三つの題が出たなら、すべてをちがう題で詠んでもいいのである。

「題がいつ出されるかによって、兼題と席題にわかれます。兼題の場合、通常は例会のひと月まえに題が出されます」

「考える時間が十分にある訳だ」

「その点は持ち寄りとおなじですが、時間があるためにひねくりまわし、かえって駄句になることが往々にしてあるので、注意しなければなりません。次の九日会は席題ですので、句会が始まってから題が出され、決まった時間内に即席で詠まねばならないのです」

「ひと目で、実力がわかるということか」

「慣れもおおきいでしょう。題は季語ですから、季節に応じてそれらしいのを予想し、まえもって考えておくこともできます。秋の雲なら、鰯《いわし》雲、鱗《うろこ》雲、鯖《さば》雲とか、月なら、明月、望月、満月、今日の月、月今宵、三五の月、十五夜、芋名月、ちょっとひねれば、十六夜《いざよい》、立待月、居待月、臥待月《ふしまち》、更待月《さらまち》、後の月、名残の月……」

「きりがないな」

「天文ばかりではありませんからね。動物に植物、生活に行事」

「前もって考えておいても、その題が出なければ、努力も水の泡だ」

「一亀さま向きではありませんね」

「一亀ではなくて求繋だろう」

「本日は句会ではありませんので」

弥一郎は軽く切り返して次に進んだ。

「三つめが吟行です。文字どおり、どこかへ行って吟じます。神社仏閣、山や川、祭りや競馬《くらべうま》などに出向き、見たままを詠むという趣向です」

「とすると写模老人は困るであろうな、軍鶏の句ばかり詠んでおるようだから」

「なにかを見て、思い描いたことでもいいのです。いつぞやあの御仁《ごじん》は、鶏頭の花で軍鶏を詠んだことがありました」

「いささか強引であるな」

「ところでお呼びになられたのは、句会のことだけではないと推察いたしましたが」

「そこまでわかっておれば、話は早い」

「噂が気にかかるようですね」

「人のことなら気にはならぬが、こと自分に関するとなると、話はべつだ」

「ここに至ってかなり変わってまいりましたが、正直申しまして、大評定の直後は相当にひどうございました」

「であろうな」

「一亀のおこない不可解なり！」

　そこで弥一郎はひとまず謝ったが、噂をそのまま伝えるため敬称は省《はぶ》かせてもらうので、お腹立ちのなきようにと断ってから続けた。

　御法度破りの愚行、周りの人間がどれだけ迷惑するかを考えず、自分の感情の赴《おもむ》くままに流されるとはもってのほか。世の中のことがまるでわかっていない若造を、藩主の息子だからと言って家老に就けた老職にも責任あり。と、この辺りがほとんどの藩士の反応であったらしい。

「さもあらん」

「にもかかわらず、処分の翌朝には馬に乗るし、その後も反省の色など毛ほどもなく、好き勝手に振る舞いおる。実にけしからん。しかも、一向におこないが改まらないばかりか、むしろ増長するばかりだ。となると藩士たちも、裏があるのではと勘繰るようになりまして」

　つまり一亀の意趣返しではないのか、との判断である。藩主の命は絶対で、背《そむ》くことができないため、取り敢えずは受容して家老になった。しかし、どう考えても理不尽である。たしかに正室とお国御前のちがいがあり、正室は大名の娘かもしれないが、問題にすべきは生まれた男児である。自分は第一子なのに、長幼の序を無視して、なぜに弟を藩主にせねばならんのだ。

「そこで藩主家だけでなく、九頭目伊豆家を困らせるために、あのような暴挙に出たのであろう、と」

「人はあれこれと考えるものであるな」

「それが、多くの藩士の抱いた思いのようです」

おなじ武士や士分でも、厩関係者だけは一亀を信奉し、好意を寄せていた。なにしろ、初乗りで気の荒い春嵐を御した腕に、だれもが感服したのである。そのため、庶民といっしょに盆踊りを踊ったとか、処分の翌日には馬に乗っていたなどという、本来なら評価をさげるであろう行為が、逆に良い意味に受け止められたのであった。

武士以外の領民は、ずっと身近に受け止めていた。一亀はたしかに武士にあるまじき行動を取りはしたが、それで多くの民に迷惑をかけた訳ではない。公然と賄賂を取るとか、権威を笠に着て無理難題を押し付ける連中に較べれば、はるかに罪がないではないか。

つまり、好意と悪意を秤にかけると、前者が圧倒していた。ただしその分、重く見られることはなかったようだ。いや、極めて軽い鼎《かなえ》だとの判断、扱いを受けていたのである。

「ということで現状に移りますが、たいへんなことになっておりますよ」

「……？」

「三つの名が飛び交っております。これも一亀さまに動きまわっていただいた成果ですが、これほど明瞭に表れるとは、思ってもおりませんでした。つくづく、園瀬の里は平穏なのだと思い知らされました。最初は、そのままですからおわかりでしょう。まず、単に裁許奉行さま。裁許奉行の九頭目さま、あるいは一亀さま」

「裏では、遊び奉行の一亀と呼び捨てにしておるのだろう」

否定せずに弥一郎は続ける。

「次に、園瀬の愚兄賢弟の前者」

「でなければ、ずばり愚兄一亀、だな」

「三つ目が、予想もしていなかった呼び名でして」

弥一郎にそう言われても、一亀には見当もつかなかった。

句会が終わって十日、大評定からだとおよそ一ヶ月が過ぎていた。その間、一亀は芦原弥一郎とも相談し、意欲的に動きまわったのである。

まず、裁許奉行の実務のために資料調べをするという名目で、役所のあちこちに頻繁に顔を出した。省吉を使いにやって、予め報せることもあれば、連絡なしで突然顔を出すこともあった。

裁許奉行としての出仕は半年後からだが、各種の訴えに対して過去の裁許奉行がどのように対応したか、などを調べることは不自然ではない。

慣れぬ仕事なので勉強のために下調べしたいと言えば、たいていのところに出入りできるし、ごく一部を除《のぞ》けば書類も見ることができた。また、よほどの場合でなければ、それぞれの担当者は、裁許奉行の質問を無視することはできない。

裁許奉行に落とされたとはいえ、藩主の腹ちがいの兄である。迷惑だとは思っても露骨に顔に出せないという事情もあっただろう。それに一亀自身も、そんなことをいちいち気にはしなかった。

藩士の格や役務には関係なく、一亀はだれとも気楽に話し、冗談も飛ばす。当初は敬遠気味だった者も、何度か言葉を交わしているうちに、いつの間にか親しみを感じるようになっていった。

するとと、「妙な人であるな」とか、「なんとも不可思議な人だ」となる。それが「悪い人ではないらしい」から、「いや、どうしておもしろい人だ」と、評価が変わって、「一亀さまはおおらかで、欲のない好人物だ」辺りでほぼ定着したようであった。

一亀の行動の範囲は役所だけとは限らず、知りたいことがあれば商家や医家、寺院などにも足を運んだ。かれの興味は、仕事に関してだけではなかった。めずらしい催しがあれば駆け付けたし、変わった人や愉快な人がいると聞けば押し掛ける。

日向主水を訪れたあとで、一亀は岩倉源太夫の組屋敷に出かけたが、その数日後には、優劣付け難しとして名の挙がった、戸崎喬之進にも逢っていた。

ある意味で、戸崎は考えていたとおりの人物であったが、べつの意味では、一亀は完全に予想を裏切られた。まずこの男は、大抵のことでは動じることのない、胆《たん》の据わった、度量のおおきな人物だとの印象を受けた。

予想外だったのは、四尺六寸（約一四〇センチメートル）と小柄だったことだ。背丈がない上に瘦せていて顔も細く、見栄《みば》えがしないことこの上ない。

剣の腕が立つとのことなので、一亀はある程度の体格、少なくとも中肉中背を心に描いていた。もちろんそれは、かれの一方的な思いこみである。師匠の主水は、戸崎は理詰めでいっさいのむだがないと言ったが、一亀は本人に逢って、なぜそうならざるを得なかったかを理解した。貧弱な体の喬之進は、いっさいのむだを省き、一瞬にして勝負を着ける以外に、活路を見出せないからだとわかったのである。かれの剣技はその一点に集約される。それゆえ喬之進は、自分の剣技以外に興味を持っていないのである。

——剣を通じて若い藩士を教導することは、戸崎喬之進にはむりだろう。

もう一方の岩倉源太夫はと言うと、二度目の対面もおなじように寡黙《かもく》であった。うなずいて同意し、首を振って否定する。言葉を発するときは、結論のみが出てくる。

それでも、鶏合わせから閃いて秘剣を編み出したことを、下僕の権助に教えられたときよりは、くわしく聞くことができたのである。

イカズチと呼ばれた軍鶏の動きは、あまりにもすばやくて、始まったと思うと同時に、敵手は倒れていた。源太夫が軍鶏の動きを見極めることができたのは、ようやく五回目になってからだという。

「剣の要諦《ようてい》は、見ること、見極めることにあり、という訳ですな」

「…………」

「師匠の日向主水どのが、貴殿は本質を見極める、透徹した目の持ち主だと申された」

「…………」

「わたしは、死んだ母にこう言われたことがある」

一亀はそう言って言葉を切ったが、源太夫はやはり無言のままであった。

「澄んだ目で、静かに、じっと見ることです。どんなものに対しても、どんな人に対しても。……そうすれば、そのものの本当の姿が見えてきます、と」

源太夫は目を閉じたまま、何度かうなずいていたが、ぽつりと言葉を漏らした。

「よき母上でござるな」

それは心の中で思いが経巡《へめぐ》り、篩《ふる》い落とされて最後に残った言葉、源太夫が感じたこと、考えたことの結晶にちがいなかった。

——武芸だけの男ではないようだ。

やはり、人には逢ってみなければならないと、かれは改めて思いなおした。

もちろん一亀は、武芸の鍛練も忘れてはいない。西の丸にある藩の道場には、九頭目家に近いこともあって毎日のように顔を出し、剣だけでなく、槍術や弓術にも汗を流した。

　気が向けば日向道場にも出かけ、主水の話に耳を傾けたし、小高根大三郎と竹刀を交えることもあった。もちろん、並木の馬場では常連となっていた。

「さて三つ目の呼称ですが、想像がつきますか」

　弥一郎はそこで言葉を切り、少し焦《じ》らしてから告げた。

「なんと、神出鬼没の一亀さん。これはいいでしょう。ともかく、いつどこに現れるかわからないということで、つけられた通り名ですから」

　遊び奉行や愚兄賢弟には、揶揄《やゆ》や嘲弄《ちょうろう》の意味が含まれているが、神出鬼没の一亀さんには、親しみの響きがこめられている。

　もっとも三種の呼称が併用されていること自体が、一亀が好意をもって見られているという、なによりの証しだろう。

「なぜ三つの呼び名が生まれ、親しまれているか。おわかりでしょうか」

　言われても、一亀には答えようがない。

「実は決定的な人気は、女色に溺《おぼ》れることがないということなのです」

「不邪婬戒《ふじゃいんかい》を守っておる、という訳でもないのだが」

「ですが、これといって妙な噂も立っておりません。青楼《せいろう》の女に入れあげるとか、料理屋の女将と浮名を流す、手当たり次第に下女に手を付ける、などということがまるでありません。美砂さま一筋という潔白さが、好意をもたれるのでしょう」

父斉雅は安藤備後の勧めでお国御前を置き、その産んだ子が、亀松から永之進となった現在の一亀である。しかし正室に遠慮したという訳でもないのだろうが、父は江戸藩邸には側室を置いていなかった。

一亀の女性に対する淡白さは、あるいは父に似たのかもしれない。斉雅は江戸と園瀬の、それぞれの妻で十分に満足していたのだ、とそんな気がした。

一亀も美砂以外に魅力を感じる女性がいなかったのか、桔梗との哀しい別れが影響していたのか、その辺りは曖昧である。いずれにしても、女性の尻を追うということがないのは事実であった。

「さて、下地はできました」

そう言った芦原弥一郎は、いつになく老成して見えた。あるいはこれが本来であって、普段の顔は仮面かもしれない。一亀はふと、そんな気がした。

二十四章

前年の初夏以来とはいえ、一亀がその声を忘れる訳がない。一間四方にしか届かぬほどちいさいにもかかわらず、言葉の一つ一つが驚くほど明瞭であった。

江戸の中屋敷で療養する父斉雅の言葉と指示を、隠れ伊賀は簡潔に伝えた。

「盆踊りと大評定における兄弟の連携、その後の動きは、まさに期待に副《そ》うものであった。なお、明《みょう》二十二日の大評定で、屋敷替えをせずともよいと決定する。家禄は半減になったが、それに対する補《おぎな》いは付けるので、家士の手当てなどは、すべてこれまでどおりとせよ。いよいよ本格的に動いてもらうことになるが、なにかと画策せねばならぬこともあろうゆえ、当座の資金を用立てた。藩の立てなおしに必要な金に関しては、決して惜《お》しんではならぬ」

「との仰せでございます」

当然、大評定や手当ての件、そして資金に関しては、弟隆頼も了解ずみのはずで、金は父の命令で弟から出ているのだろう。

「承知。ところで当方からの連絡は」

「無用です」

「緊急の場合だ」

「わかるようにしておきます」

「知らせなくてなぜわかる」

気配が消えたので縁側に出ると、袱紗《ふくさ》包みが置かれていた。中を検《あらた》めると切餅《きりもち》が十二、三百両である。その額が多いのか少ないのかは、一亀には見当もつかなかった。

それよりもこのような一方通行的な方法では、いざという場合に対応のしようがないではないか。最初に隠れ伊賀が接触してきたときにも、一亀はこちらからの連絡はどうすればいいかを訊いたが、その答は「必要なときが至れば、お教えいたします」であった。今回もおなじである。とすれば、こちらは受けるしかないのか。一亀にはその点が、不可解で納得できない。

翌日の八ツ（午後二時）に、目付の豊嶋一策と芦原弥一郎が九頭目家を訪れた。

「大評定における決定である」

豊嶋は重々しく告げ、通達を読みあげた。

家禄半減となったことに伴い、本来なら屋敷替えとなるところだが、当面は現状のままとする、という内容であった。隠れ伊賀の伝えたとおりである。

「適当な屋敷が空いておらぬゆえで、温情によるものではない」

豊嶋は冷ややかに釘を刺した。

「聢《しか》と心得ました」

前回の大評定で、老職の意見を押し切り、隆頼は兄の一亀に対し厳しい処分を言い渡した。そのこともあって、屋敷を立ち退かせて転居させるまでもないという方向に、大方の考えがまとまったのかもしれない。

一亀としては、かれの気随《きずい》気ままな行動に対し、老職たちがどのように考えているかを訊きたかったのである。だが、稲川八郎兵衛寄りの豊嶋一策を、必要以上に刺激するのは得策ではないと考え、黙っていた。それに対する注意がないことは、黙認されていると判断していいのだろう。

通達書を一亀に渡すと二人は引きあげた。

今回は、芦原弥一郎が忘れ物を口実に、引き返して来ることはなかった。

豊嶋と芦原を見送った一亀は、用人の北原明興を居室に伴って、通達の内容を伝えた。

屋敷替えをしなくてよいと知って、北原は安堵したが、それは当然だろう。家《や》移りとなると、先頭に立ってなにかと指図しなければならない上に、余計な費用がかかるからである。

「その件はようございましたが、今後に関して少々ご相談いたしたく」

北原はきまじめな目を向けたが、じっと見ている一亀に気付くと、狼狽ぎみに視線を落とした。代々この家に仕えているので、さまざまな折衝《せっしょう》や取りまとめなど、用人としては有能なのであろうが、一亀に対しどのように接すればいいのか、未だにわからないでいるらしかった。

園瀬に生まれて六歳まで当地ですごしたものの、家老家の婿どのは江戸で育った。その感性は江戸者で、北原としては自分を田舎者、井の中の蛙《かわず》だと、改めて思わされたにちがいない。

しかも長男でありながら、弟に藩主の座を譲って、一族の家老家の婿養子となったのである。当然、屈折したものを抱えているはずなのに、微塵もそれを感じさせない。そのこと自体が、北原には理解の埒外《らちがい》であったのだろう。

さらに問題の盆踊りをはじめ、処分後の天衣無縫《てんいむほう》といっていい行動は、北原にとっては不可解としか、言いようがなかったのかもしれない。これまで蓄積してきたはずの知識や判断基準が、なんの役にも立たぬという無力感に、囚われていたにちがいないのである。

北原は懐紙を出すと、額の汗を何度も押さえた。

「なにからお話しして、よろしいものやら」

「前回の大評定で家禄が半減されてひと月、当然さまざまな問題が起きているはずだ。どこからでもかまわぬ。まずは聞こう」

そう言って一亀は目を閉じた。

しばらく逡巡《しゅんじゅん》したようだが、ようやく用人は口を開いた。

「まず、これまでどおりの員数《いんずう》を養うことは、いかように努力しましてもむりであります」

家士だけでなく中間小者、上《かみ》と下《しも》の女中をそれぞれ半数にすれば、家を維持できなくはない。でなければ手当てを半減しなければならないが、そんな無茶が通じる訳がないのである。

中間小者と下女に関しては、三月四日が奉公人の出替わり日なので、契約の更新がおこなわれる。双方が合意すれば継続して雇うが、そうでなければ暇《いとま》を出せばすむ。それまで半年弱の猶予《ゆうよ》があるので、かれらも心当たりに声をかけることができるだろう。

おくらと美砂付きの女中に関しては、痒《かゆ》いところに手の届くような機微に通じている点など、時間をかけて培《つちか》ってきたものがおおきかった。つまり暇を出しても、簡単には代わりが見つからない可能性が高い。そのまえに、給銀が大幅にさがってまで、続ける者がいるかどうかは疑問であった。

「そこで各人の考えを、それとなくたしかめてみたのですが」

家禄が半減されたのだから、当然これまでとおなじ手当てを出すことはできなくなる。しかも御法度を破り、処分が決まった翌日に、平気で馬を乗りまわすような主人のもとで、奉公を続ける気があるかどうか、ということをだろう。

「ところが、思いもしない答が返ってまいりました」

なんと全員が、手当てが半分になっても、置いてもらいたいと訴えたというのである。

「その理由でございますが、お盆からこちらへの殿さまのなさりようと、そのお人柄に惹《ひ》かれ、改めてこの人のために働きたいと思ったとのことでして」

北原は根が正直というか、用人としては迂闊《うかつ》すぎたというか、でなければよほど緊張していたらしい。この男には想像もできなかった使用人の反応だった、ということになる。なぜなら「思いもしない答が」と、うっかり口を滑らせたからだ。

つまり北原は、これまでどおりの手当てが支給されなければ、その多くが、少なくとも何人かは辞めると踏んでいたのだろう。

なおも一亀が口を挟もうとしないので、北原は仕方ないという調子で続けた。

「実は出費のかなりの割を占めますのが、女性《によしよう》の衣裳と化粧の代価でして、特に衣裳は相当な支出となっております。お二方とも、それを半金にしてもよいと申し出てくださいました。さらには大殿さまも、手当て、つまりお小遣いを半分でかまわないと仰せです。もっとも女性の衣裳代に較べますと、それほどでは……」

またしても北原は、口を滑らせてしまったようである。咳払いをしてから、早口で次に移った。

「出入りの植定がまいりまして、職人の安蔵が殿さまに踊りをお教えしたばかりに、此度《こたび》のようなことになってしまい、まことに申し訳ないと詫びておりました。長年お仕事をいただいて、お世話になりながら、恩を仇《あだ》で返すようなことになり、なんとお詫びしてよいのか言葉もないほどである。つきましては、次回は無料で植木の手入れをさせていただく、とのことです」

しばらく待ったが、話はそれで終わったようである。一亀はゆっくりと目を開け、おだやかな笑顔を北原に向けた。

「で、そちはどのように考えておるのだ」

「と申されますと」

「当家の用人として、どのように受け止めたのか、と訊いておる」

「……！」

「珍妙な顔であるな。俗に、鳩《はと》が豆鉄砲を喰らったようだ、と申す顔であるぞ」

「恐れ入ります」

北原はまたしても懐紙を取り出すと、ひとしきり額を押さえた。

「例えば植定の申し入れに対しては、いかに思うておるのか」

「殊勝《しゅしょう》なる申しよう。本来なら、当方から捩《ね》じこむべきところを、先方より申し出たのでございますれば」

「家来については、いかに考える」

「手当てを半分に減らされてもかまわぬので、置いてくれと申すのであれば、呑むべきでしょう。ただし下女と中間小者は、半数にしてもよろしかろうと存じます」

「衣裳代と化粧代」

「望むべくもないことで、わたしとしましても頭を痛めておりましたことゆえ、ありがたく」

「義父上《ちち》の件はいかに」

「こればかりは、今までどおりでよろしいのではないでしょうか。奥方お二方と較べましても、額としてはごくわずかでありますれば」

「ははは、さすが九頭目家の用人だけのことはあるな」

一亀の言葉に、強張っていた北原の顔がゆるんだ。

「が、今回にかぎれば、目のまえのことしか見ておらず、用人としては失格である」

「……！」

ゆるんだ顔が瞬時にしてもとにもどり、北原は頬を引き攣《つ》らせた。

「植定の安蔵は余所者《よそもの》と思い、親切心より踊り方を教えてくれた。褒《ほ》められこそすれ、咎められることはなに一つとしてない。悪いのは当方であって、負担を職人に負わせるなど、もってのほかだ」

「ですが」

「家来は家にとっては宝である。あるじの愚行によって思いもしない窮地に追いやられ、それでありながらお家たいせつと心底より念じ、しかもこの不束者《ふつつか》のために働きたいと言ってくれたのだ。そのような家来は、探して得られるものではない。でき得れば手当てを増やしてやりたいほどで、減らすなどということがあってはならぬ。なにより、独り身ならともかく、妻子がいてはとてもやってゆけぬであろう」

「とは申されましても」

「次は少々やっかいな問題である。女性というものはな、外と内がともに輝いてこそ、その人本来の美しさを発揮する。衣裳に注ぐ熱は、武士が腰の物に金をかけるにおなじぞ」

「ではありますが」

「すべてはわしが招いたことで、責任は負わねばならぬ」

「そういたしますと」

「そういうことだ。わしが一切を持つので、これまでどおりとせよ」

「……！」

一亀と北原は見詰めあったが、やがて用人は視線を落とした。

中老格の裁許奉行に落ちはしたが、本来は家老家の用人である。とすれば、あるじの言葉をどう受けとめるか。

不足分の補いを付けると言うからには、それだけの金を用意するということである。とすれば一亀には、家禄以外の当てがあるということにほかならない。

藩主になれぬこともなかったのに、敢えて家老家の婿養子になったという経緯があった。当然、それだけの見返りがなくてはあわない、との結論に達するのが普通だろう。

「わかりました。……ところで」

北原はそれなり、口を噤《つぐ》んでしまった。

「いかがいたした」

「……はあ」

「用人失格と申した件だな」

北原はごくりと唾を呑みこんだ。

「今回にかぎれば、と申したはずだ。入るものが半分になっては、従来どおりやってはゆけぬが道理。あのように考えて当然だろう」

「そういたしますと……」

「掛け替えのない用人に辞められては困る。それとも、このようなあるじのもとでは、とてもやってゆけぬと考えておるなら、引き留める訳にはゆかぬが」

「滅相もない」

「ではやってもらえるのだな」

「ぜひとも、お仕えさせていただきます」

「それはありがたい。もっともここでの話は、二人の胸の裡《うち》に仕舞っておくとしよう。家来になにかと訊かれるであろうが、曖昧なままにして、本当のことは答えるな。世間の連中に対してもおなじで、相手の思うにまかせるのだ」

「……？」

「わからぬか。家禄が半減されたのに、だれも辞めようとせぬ。手当てを減らされても辞めぬとは、主人思いの、まさに家来の鑑《かがみ》ではないか。そのように、世間の見る目が変わる。さらに言えばだ。家来がそこまで仕えるとなると、あるじによほどの器量があるのだろうと、こちらの値打ちもあがろう。つまり、双方にとってよきことではないか」

「おそれいりました。そこまで深くお考えとは、思いもできませなんだ」

「どうだ。わしは有能な用人になれるとは思わんか」

北原は同意することもできず、答に窮してしまった。

「では、皆の者を安心させてやれ。それからな、周りからなにを訊かれても確答せぬようにと、くれぐれも念を押しておくのだぞ。思わせたいやつには思わせておけば、自然とわれら主従の値打ちがあがるのだ。これほど愉快な見ものもなかろう」

用人は浮き立つような足取りで、一亀の居室から出て行った。

二十五章

「さて、下地はできました」と芦原弥一郎は言ったし、たしかに一亀はそれまでより自由に動けるようになっていた。ところが、思ったほどの成果はあがっていない。

「神出鬼没の一亀さん」として、精力的に動きまわりもした。とはいうものの、あまり露骨に問い質《ただ》すことはできないし、書類を調べるにも限度がある。また、簡単に糸口の摑める問題でもなかった。

ほとんど唯一と言っていい収穫は、若い藩士を教導できる師範の、目処《めど》が立ったことである。

西の丸にある藩の道場では、剣術だけでなく槍術と弓術にも力を入れていた。並木の馬場には較べるべくもない小規模なものだが、馬場も設けられている。

槍は相応の身分の子息でなければ、学ぶことができなかった。

また騎射《きしゃ》、歩射《ぶしゃ》、堂射《どうしゃ》がある弓術において、騎射は最高位のものとされている。園瀬藩では通し矢競技のための堂射はやらなかったが、騎射と歩射には力を入れていた。

騎射は武士の表芸とされたことから、弓馬と言えば武芸一般を指すようになっている。戦場で馬を駆れるのは、身分の高い武士のみに許された特権であった。

槍術と弓術に重きを置いていることからもわかるように、現在の藩の道場は上級と、中級でも上の格の藩士、およびその子弟のためのものであった。皮肉なことに、武士らしさを喪《うしな》ったそれら上層部によって、藩政は著《いちじる》しく歪められてしまったのである。

さらに言えば、藩道場の剣術、槍術、弓術の師範は、伝統的に外部から招いていた。剣は中西《なかにし》派一刀流、槍は竹内《たけうち》流、弓は日置《へき》流である。

一亀はすべての藩士を対象としているが、かれの考えている藩の道場には、上級藩士はあまり通わないかもしれない。

中級や下級ではあっても、みずから学びたいと願う者は、無条件に受け容れるのを原則としたいと、当初から一亀は考えていた。そのためには、束脩《そくしゅう》と月々の謝礼は不要とし、精神面を徹底的に鍛えたかったのである。

師範は江戸の道場や剣術遣いから探すのではなく、園瀬藩生《は》え抜きの藩士でなければならない。また、道場と道場主の住居は藩が用意し、禄を与えるべきだと考えていた。

そのような思いを胸に、裁許奉行になった直後から、一亀は道場めぐりを始めている。稽古場を持たずに、庭先などで、個人あるいは少人数を対象に教えているような藩士をも訪ねた。

城下だけでなく、花房川対岸の蛇ヶ谷や、上流の村落にも、請われて教えている者たちは居たのである。

隠居した藩士、百姓となっているかつての郷士やその子孫、異色としては神官もいた。もっともかれらのほとんどは、剣技においても心構えの面からも、一流とは言えなかった。

一亀が訪ねたのは、芦原弥一郎や日向主水に聞いた藩士が主で、それ以外にも、少しでも気にかかった人物は、かならず訪問するようにしていた。

当然だが可能性がないと思えば、最初から除外している。大目付の林甚五兵衛や中老格の田貝猪三郎などの重職は、いくら腕が立っても、道場主となって教えることはあり得ないからだ。

また戸崎喬之進は個人としての剣技には優れたものがあっても、人に教えることに関しては不向きだと判断して除外した。

そして、剣技と精神面を篩《ふるい》にかけて、最後に残ったのが御蔵番の岩倉源太夫である。

一亀は絞りこんだ何人かの候補とは、再三にわたり話しあい、竹刀で立ちあいもした。そうしているうちに、次第に源太夫の魅力に惹かれ、この人物以外には考えられないと思うに至ったのである。

一亀は年が明けた一月二十二日に、裁許奉行の仕事を正式に開始した。もっとも藩庁に出向く訳ではなく、役宅がそのまま裁許奉行所となる。直属の部下はいないので、仕事に応じて自分の家来を使うしかない。

ただし緊急の事態となれば、目付、町奉行と郡代奉行配下の手代と同心、弓組と鉄砲組の足軽などに下知《げじ》できた。

裁許奉行は戦時《いくさどき》の遊軍とおなじで、固定された役目ではない。その都度、状況に応じて編制する。

味方の弱所を補い、敵の弱点を衝《つ》き、あるいは素早い動きで敵を攪乱《かくらん》し、状況によっては、作戦外の奇襲をかけたりもするのが遊軍である。

部下はいなくても、調べ物や事実確認に関しては、役方と番方の協力を得ることができた。

つまり一亀としては、通常は九頭目家の家士しか使えないのである。しかも父斉雅からは、敵を欺《あざむ》くにはまず味方を欺けと、釘を刺されていた。

となると、実際に一亀がおこなおうとしていることのすべてを、義父の代からの家来であろうと、打ち明ける訳にはいかない。べつに信用していないというのではないが、いつ、どのような状況で漏れるか知れぬからである。

そのために重要な問題に関しては、省吉を使う比重がおおきくなった。これまでなにをやらせても、省吉はかならず命じた役を遂行《すいこう》してきた。

省吉はかれが園瀬藩の江戸中屋敷に移ってしばらくして、なにもかも心得ているからと、父が付けて寄越した男である。隠れ伊賀とおなじ藩主家直属の特別な家来だと、いや、一亀は今では隠れ伊賀の一人だと確信していた。

二回目の接触のおり、こちらからの連絡はどうすればいいかと訊くと、隠れ伊賀はわかるようにしておくと答えたのである。あれやこれやと考えたが、常に一亀の側に控えている省吉なら、ほとんどの問題を把握していることに思い至ったのだ。

裁許奉行の最初の仕事として、一亀は第二の藩道場の必要性と、その運営法などをまとめた上申書を作成した。もちろん、道場主には岩倉源太夫を推薦している。

源太夫とは日向道場の相弟子であり、藩校千秋館でともに学んだこともあるので、目付の芦原弥一郎は上申書を一読するなり、目を輝かせて言った。

「岩倉ならまちがいありません。太鼓判を捺《お》しますよ。もっとも、わたしの太鼓判では、却って不安になられるかもしれませんが」

上申書は芦原を通じて、反稲川派の中核である中老新野平左衛門、そして側用人の的場彦之丞、ということは藩主隆頼へ提出している。一亀としては、藩の今後のための、いわば土壌作りという意味でもあるので、早急に回答があると考えていた。

出したのは一月末であったが、藩主隆頼が園瀬にいるので、認可には旬日、遅くとも半月はかからぬと思っていたのである。ところが二月下旬になっても、なんの音沙汰《おとさた》もなかった。

「間もなく参府なので、なにかと取りこんでおるのやもしれません」

芦原もどことなく解せぬという顔で、首を傾げた。

そうこうしているうちに、参勤交代の準備があわただしくなり、遂に出立の日が来てしまったのである。自分の提案が無視されたようで、楽天的な一亀としては、めずらしく気がふさいでしまった。

「新野さまのお話では、岩倉源太夫から、息子修一郎《しゅういちろう》に家督を譲り隠居したいとの願いと、道場開きに対する許可願いの届けが、出されたとのことです」

三月下旬に、やってきた芦原がそう言った。

「なるほど、そういうことであったのか」

一亀は納得がいって、思わず膝を打った。

「道場の場所や母屋の間取り、禄の石高などの、細かなことをすべて決めてから、正式な許可を与えようということだな」

「であればよろしいのですが」

「どういうことだ」

「家督の相続と、隠居についての許可はおりたそうです」

「……？」

「殿はなるべくおだやかに解決したいとお考えですが、全面対決もあり得ると考えているのでしょう」

「順を追って話してくれ。それだけでは訳がわからん」

「すみません」

謝ってから、しばし考えをまとめていたが、やがて芦原は次のように語った。

上層部はできれば無血で、藩政の中枢《ちゅうすう》を入れ替えたいと考えている。しかもこの一年前後が、勝負と見ているらしい。

計画どおりすんなりと収まればなんの問題もないが、それは僥倖《ぎょうこう》とでもいうべきもので、まずは考えにくい。避けたいが、剣に頼らねばならぬ、それとも剣によって守らなければならぬ可能性は、相当におおきいのである。

おそらくは隠れ伊賀の注進などもあって、そうなったときの切札となるのが源太夫だと、藩主と側用人の的場、そして中老の新野は見ているにちがいないのである。

ところが、道場開きの許可を与えてしまえば、源太夫が日向道場の弟子中の白眉《はくび》であり、江戸の一刀流椿道場で免許皆伝を得たこと、また鶏合《とりあ》わせ（闘鶏）に閃きを得て秘剣を編み出したことを、思い浮かべる者もいるだろう。

ゆえに、でき得るかぎり伏せておきたいのである。大の成就のためには、小を犠牲にせねばならぬこともあるのだ。と、それが本心にちがいない。

「わからぬではないですが、やつの胸中を察すると」

芦原はなんとも遣る瀬ない、哀しげな表情になった。

「道場を開きたいという夢があることなど、一言も話したことがなかったのですよ、源太夫のやつ」

それまでの岩倉が、いつの間にか源太夫に変わっていた。

「隠居の願いが簡単に認められ、道場開きが許可されなかったら、どう感じると思いますか。無能者というおおきな印を、額の真ん中に捺されたように思うことでしょう。本人にすればたまりませんよ」

「たまらんだろう」

「腐りますよ」

「ああ、腐るだろうな」

「あいつは御蔵番を黙々と務め、剣を鍛え、どうすれば藩のために尽くせるか、自分の持ち味を活《い》かせるか、それをひたすら考え続けたのです。そして出した答が、道場を開いて若い藩士を教えることだったのに」

まるで自分のことのように、いやそれ以上に慷慨《こうがい》する芦原を、一亀は改めて見なおした。

——友とはよきものであるな。

かれはしみじみとそう思った。

考えてみれば、自分には芦原弥一郎における岩倉源太夫のような友はいない。

江戸の中屋敷時代、ともに四書五経を学び、剣、槍、弓、馬の鍛練に励んだ十名の学友がいたが、学友とは名ばかりでその実態は従者であった。

また、弟の隆頼とは満足に話したこともなく、特に今は藩政の改革に向けて、周りに疎遠だと印象付けるように、父斉雅に命じられている。そのため話し合うどころか、顔も見ていないのである。

声を聞いたこともなければ、どんなふうに笑うのかも知らない。こんな兄弟が、果たして世間にいるものだろうか。

——目的を達することができたら、弟と二人きりで心行くまで語り明かしたいものだ。

「つまりは」

芦原の言葉で一亀はわれに返った。

「保留ということで、事が成った暁には、道場開きを許すということでしょう。

だが源太夫は、却下されたと思っているにちがいありません」

「その程度で自分を喪うとか、自棄《やけ》になるような男なら、推薦はしない」

「……！」

「岩倉は鋼《はがね》だ。硬くはあっても、強靱《きようじん》な粘りを持っておる。鋳物のように脆《もろ》くはない。……なんだ、友を信じておらんのか」

「そんなことは……」

「賭けてもよいぞ。あの男が三陀羅煩悩《さんだらぼんのう》、酒か博奕かそれとも女、そのどれかに惑うかどうかを、賭けようではないか。期限は一ヶ年」

「やめておきましょう」

「なぜだ」

「わたしは惑わぬほうに賭けますが、一亀さまもおそらくおなじでしょう。それでは賭けが成立しません」

二十六章

隠れ伊賀からなにも言ってこないので、特に問題はないのだろうと、一亀がそのままにしておいたことがある。記憶の底に沈んでいたそれが、急に浮上した。

藩主隆頼が参勤交代で参府し、ほどなく春が終わり、園瀬の里は初夏の四月を迎えた。するとどこからともなく、盆踊りの囃子が聞こえ始めた。

その瞬間であった。陽気な音色が、咽喉の奥に突き刺さった小骨のように、桔梗の死にまつわる疑惑を呼び覚ましたのである。

疑惑には二人の人物が絡んでいる。呉服町に店を持つ羽織師の幸六と、西横丁の料理屋「花かげ」の女将であった。中でも幸六は、どうにも怪しく思われてならない。

桔梗はまだ永之進と名乗っていた一亀が、斉雅に随伴して園瀬入りした数日まえに、幸六が「花かげ」に連れて来たと女将は言っていた。なんでもかれの遠縁の娘で、将来、料理屋を出すためにイロハから学びたい。給銀はなくてもいいし、住まいは幸六が面倒を見るので、試しに使ってみてくれないかとたのまれたらしい。

そのとき幸六が出した条件は、次のようなものだ。

たまに仕事を抜けることがある。つまり、空いている時間だけ働くという勝手なまねを、認めてもらいたい。もっとも、店が忙しいときに抜けるようなことはしない、と念を押している。

桔梗が源氏の瀧にある別墅の、かれの寝所に忍んで来たときには、飯森庄之助や若侍を薬で眠らせていた。あとでわかったことではあったが、それだけでも普通の女でないことは明らかだ。

その後の出来事を、あれこれと突きあわせてみると、幸六が一亀のことを探らせようとして、近付けたとしか思えないのである。

母に似た面差しということもあって、一亀が先に桔梗に興味を抱いた。もっともそれは、さほど意味をもたない。かれが声を掛けなくても、早晩、桔梗から接近して来ただろうことは、まずまちがいがないからだ。

幸六と「花かげ」の女将が共謀関係にある可能性は、まずあり得ないと一亀は思っている。であれば女将を疑う理由はないのだが、ただべつの意味で気にかかることがあった。

飯森庄之助に連れられて初めて「花かげ」に行ったとき、あいさつのあとで女将は、「飯森さま、きょうは乗り切りでございましたか」と言ったのである。

一亀はそのとき、不自然な印象が残ったのを覚えていた。遠乗りや野駆けは、武士だけでなく庶民も普通に使うが、乗り切りはだれもが用いる訳ではない。

裁許奉行の仕事を開始してから三月が過ぎていたこともあり、一亀はそれを明らかにしておかねばならないと思った。

といって省吉や家士を使う訳にはいかないので、町奉行所同心の相田順一郎に声をかけたのである。

「その節は過分な……」

「いや、頭などさげられては困る。礼とも言えぬほどわずかではないか、恥をかかせないでくれ。さて、本日は少々たのみがあって来てもらったのだ」

「は、なんなりと」

「私事《わたくしごと》で、しかも急ぐ用ではない。多事繁忙であろうゆえ、役目の合間、あるいはついでのおりにでも、調べてもらえると、ありがたい」

「仰せほど多忙では。いえ、誤解されては困るのですが、ご家老は園瀬に三年、ようやく四年目に入られたばかりなので、おわかりでないかもしれませんね」

裁許奉行になってから九ヶ月が経つというのに、かなりの者が一亀をご家老と呼ぶ。気持の上ではそう受け止めている者が、ほとんどなのかもしれない。それゆえ一亀も、その都度訂正することは止めていた。

相田は続けた。

「この里では、おさらいの囃子が鳴り始めてからお盆までの三月あまりは、信じられないほど平穏です。あの鳴物、笛や太鼓、そして三味線の囃子を聞くと、人の物を盗んだり、陥《おとしい》れたり、殺そう、傷付けようという気にはなれないのかもしれません」

二回目ということもあってか、相田の口は前回よりずいぶんと滑らかであった。

「であれば、一年中、盆踊りの囃子を流しておけば、園瀬では騒動が起きず、同心も楽ができるということだ」

一亀の冗談に相田は同調しなかったが、自分の立場を思い出したからだろう。

「そちと手代の野村が調べたことが、町奉行の平野左近によって握りつぶされた。さようなことは、今後、絶対にあってはならん」

「……………」

「それは長年かけて作られた悪《あ》しき弊害《へいがい》で、正しき本来の姿にもどさねばならない」

相田の目がきらりと光った。一亀はゆっくりとうなずき、そして続けた。

「長年かけてできた悪弊を、短時日で覆《くつがえ》すことは容易ではないし、簡単にできることでもない。また、だれにでもできることではないのだ」

「たしかに」

「それをわしがやらねばならぬ」

「……………！」

「ただし、一人ではできん」

「お力にならせてください」

「頼もしい言葉だ。相田よ」

「はい！」

「そちに声をかけてよかった。わしの目に狂いはなかったな」

「そのようにおっしゃっていただけましたら、わたしは命に代えましても」

「ただし、本日来てもらったのは、先に言ったように個人的な調べものだ。……、拍子《ひようし》抜けしたか。正直な男であるな」

町奉行所の同心である相田順一郎は、当然であるが、羽織師の幸六と「花かげ」の女将について、ひと通りのことは知っていた。一亀が知りたいのは、その先であった。

べつに疑わしい部分がある訳ではない。どんな人物かのあらましだけを知りたいのだ、と一亀は念を押した。二分（一両の半分）を一朱銀八枚に崩したものを包んで渡すと、相田は目を見開いた。

「こんなにいただきましては」

「子供がいると聞いたが、菓子でも土産《みやげ》にすればよい」

「それにしても多すぎます」

「であれば、女房どのに櫛《くし》でも買ってやるといい。女というものは、亭主の頼もしい姿を見るのが、一番の幸せなのだよ」

うれしさを押し隠そうとする相田を見ながら、一亀はべつのことを考えていた。内面は寂しいであろうに、微塵もそれらしさを見せぬ美砂に対し、申し訳なさで胸がじんわりと痛んだのである。

囃子の流れる時期になって暇だったためか、相田が優秀な同心だからか、それとも金の力の効力か。おそらくはそれらが作用しあったからだろう、翌日には早くも報告に訪れた。

町奉行所同心が裁許奉行に会うということを慮《おもんぱか》って、相田は日が落ち、人の通りが絶えてから脇玄関にまわった。

「幸六の先祖は、袋井《ふくろい》村の郷侍でした」

雁金村と園瀬の城下のほぼ中ほどにある袋井村を本拠とし、村の名である袋井を名乗る郷士であったという。

藩祖九頭目至隆が園瀬の新しい領主になったおり、新しく藩士に組みこまれても地侍では出世ができぬ、あるいは戦乱の世は終わったと、袋井は判断したのだろう。そこできっぱりと槍剣を捨て、土地持ちの百姓となったのである。

袋井家は村の名主であり、世話役の筆頭でもあった。

幸六は名前からもわかるように六男坊だが、百姓を嫌って十二歳で城下の仕立職、通称カネヤの奉公人となっていた。主人の多助《たすけ》は、当時、四十を超えたばかりの初老であった。

もともと素質があったのか、幸六は十七、八歳になると、武家、商家、豪農などから名指しで仕事が入るほどの腕になっていた。

多助の代理で稲川屋敷に出向いたおり、まだ側目付であった八郎兵衛と直に話す機会があり、それで運が拓《ひら》けたのである。

——稲川八郎兵衛か。

腕がいいだけでなく、聡明で弁も立つ幸六は稲川に気に入られ、かれの紹介で老職など上級藩士を顧客とすることができた。

多助に見こまれた幸六は二十歳で娘婿となると、二年後には羽織袴専門の羽織師となった。なぜならそのほうが、はるかに実入りがよかったからだ。

その後も老職や豪商、豪農の客が増えたので、人を雇い入れて育てたが、そのほとんどは袋井村をはじめとした、かつての郷士の次三男坊であるという。

今では紋描きや染めの職人との、しっかりした繋がりもでき、隣藩や京大坂からの註文も受けているとのことである。

本職とはいえ短時間でよく調べたものだと、一亀は内心で舌を巻いていた。

続いて相田は「花かげ」の女将に話題を移したが、かれが「本名を」と言いかけたとき、一亀は思わず声をあげそうになった。飯森庄之助に連れられて初めて「花かげ」に行ってから、丸三年が過ぎていたのに、一亀は女将の名前を知らなかったのである。

「本名を華《はな》と申します」

安宅《あたか》目付の娘だが、美人で頭もよかったため、父の上役の海上方から請《こ》われて嫁《とつ》いだのである。夫や義父とは問題がなかったものの、姑《しゅうとめ》、小姑とことごとく対立してしまった。

藩の船舶の責任者である父の配下には、安宅大工奉行、天文方、水夫《かこ》奉行などがいて、その下には船大工頭領や船頭などがいる。上役の海上方は中老格で、水軍の将であった。海上方も安宅方も、ともに誇り高くて気の荒いことで知られているが、その妻や娘も、矜持《きょうじ》に関しては男衆《おとこし》に負けぬものを持っていた。なにかというと格のちがいを持ち出す姑や小姑と、壮絶な口論の末に、華は婚家を飛び出してしまった。

婚家にいたのは四月《よ》で、まだ十八歳まえ、器量がよくて聡明なので再婚話も多かった。ところが、華はよほどうんざりしたものか一切受け付けず、そればかりか武家を捨てると言い出したのである。

「遠縁の稲川さまが」

――またしても稲川か。

偶然の符合に、一亀は心の内で苦笑した。

その稲川が奔走して、華に「花かげ」を持たせたのであった。

絶対に嫁ぐ気はないし妾《めかけ》などは論外という、気位の高い十代の武家娘がやっていける仕事として、稲川は料理屋に目を付けた。腕のいい料理人さえ確保できれば、女将は添え物でいい。

高級料理を売り物にし、女将は毅然《きぜん》としていれば務まるのである。美貌でしかも品がある華は、まさに打って付けであった。

稲川は大坂藩屋敷の知り合いに働きかけて、彼《か》の地で一流の料理人を探させた。そしてみずから出向くと、法外な給銀で引き抜いたのである。

当然だが、店の造作にも金を掛けねばならない。そのために稲川は、加賀田屋などからかなりの金を引き出したとの噂である。それなりの便宜《べんぎ》を図っているからこそ、加賀田屋も金を工面《くめん》したのだろう。

開店後は、稲川はさまざまな会合、接待、商人との飲食には率先して「花かげ」を利用した。料理が絶品で、女将の魅力と客あしらいの良さもあり、店は繁盛していた。

華がそのような女であれば、乗り切りと言ったこともわからぬではない、と一亀は納得した。

ところで稲川の面倒見の良さは、遠縁だからというだけではないのかもしれない。あるいは家老になることはまちがいないとされる切れ者と、美人の女将である。ただならぬ仲になっていたとしてもふしぎではないが、相田は頼まれた以上のことは喋らなかった。

ただ考えようによっては、羽織師幸六にしても「花かげ」の華にしても、稲川の人脈作りの一環と受け取れぬこともない。かれは自分の基盤作りのために、対人関係を築くことには努力を惜しまなかったとも考えられる。

幸六が稲川の意を汲んで、一亀がなにを考えているか、またかれが繋がりを持つ人物を探らせるために、桔梗を近付けさせた可能性は高い。だがほどなく、一亀は当初稲川が警戒したほどの人物でないと判断したのだろう。

ところが桔梗が妊娠し、身を引くと言い出したのである。どのようなきっかけで、自分たちの企みが洩れぬとも限らぬと、幸六が心中を装って桔梗を殺させたということは、ほぼまちがいない。

一亀に対する警戒は、かれが園瀬の盆踊りで踊ったことや、その後の「園瀬の愚兄賢弟」あるいは「神出鬼没の一亀さん」における、藩主の長男らしからぬ行動により、ほぼ完全に解けたと考えていいだろう。

一亀がひたすら、欲のない好人物として振る舞ったことが功を奏し、警戒する必要がないと判断するに至った可能性が高かった。

なぜなら桔梗の死以降、女性、いや男性も含め、一亀に近付いてきた者はいない。逆に一亀のほうが、だれかれかまわず接触してきたのである。

桔梗を「花かげ」に潜りこませた手口、郷士屋敷らしき家で盆踊りを見せたときの、使用人の一糸乱れることのない動きなどは、どう考えても尋常ではない。また部下を袋井村のもと郷士など、身内的な男で固めていることを考えると、幸六が単なる仕立職人でないことはたしかである。

おそらく稲川に引き立てられるようになったときから、特別な関係が生まれ、かれの目となり耳となっていたのだろう。

いずれにしても一亀は現時点では、それほど警戒されている訳ではないと思っていい。とは言っても、幸六を用心するに越したことはないのである。

二十七章

見学であった初回の八月を含めると、一亀の九日会への参加は五月で十回目となった。

そもそもは、怪しまれずに芦原弥一郎と話せる機会を増やしたかったのと、出席すればなんらかの情報やきっかけが得られるかもしれない、との期待があって加わった会である。

ところが最初で緊張していたせいか、この会はまるで伏魔殿のようだと、一亀は勝手に思いこんでしまった。

加賀田屋の大番頭がいれば近江屋の主人の顔も見えるし、稲川派と安藤派という対立した顔ぶれが、なに食わぬ顔で談笑している。それ以外にも、腹に一物ありそうな連中が一堂に会しているのだから、そのように思いこんでしまったのも当然だろう。

実際はそれほどでもなかった。各人に多少の思惑があるとしても、基本的には俳諧が好きな風流人の集まりであった。ちいさな藩の、のどかな里で、人々はゆったりと生きているのである。

回を重ねるにつれてそれが次第にわかってきたし、俳諧のおもしろさ自体も感じるようになっていた。すると興味が湧き、気が付くと一亀は欠かさず出席していたのである。

例えば見学した最初の会で、哉也こと芦原弥一郎が詠んだ句に、次のようなものがあった。

鮎《あゆ》を焼く煙の中で読む便り

一亀は弥一郎がこんな句を作るのかとおもしろがったが、結果は無点句であった。

なぜだろうと思っていると、宗匠の作蔵、いや俳号松本が言った。

「素直でわかりやすい句ですが、それだけで終わっています。だれも選ばなかったのは、そのためでしょう」

――なるほど、そういうものか。

と、一亀は納得した。

宗匠は続けた。

「魚を焼けば煙が出るのはあたりまえですので、中七が説明でしかない。それに、秋刀魚なら濛々たる煙が出ますが、鮎はさほど煙は出ません。むしろ匂いでしょう、香魚と申しますから。

鮎を焼く、便りを読む。ともに世俗であり、日常のありふれた出来事です。見たままを読んではいますが、ただそれだけに終わっていますね。

この便りはだれからのものでしょう。友人、知人の病や死の報せなら、悲哀を感じますが、そこまでは詠まれてはいません。女性からの艶っぽい便りなら、また感じ方も変わりますが、そうなると、恋の文と鮎の煙とでは質がちがいすぎ、句そのものが壊れます」

――たしかにちがいすぎているな。

一亀は、宗匠の言葉のたびに、素直に感心した。

「一つの方法としてですが、鮎を焼くという俗に、対照的な異質のなにか、聖《ひじり》とか、でなければ学問などを持ってくる。

鮎を焼く煙の中で論語読む

あるいは『読む論語』とすれば、後半の意外さで句に生命、力が生まれます。その場の状況、人物などに思いを馳《は》せることができるのです」

「なるほど！」

感心して思わず大きな声を出したので、その場の全員が一亀を見た。宗匠の作蔵が笑いを浮かべた。

「相鎚を打たれると、本当のことが言いにくくなって困りますが、論語読むも、便り読むも、五十歩百歩というところです。つまり、もとが悪いとなおしようがないというのが、正直なところでして」

宗匠の言葉に全員が笑った。同情的な笑いもあれば、憫笑《びんしょう》もあったし、苦笑もあった。

哉也こと芦原弥一郎が真っ先に爆笑したが、それはかれが役まわりを心得ている、ということなのだろう。つまり弥一郎は、徹底して道化を演じているのだと、一亀は改めて感心した。

一亀も底抜けに陽気な笑いを撒き散らした。見学の身で、なにもわからないのである。初回は、どんな振る舞いも恥にはならない、と頭の片隅では、そんな計算があったかもしれない。

二回目の九月からは、一亀も投句を始めた。そして翌年一月の句会で、かれも芦原とおなじような評を受けていた。

南国園瀬では、冬よりも春になってから雪の降ることが多い。湿っぽく重い牡《ぼ》丹《たん》雪で、数刻かせいぜい半日で溶けてしまう。そんな淡雪である。

「まあ、きれい」

美砂が少女のような歓声をあげた。

「石にはそれぞれの高さがあったのですね。普段は感じたこともなかったのに、一面が銀世界になると、石の高さがちがうことに、改めて気付かされました」

なるほどと思うと同時に句が生まれていた。

降る雪や石それぞれの高さかな

良い出来だと思っていたのだが、見ているうちに「や」「かな」と切字が二つ入っているのが気になった。初心者の陥りがちな二段切れで、芦原弥一郎の俳号「哉也」はそれを常に心に留めておくようにと、宗匠が付けてくれたものだと言っていた。そこで直したのが、

雪降りて石それぞれの高さあり

傑作だとは言わないまでも、自分ではまずまずのできだと、一亀は自信を持っていたのである。ところが宗匠は無慈悲であった。

「作った人の人柄のよさがはっきりと出た、いや出すぎた句ですね」

褒めているようで貶《けな》して……、いや、褒めてもいないのだ。

「あるがままを詠んでいますが、それだけです。雪が降って積もり、すると石の高さに応じて、高低ができている。あたりまえですね。では、句の命をどこに求めるか。一部を具体的にするか、あるいは限定する。それだけでも、句は変わります。

例として、

雪の朝石それぞれの高さかな

あまり代わり映えしませんか。

では、そのまえに『赤穂《あこう》の義士を想う』と、詞書《ことばがき》を入れたらいかがでしょう。雪の朝という言葉に呼応して、石それぞれの高さが、浪士めいめいの立場、苦労、役割など、一人一人が生きて死ぬことの意味にまで及びます。世界が一気に拡がるのです」

「なるほど、奥が深いですな」

「そういちいち感心されては、やりにくいですがね、求馨さん。いいですか、わたしが申したいことは、俳諧は一語を入れ替えるだけでも、まったくべつの命を持つということなのです。言葉をわずかに換えるだけでも、句の表情が一変することを感じていただけたら、と思います」

一亀は感心したが、今度は黙ってうなずくだけにした。

しかし、それにしても俳諧は、味わい深いものだと思わずにいられない。

芦原弥一郎が教えてくれたことであるが、句会には持ち寄り、題詠、吟行の三種があり、題詠には兼題と席題があった。しかも席は持ちまわりなので、毎回ちがう場所に出掛ける。会の形式と会場の双方が変化するので、それも一亀には楽しみであった。

五月の句会は加賀田屋の離れ座敷でおこなわれたが、その席で一亀は初めて、俳号小菅こと加賀田屋の大番頭清蔵と、隣りあわせになった。

それにしてもおおきく、有無を言わせぬ圧迫感がある。毎回、離れた席から見ても、まるで人とはべつの生き物がいるように感じていたのだ。

四十貫の巨漢である。目《ま》の当たりにすると、その迫力には圧倒的なものがあった。

顎は二重にも三重にも見えたし、丸々と肥え太った赤ん坊のように、手首には深い輪のくびれが入っている。ところがおなじようにはち切れそうな指には、黒くて太い剛毛が生えていた。

目はちいさい訳ではないのに、肉に上下から押されて、閉じているのかと思うほど細く、まるで横に一本、線を引きでもしたようである。

それまでの会でも、清蔵が熱心に書きものをしているのには気付いていたが、隣りで見ていると、実に克明《こくめい》に書いている。句作の閃きがあったのかとも思ったが、どうやらそうではないらしい。

人の喋ったことを、手控えに書き記《しる》しているのである。もちろん要点だけだろうが、だとしてもひっきりなしに手を動かしている印象だ。なにかに取り憑かれたのかと思うほどである。

酒食の席に移ったとき、一亀はそれについて訊かずにはいられなかった。見学で参加した最初の会から数えて十回目、それまではあいさつか、ごく短い会話に留めておいた。いくら稲川派の林甚五兵衛や近江屋であろうと、そして加賀田屋の大番頭の清蔵も警戒はしていないだろう。話題としても不自然ではないはずだ。

銚子を持ちあげると、清蔵はしきりと恐縮する。句会に上下なしだと、むりに飲ませながら訊くと、

「そのことでございますか」

清蔵は細い目をさらに細めた。

「簡単な覚えを書いておくだけで、翌日、あるいは日を置いて読みなおしたときに、皆さんの、特に宗匠の話された微妙な意味あいを、思い出すことができます。それに」

しばらく待ったがそのままなので、一亀は先をうながした。

「それに？」

「よしましょう。小心者だと笑われるのがおちですから」

「まさか。それだけの体ゆえ、心もさぞおおきいであろうと」

「だとよろしいのですが、いわゆる蚤《のみ》の心臓というやつでして。牛か馬かという体をしながら、蚤の心臓はありませんよね」

一亀は肯定も否定もせずに、満面におだやかな笑いを浮かべて、清蔵の言葉を待った。

しばらくもじもじしていたが、やがて清蔵はしかたないというふうに口を開いた。

「諍《いさか》いをしたくないのです、実のところは」

「……？」

「よくあとになりましてね、あのときああ言ったではないか、いや、言わないとこじれると厭《いや》ですので。それに備えて、大事だと思うことはかならず、書き留めておくようにしているのです」

「それは小心ではのうて、慎重ということであるな。すると商《あきな》いでも」

「商売が先です。句会で動くのは言葉ですが、商売では金が動きますからね。まちがいがあっては事です」

「商売での習慣を句会に活かしていると」

「商売の習慣でもありますが、というよりはむしろ、あるじ対策ですわ」

酒が入り、清蔵の語り口はいくらか滑らかになったようである。

「あるじ、と申されると、加賀田屋の」

「ええ、大雑把《おおざっぱ》ですので、下が迷惑しています。丼勘定というやつでしてね。それに言ったことを忘れるし、覚えちがい、勘ちがい、思いこみがやたらとありまして。昔はそうでもなかったのですが、近ごろは頓《とみ》に」

「主人がそれでは、下の者はやっかいであるな」

「だれに二十両渡しておけと命じて、あとになって十両と言ったはずだと、こんな調子ですからね。そんなことが何度もありましたので、すべて記録するようにしているのですよ。記録するだけでなく、その都度、確認の印を捺してもらっております」

「あるじにか」

「でなければ、手控えだけでは意味をなしません」

保身のために、商人はそこまでやるものなのか、あるいは清蔵が小心ゆえ、そうせずにいられないものなのか。なにか、体格から受ける印象とはちがうものが見え、一亀はふしぎな気がしてならなかった。

「どの世界にもそれぞれ苦労があるものだな」

一亀はしみじみと、心の底からそう思ったのである。

――やはり、相田に頼むとするか。

たしかな探査能力を持った同心の顔を浮かべながら、一亀は清蔵のことを調べさせようと思った。なぜなら、父斉雅の言っていた稲川と加賀田屋の癒着を証明できる文書とは、清蔵の手控えのことだと直感したからである。もしちがっていたとしても、これをきっかけに糸口を見付けられるはずだ。そのためにも、清蔵のことをくわしく知っておかねばならない。

二十八章

風のせいだろうが、おおきくなったりちいさくなったりしながら、囃子が聞こえてくる。鉦、篠笛、三味線、大太鼓に締太鼓、「よしこの」の唄声が混じることもあった。

園瀬の盆踊りに向けて、おさらい、つまり稽古が始まったのだ。その音色が、一亀の胸に複雑に絡みあった想いを沸《わ》き起こす。

かれが園瀬に来て、まる三年が過ぎ、四年目になっていた。そのわずかな期間で、盆踊りの囃子は、一亀の中でおおきく変質し続けた。

永之進時代、かれは十七歳で父の斉雅に従って園瀬入りを果たした。その五月に、郷士屋敷らしき家で、初めて園瀬の盆踊りを見て驚嘆している。さらに七月のお盆には、羽織師幸六の仕事場から見て、踊りたいものだと切望した。

ところが十八歳になった次の年、思いもしない事件が起きてしまった。

桔梗と草薙の死骸がうそヶ淵に浮き、手代の野村睦右衛門や同心の相田順一郎が否定したにもかかわらず、町奉行平野左近は相対死だと断定した。実際は心中に見せかけて殺されたのである。しかも桔梗は妊娠し、腹の子は永之進の子と考えてまちがいなかった。

そして十九歳となった昨年の四月、弟である藩主隆頼がお国入りしている。永之進は美砂と結婚、五月には一亀と改名し、義父の隠居と入れ替わって家老となった。しかしその七月、弟隆頼を殺害しようという飯森庄之助らの謀《はかりごと》を潰すため、盆踊りの宵日に踊って捕らえられて謹慎。そして大評定で、家禄を半減され、裁許奉行に落とされたのであった。

二十歳になった今年、一亀は園瀬で四度目のお盆を迎えようとしていた。裁許奉行の仕事も本格的に始動したが、町奉行や郡代奉行の手に負えぬような、庶民や士卒、陪臣の訴訟はそれほど多くはない。

そのために、筆頭家老稲川八郎兵衛の不正、特に加賀田屋との癒着に関する調べをおこなっているのだが、はかばかしい成果はあがっていなかった。

ところが五月の句会で、たまたま加賀田屋の大番頭清蔵が手控えを執っていることを知り、町奉行所同心の相田順一郎に調べさせたのである。

相田には、前回の幸六や「花かげ」の女将とおなじように、どのような人物かを知りたいだけだと伝えたのだが、それにしては報告が遅かった。

相田がやって来たのは、句会からは十日以上がすぎた、五月下旬のことである。

同心は人目を忍び、日が落ちて人通りがなくなってからやって来た。

「遅くなり申し訳ありません」

「仕事をやりながらだから、時間がかかるのもむりはない」

「いえ、加賀田屋の大番頭である清蔵について知っていただくには、あるじの正《しょう》太郎《たろう》のことから始めませんと。そう考えましたので」

「そちの言うとおりだ。あるじは正太郎と申すのか。加賀田屋という屋号しか、知らなんだのだ、わしは」

おおきくうなずいてから、相田は話し始めた。

「正太郎に改めたのは加賀田屋を名乗るようになってからで、十代の若造の時分はスッポンの猪八《いはち》と呼ばれる、小者に使われていた手下でした。もっとも今は、そんな昔を知っている者は、まずいないでしょう」

町奉行所同心の手先で、岡っ引とも呼ばれている小者に使われていたというのだ。

「スッポンという渾名からもおわかりと思いますが、かなりしつこい性格のようで、しつこいだけでなく、小才《こさい》の利いた、抜け目のない、小狡《こずる》い若造だったようです。それに目を付けたのが、当時は平の目付だった稲川さまでした」

――またしても稲川か！

それにしても、よくないことばかりに関わっているところは、まさに悪の根源、あるいは元凶というしかないな、と一亀は苦笑するよりも、いささかあきれてしまった。

ところで稲川が猪八になにをやらせたかというと、藩士の弱み、それも敵対する男、取り入りたい上役や重職、味方に付けたい同輩や下役の泣きどころを、徹底して探らせたのである。

女性問題、家族や親族間の確執、公金の使いこみ、博奕狂いや酒乱のような肉親の困り者、婿と義母の姦通、などなど。程度の差はあっても、どの家であろうと、知られたくない問題を抱えているものだ。

稲川は身分の上下に関係なく、その弱みをほのめかし、あるいは露骨に脅し、金を使い、ともかくあらゆる手段を用いて、自分に有利となるよう事を運んだ。

そのようにして上役に取り入り、場合によってはむりに協力者とし、でなければ蹴落とし、支配下に置きながら、異例の出世を果たしたのである。

八郎兵衛の生まれは筆頭家老稲川家の分家で、かつては老職を出すほどの家柄であった。ところが三代まえが失態を演じたため、断絶にこそならなかったものの、三十石という微禄に落とされていた。そのためかれは、お家を旧に復したいとの強烈な出世願望にとらわれていたのである。

児小姓から書院番見習いに引きあげられたのが、好運の始まりであった。目付、側目付、大目付、仕置補佐役と駆けあがり、三十代半ばには、末席ながら家老となっていた。中老格になるだけでも出世という小身から、家老になったのだから、異例中の異例と言える。

さらに好運は続いた。筆頭家老だった本家のあるじが急死したため、その長男が一人前になるまでとの条件付きではあったが、八郎兵衛に筆頭家老の座がまわってきたのである。

「莨《たばこ》の専売が取り沙汰されたのが、稲川さまが家老になってほどなくでした。というますか、専売を提案したのは稲川さまだったのです」

「そこから、本格的に藩を喰い物にし始めたのだな」

「実は時間がかかったのは、そこに至るまでの二人の関わり方を調べたからでして」

なんと、稲川が葭専売の建議書を提出する半年前に、加賀田屋が看板を上げていた。

「読めたぞ。稲川が家老になれたのは、密偵猪八の功績がいかにおおきかったか、ということだな。それに対する見返りとして店を出させてやった」

「それだけではありません」

「……？」

「加賀田屋はいわば稲川の集金袋、受け皿のようなものだったのです。新たな事業の計画を教え、割のいい仕事をまわし、得た利益を稲川と猪八、いや正太郎が分けておりました」

一亀が筆頭家老に良い印象を持っていないのを感じたからだろう、相田の家老に対する呼び方が、稲川さまから稲川と呼び捨てに変わっていた。

加賀田屋を出させるに当たり、稲川はべつの商家から若い有能な番頭を引き抜いて、帳付けや金銭勘定をやらせた。引き抜いてというのはおだやかな言い方で、実際は店の、それもかなりな金に手を着けねばならぬ状況に追いこんだのだ。

二進《にっち》も三進《さっち》もいかぬようにしておいて、言うことを聞けば穴埋めしてやるが、聞かねば暴露するぞと、徹底的に脅しつけたのである。

背丈だけはおおきいが気の弱い番頭は、稲川と正太郎の意のままに動くしかなかった。

「その若い番頭が清蔵だな」

「よくおわかりになりましたね」

体がおおきいのと気の弱いの、その二点からよもやと思ったのだが、一亀にとってはまさに驚きであった。

「猪八、いや正太郎よりも、稲川のほうがよほど性質《たち》の悪いスッポンではないか」

「おなじ穴の狢《むじな》でしょうね。小才の利いた抜け目のない正太郎は、頭も悪くはありません。出納《すいとう》関係だけでなく、商売のコツを呑みこむのも早かったようです。短期間で辣腕《らつわん》の商人になりました」

人の弱点を嗅ぎ付けるのに、天性の勘が働く二人が結託したのだから、まさに鬼に金棒であった。金儲けにつながりそうな温床に次々と目を付け、甘い汁を吸い取ってきたのである。

猪八改め正太郎と番頭清蔵、それに二人の小僧と、わずか四人で始めた加賀田屋は、急速に規模を拡大した。

かなりの資金が貯まったころ、加賀田屋の土台を磐石と化す出来事が持ちあがった。というより、稲川と加賀田屋が仕組んだのである。

それが袋井村の開墾であった。これによって、かれらの関係は鉄壁となったのである。

「なるほどよくわかった。ところで加賀田屋は、なにを商売にしておるのだ」

問われた相田は首を傾げ、困惑したような顔になった。しばらく待ったが、相変わらず首を捻っている。

「いかがいたした。町奉行所の同心なら、当然だが把握しておらねばならんことであろう」

「商売をやっているのはたしかなのですが、これまでの商人の範囲に収まらないのです」

「……？」

「品物を売り買いしたり、金や物を貸して利子を取ったり、物を作らせて納めたりして儲けるのが、普通の商人ですが」

加賀田屋はちがっていた。大勢の人足を手配して短期間で道路や灌漑設備の大仕事を請け負うかと思うと、大量の材木や衣類、米穀などを右から左に動かして利鞘を稼ぐという、従来の商店では考えもつかないような商いをしていた。

そのため広い敷地に、荷を満載した何十輌という馬車が並んでいることがあれば、敷地一杯に幔幕を張って法被《はっぴ》姿の多数の男たちが出入りし、それが翌日にはガランとして猫の仔一匹いなかったりする。また大坂から歌舞伎の一座を呼んで、一日で敷地に舞台を組みあげ、五日も六日も続けて興行することもあった。しかも園瀬だけでなく隣藩からも多くの客を呼んで、満席にしてしまうのである。

「驚かされるのは、さまざまな仕事に応じて大勢の男たちを動員できることですね」

「規模の大きな口入屋、手配師でもある、ということか」

相田はうなずくと、ひと呼吸おいて話をもどした。

「清蔵は今でこそ相撲取りのようにでっぷりしていますが、当時は背が高いだけで、やせ細っていたそうです。渾名が物干竿《ものほしざお》だったそうですから、笑ってしまいますね。生まれが」

「いや、もういい」

「……？」

「それだけわかれば十分だ。必要になればそのおりに訊くとしよう。それにしてもよく調べてくれた。本職とは申せ、たいしたものであるな」

「ついでにお耳に入れておきたいことが」

「この上、まだあるのか」

「ご家老がお知りになりたいことだと、そんな気がいたしますので」

「役目ならともかく、わしが勝手に調べてもろうておることだ。あまり礼はできんぞ」

「先日、十分にいただいておりますので、どうかお気遣いのなきように」

「ついでに、と申したが、話の流れからすると、近江屋と次席家老の安藤どののことであるな」

「やはり、お気付きでしたか」

「いや、そちの話し方で判断しただけで、なにも知りはしない」

「じつはかなり頻繁に……」

近江屋は手堅い商売《あきない》で着実に客を増やし、老舗として信用されていた。加賀田屋が急な伸びを見せ始めてからも、お手並み拝見と、鷹揚《おうよう》に構えていたのである。

結果、顧客を加賀田屋に蚕食《さんしょく》されてあわてたのだが、時すでに遅しであった。おなじ条件で戦うならともかく、商売敵には筆頭家老を通じて、有利な情報が早く届くのだからたまらない。

やはり藩の重職との結び付きがなくては、商売を成り立たせるのは難しいと、近江屋は痛感したはずである。

一方の安藤備後は、次のように考えたのだろう。自分の意見を通し、物事を有利に進めるためには、賛同者を得なければならない。そのために必要なのは資金だが、それは商人との相身互いで得るのが一番だ、と。

利害は一致した。

それが頻繁に打ち合わせをするようになった理由で、当然、稲川と加賀田屋のスッポン同盟は、近江屋の動きを察知しているはずだ。ただし、自分たちが圧倒的に有利だと確信して、軽視しているにちがいない。

近江屋と安藤に可能性があるとすれば、慢心した相手の隙に付け入ることができるかどうかである。

「おもしろくなりそうだな。動きがあるとすれば、お盆がすぎての八月からということになるか」

「引き続き調べましょうか」

「いや、それはいいが、網は張っておいてくれ。頼むときは、このことの、ここを、と明らかにする。そのほうが、そちも力を発揮できるであろう。ああ、これはな」

一亀が紙に包んだものを相田のまえに滑らせると、相手はそれを押し返した。

「わたしは、ご家老のお役に立てるだけでうれしいのです。ですから、これは」

「わかった。わかったが、これだけは収めてくれ。わしに恥をかかせるな」

困惑し、長くためらったのちに、しかたないという顔で相田は受け取った。

二十九章

四ツ（午前十時）ごろ、常夜燈の辻で待ち合わせた十四、五人の男たちが、大堤に向かう一直線の道を、ゆっくりとした足取りで歩いて行く。涼しげな絽や紗を羽織っているが、武士もいれば町人もいた。武士は脇差だけである。そして、だれもが帯に矢立を差していた。

六月の九日会は吟行で、目的地は三角形をした前山であった。

大堤にぶつかると、斜めに土手の上まで坂を登る。普段ならそのまま東に進んで高橋を渡るのだが、右に折れて土手道を西に進み、途中でゆるい坂を左へとおりて行く。

茨《いばら》や小笹におおわれた河岸の段丘をすぎると、石ころだらけの河原となり、その先は低くなっている。花房川が白い泡を嚙みながら早瀬となり、瀬の一番浅い所に流れ橋が架けられていた。

十五人前後の同人が集まると、どうしても気のあった同士が二人、三人、多ければ五人ほども群れることになる。

九頭目一亀と芦原弥一郎は、ほかの集団からは距離を置き、時折、おおきな笑い声をあげながら、最後尾をゆっくりと歩いた。二人の気があっていることは、同人のだれもが承知している。笑い声は、いかにも馬鹿話に興じていると思わせるための煙幕であった。

「安藤が近江屋に、急接近しておるようだな」

その理由の一つが自分にあることを、一亀は承知している。次席家老安藤備後は長幼の序を幟旗《のぼりばた》に一亀を藩主に祭りあげ、その功績をもとに藩を牛耳るため、少なくとも発言権を強めようと、目論んでいたのである。それが一亀の愚行のために頓挫《とんざ》した。しばらくようすを見たが、一亀には藩主になろうとする野望がまるでない。裁許奉行に落とされても一向に平気で、暢気《のんき》に生活を楽しんでいるとしか思えないのである。

安藤が筆頭家老稲川八郎兵衛の一派に対抗するには、べつの策を採らねばならなくなったのだ。近江屋への接近はその一つだろう。一亀の言葉に弥一郎はうなずいた。

「若い連中にも働きかけているようです」

「飯森たちか」

「はい。かれらへも」

「すると、ほかにも」

「稲川に不満を抱いている若侍は、多いですから」

「だから弥一郎は、甘ちゃんだと舐《な》められるのだよ」

急に一亀が声をおおきくしてからかい、馬鹿笑いすると、弥一郎もおなじように笑いながら、掌で首筋をぺたぺたと叩いた。

まえを行く同人が振り返って二人を見、にやりと笑い、ふたたび歩き始める。

真顔になった一亀が、

「加賀田屋と稲川の関係が磐石なので、ひと思いに本人を襲わせようというのか」

「運よく斬り殺せたらいいし、深傷《ふかで》を負わせても当分は身動きが取れなくなります。稲川からのうまい話がなくなると、加賀田屋は動けません」

「いや、そうとも言い切れんぞ」

考えをまとめている段階だったので、相田がもたらした情報を、一亀はまだ弥一郎には話していなかった。加賀田屋のあるじ正太郎は、スッポンの猪八と呼ばれた過去を持つ男である。稲川になにかあった場合の対処法は、当然考えていることだろう。

「若い連中は、稲川さえ除けば藩政が正常にもどると、思いこんでいるのです」

それだけ若い藩主への期待が、高まっているということでもある。

前年の盆踊り後の大評定で、正論をもって重職たちを言い負かしたことにより、隆頼が聡明で、正しい判断力の持ち主であるという噂は一気に広まった。若い藩士や小禄者のあいだに、新しい風が吹くかもしれぬ、今度の藩主ならなんとかしてくれるとの期待が、急速に膨らんでいるのだ。

「そこのところが心配です」

弥一郎の言葉に一亀もうなずいた。

「やりかねんな」

「はい、やりかねません。さまざまな方法があることを考えもせず、一番単純で、しかも過激な方法を選びますから」

前年、飯森庄之助は盆踊りの最終日に、藩主隆頼殺しを決行しようとしていたのである。しかも困ったことに、それですべてが解決すると確信していたのだ。

武家には御法度の踊りを踊るという窮余の策で、一亀はそれを未然に阻止するしかなかった。

飯森たち、あるいは若い藩士たちは、稲川を亡きものにしようとし、しかもそれ以外に解決法がないと思いこんでいる。だが成功の可能性はきわめて低いし、成就できたとしても、多くの罪人を作ることになるので、なんとしても避けねばならなかった。

というよりも、なに一つとして解決しないのである。稲川を誅《ちゅう》すればべつの者が稲川に取って代わるし、加賀田屋を潰せば第二の加賀田屋に入れ替わるだけだろう。

要はそのような癒着の構造そのものを、なくさなければならないのである。稲川の罪を明確にした上で弾劾《だんがい》し、重職と豪商が私腹を肥やす仕組みを浮かびあがらせ、以後、そのようなことが起きぬようにするしかなかった。

流れ橋を渡って左折し、下流へしばらく行くと、沈鐘ヶ淵がある。百姓や町人が鐘《かね》ヶ淵《ふち》と呼ぶ、狭い崖道の下にある淵で、それを見降ろすようにほぼ正三角形をした山があった。それが、藩祖至隆公が園瀬入りした日に登り、城下造りの想を練ったと言われている前山だ。

九日会の同人たちが前山の登り口に到着すると、宗匠の作蔵、俳号松本が待っていた。住まいが蛇ヶ谷なので、直接来たほうが時間的に楽なのである。

かれらが目的地の中腹に到着するのは、九ツ（十二時）の予定であった。そこからは園瀬の里を見渡すことができる。花房川を山際に押しやり、内懐に広大な水田を抱える巨大な蹄鉄のような大堤、盆地に島嶼《とうしょ》のように点在する集落などを見ながら、作句しようという趣向であった。

終わったころに、料理屋に註文しておいた仕出し弁当と、茶や酒が届くことになっていた。

「名前を変えたらどうだ」

斜面の道を登りながら、一亀が声をおおきくした。

「哉也という名だから、初歩的な失敗を繰り返し、駄作しか作れんのではないのか」

「そう、おおきな声を出さなくても」

「おおきな声は地声である」

「名前のことを申されますが、でしたら一亀さまはですね、名は求繫でも……」

「ん？　なんだ」

「いえ、よろしいのです」

「駄作しか作れんと言いたいのであろう。それにしても痛いところを衝く」

「いつも楽しそうで、よろしゅうございますな」

写模老人こと結城屋の隠居惣兵衛が、振り返って二人に笑いかけた。

「なにかと言うと先輩風を吹かせるのは、困ったものだ。早く始めたからといって、下手は下手でしかないということが、わかっておらぬ」

「お話の内容では、わたくしもお仲間に入れていただけそうですね」

写模老人が加わって、しばらくは三人の取りとめもない談笑が続いた。

一亀はそろそろ動かなければならないと考え、その日の吟行で弥一郎と意見を交換し、それをもとに具体的な打ち合わせに入ろうと考えていたのである。

相田と弥一郎から近江屋と安藤の急接近、また弥一郎から安藤が若い藩士たちに働きかけていると聞けば、うかうかしてはいられなかった。

実は一亀は、清蔵について引き続き調べさせていた。

先日は、稲川と加賀田屋正太郎の、スッポンの猪八時代からの強固な繋がりを聞き、清蔵については、かれがどのようにして加賀田屋の番頭になったかを知った。それで十分だと考えていた。

だが、相田から報告を聞いた翌日、それまでのことを改めて整理してみて、あるいは清蔵に関してなにかが摑めるかもしれない、と思ったのであった。頼んでから十日ばかりすぎたので、報告が入るころかもしれない。

同人たちはようやく、目的の斜面の中腹に到着した。

「みなさんおそろいでございますね。それではいつもとおなじ時間内に、三作の投句をねがいます」

宗匠の松本がうながすと、今日はもう少し時間をもらえぬか、と訊いた者がいた。次席家老安藤備後の腹心で、物頭の半沢満之丞であった。

「いつものように、道々控えてこられたはずですが、どの句もあまりのできのよさに、選ばれるのに時間がかかるとでも」

宗匠の言葉に半沢は苦笑した。

「そう皮肉を申すものではない。なにしろこの暑さだ、思うように考えがまとまらん」

「いや、暑きことはだれもおなじ。句会においては、宗匠の声が天の声である」

そっけなく言ったのは、稲川の懐刀の異名をもつ林甚五兵衛である。皮肉合戦が始まるかもしれぬと一亀は興味を抱いたが、半沢はあっけなく矛《ほこ》を収めた。

一亀はさりげなく、清蔵の隣りに移った。加賀田屋の大番頭は、顔じゅう玉のような汗を浮かべている。

「暑さという点では、小菅どのが一番辛そうであるな」

一亀の声に、清蔵は体とは不釣りあいにちいさな声で言った。

「盛夏の吟行だけは、やめてもらいたいものです。春の花見、秋の紅葉《もみじ》狩り。やはり吟行は、いい季節にしていただかないと」

「むりせずに、休めばよかったではないか」

「暑きことはだれもおなじ、と」

清蔵は声をひそめて、林甚五兵衛をちらりと見た。

「てまえ一人がずる休みをする訳にも、まいりませんですから」

「大店の大番頭どのも、なにかと気兼ねなことでござるな」

「少々と申しますか、いや人並み外れて小心すぎるのでございますよ。もっとふてぶてしく生きろと、あるじにはことあるごとに言われてはおるのですが、もって生まれた性分ばかりは、どうにもなおしようがありません」

「ところで、お盆がすぎれば涼風も吹くであろうから、一度時間を作ってはもらえぬかな」

「……？」

怪訝な顔をしたのは清蔵だけではない。近江屋のあるじ、稲川派の林甚五兵衛、それに安藤派の半沢満之丞などが、さりげなさを装いながら聞き取ろうとしている。

「なかなかよい句、みどもの好みの句を詠まれるので、その辺りの呼吸のようなものを、伝授してもらえればと思うてな。いや、気楽な世間話程度に考えてもらえれば、よいのだ」

「そういうことでよろしければ喜んで」

聞き耳を立てていた連中が警戒を解いたのをたしかめてから、一亀は清蔵の耳もとで囁いた。

「それとな、ちと、耳に入れておきたきこともある」

「……！」

「おお、すまぬ。すぐ、まいる」

弥一郎が身振りをしたので一亀がそれに応えたのではなく、一亀の声にあわせるように弥一郎が手をあげたのである。が、そこまでは、清蔵やほかの者にはわかりはしない。

「しからば、ごめん。……ああ、その件に関しては、後日使いを出すといたそう」

戸惑ったような清蔵を残して、一亀は弥一郎のほうに歩き出した。

短く鋭い、笛のような音がした。見あげると、盆地からの風に乗って、上空で鳶《とび》が鷹揚《おうよう》に舞っていた。

そして降るような蟬時雨《しぐれ》。

途切れることのない、濁った低音の、心に焼き鏝《ごて》を押し付けでもするような鳴き声は油蟬だ。煽り立てるごとく「セーセッセッセ」と繰り返し、「ジューッ」と重苦しく締めくくり、終わったと思う間もなく、ふたたび急き立てるように「セーセッセッセ」と鳴くのは熊蟬である。

ミーンミンミンミンという心地よい繰り返しの、押し付けがましさのないミン蟬の鳴き声に慣れてきた一亀は、四年目になってようやく、油蟬や熊蟬の鳴き声と、なんとか折りあいが付けられるようになっていた。

――ほかにもいろいろと、折りあいを付けねばならんことが多いな。

のどかな牛の声が、風に乗って聞こえてきた。目で追うと、花房川の早瀬に牛を引きいれた、男か、少年か、あるいは老爺か、年齢まではわからない、蟻ほどにしか見えない人間が、芋虫ほどの牛を洗ってやっていた。

瀬は雲母を撒いたようにきらきらと輝き、淵の蒼《あお》は空を映してあくまでも濃い。

一亀は腰の矢立を抜き、控えの綴《つづ》りから選んだ句を、短冊に書き出した。

投句、取りまとめ、読みあげ、宗匠の講評と続き、予定していた時間に句会は終わった。

麓《ふもと》のほうが騒がしくなったと思うと、仕出し弁当や酒を運んで来た料理屋の若衆《わかいし》たちが、斜面を登り始めたのであった。

「待ちかねたー」と、だれかが無粋《ぶすい》な声色を張りあげたが、だれもそれを咎めようとはしない。九日会は、基本的にはいい会なのである。

三十章

一亀が源氏の瀧の別墅で芦原弥一郎に逢ったのは、六月の下旬で、すでに晩夏になっていた。

裁許奉行の一亀も、外泊や旅行には藩庁へ届けて許可を得る必要がある。それ以外に関しては、居場所さえ明らかにしておけば行動は自由であった。

ただし目付の弥一郎に非番はないし、勝手に休むこともできない。冠婚葬祭はもちろんだが、休暇は届けを出して許可を得なければならなかった。急な事態で上役に許可をもらう時間がない場合も、届けだけは出すのが決まりとなっている。

源氏の瀧の別墅は、桔梗との思い出もあって辛くはあったが、じっくりと相談するには好都合な場所であった。一亀は省吉、弥一郎は東野才二郎だけを伴い、供の中間も連れずに落ちあったのである。

かれが知り得たことを伝えるだけでも、半刻（約一時間）あまりが必要であった。咽喉がすっかり渇いている。話し終えた一亀と弥一郎は、顔を見あわせ、溜息をついた。

「茶をお持ちしました」

襖の向こうで省吉の声がした。

「ご苦労」

一亀の言葉を待って襖が開けられると、瀧の音が室内に雪崩《なだ》れこんだ。一亀と弥一郎のまえに茶碗を置き、一礼して省吉は部屋を出た。襖を閉めると静寂が戻った。

四囲を取り巻く樹葉のために、障子も畳も緑に染められている。

「よく気の利く家来でうらやましいですな。うちの東野はまじめなだけ取り柄で、気がまわらんので困ります」

「さて、今話したことをもとに、あれこれ相談したいのだが」

「いやはや、手掛かりがないと申されながら、よくそれだけお調べになられました」

相田順一郎に調べさせたと初めに断ったが、弥一郎は一亀が一人で調べたかのように感心していた。もっとも断片的に得た知識に、かれの判断や想像も加えて整理してはあったのだが。

「遊び奉行なのでな、目付に較べると時間はたっぷりとある。だが、調べたのは相田で、わしはなにもしてはおらん」

くどいが念を押しておいた。

それにしても相田は優秀だと、一亀は改めて思う。四月からお盆までの三月あまりは、園瀬は平穏になると言ったが、町奉行所はあれこれと仕事に追われていたはずであった。

町奉行は中老格の物頭席二人が月番交替勤務し、二人の手代、六人の同心、四人の物書も、半数ずつの交替勤務となる。ただし、月番勤務の翌月も休める訳ではなかった。担当月の事件についての調べ物、またさまざまな確認などと多忙なので、却って忙殺されてしまうことが多い。

にもかかわらず、吟行の二日後に報告に来た相田は、清蔵に関して克明に調べていた。父親の仕事、家族構成、奉公に出されるまでと、奉公先のお店《たな》のこと、また加賀田屋の番頭になるまでの経緯、そしてその後を、よくここまでと思うほど調べあげていたのである。

「友人はそれなりにおりますが、特別に親しくしている者はいないようです。強くはないのに酒は好きで、輪を掛けて好きなのが饅頭《まんじゆう》などの甘いもの。博奕は若いおりに懲《こ》りておりますから、それ以来いっさいやっていません。ただ、凝っているものがありまして、なんとあの顔、あの図体で、俳諧を嗜《たしな》んでおるそうです」

「俳諧は、顔や体で詠むものではない」

「ではありますが、清蔵と俳諧ほど不釣り合いなものは、考えられないではありませんか」

一亀が清蔵とおなじ九日会の同人ということを、この男はまだ知らないのだろう。知ればどんな顔をするだろうと思ったが、案外、知っていながらとぼけているのかもしれないと、そんな気もした。

「浮いた噂はあるのか」

「あの体では、女にもてようがありません。それに、女房に惚れておりますから。加賀田屋の番頭になったのが二十二の歳で、翌年に二つ年上の女房をもらっております。名前はおさき。惚れた弱みか、清蔵は姉《あね》さん女房に頭があがりません。娘が二人おりまして、上がおなみで十五、下がおきょうで十二。おなみは来年、婿を取るとのことです」

「二十三で女房をもらい、上の娘が十五。すると、……清蔵は不惑《ふわく》になるのか。肌に張りがあり、艶もいいし、白髪もほとんどないので、もっと若いと思うておったが」

「来年で四十になります」

「それにしても、それだけのことをいかにして調べるのだ。奉公人などにそれとなく訊くのか」

「いえ、こちらが探っていることを覚られるようなまねは、決していたしません」

「であろうな。ところでそれを、わざとやってもらいたいのだが」

「……？」

「町奉行所同心相田順一郎が、加賀田屋の大番頭清蔵について、それとなく調べているらしいということを、露骨でなく、相手がどことなく不気味に思うように」

「清蔵が、でございますか」

「やはり、難しかろうな」

「燻《いぶ》し出す、ということですね。薄気味悪く思わせるだけで、家族や店の者に相談したり、打ち明けたりはできぬほどの」

面長で目が窪み、髭の剃りあとが濃くて口の周りが青く見える以外には、べつに特徴もない平凡な顔立ちだが、人は見かけでは判断できないということだろう。相田は一亀のねらいを見通していた。

「ところで安藤どのが」

「次席家老の安藤さままでございますね」

「小耳に挟んだのだが、稲川を亡きものにするよう、若侍たちを嗾《けしか》けておるとのことだ」

「さすがご家老さま、ご存じでしたか。実は前回お知らせしようかと思ったのですが、まだたしかめておりませんでしたので」

「ということは、事実ということだな」

「火のないところに煙は立たないと申しますから。ただ、簡単には動けないでしょう」

「稲川が気付いて、警戒しておるのか」

「それもあるかもしれませんが、わたしはよほどのことがないかぎり、事を起こすのは、殿が園瀬におもどりになられてからだと思います」

相田がそのように考える根拠は、反稲川派が少数だからである。そして反稲川派ではあっても、それが同時に安藤派とは限らない。

かれらが稲川を倒せば、安藤がそれを好機と動くことはまちがいないが、それは藩主が園瀬にいる場合に限られるだろう。江戸にいては連絡に時間がかかるので、安藤も躊躇するにちがいない。そうなると、事が成就するまえに、若侍たちは罪人として処分されてしまう可能性が大だ。

藩を正常にもどすためなら命は惜しくないと言いはしても、結果がどうなるかわからぬ状態では、若侍たちは一歩を踏み出しはしない、というのが相田の考えであった。

——たしかに一理あるな。

一亀は相田の報告や自分の考えを逐一、弥一郎に話した訳ではない。だが、状況はできるかぎり正確に伝えた。

二人は省吉の置いた茶碗を取って、口に含み、ゆっくりと味わった。

長い時間が経ってから、二人は同時に茶碗を置いた。

じっと相手の目を見る。視線を落とすと、さらに考えをめぐらせた。

そして、同時に声を発した。

「清蔵！」

言ってから、それが相手の言葉とおなじだったことに驚き、右手を振りあげ、その手を膝に落とした。まったく相似の動作に笑いが漏れる。

「それしかないだろう」

「それしかないでしょうね」

ほとんどおなじ言葉に、またしても二人は笑い、笑い終わると同時に真顔になった。


お盆すぎまで動きはないだろうと思っていたが、やはり加賀田屋の大番頭清蔵から連絡はない。

七月の九日会は、お盆の六日まえ、盆踊り初日の三日まえということもあって、出席者はそれまでの半数であった。

「求繫さんは昨年の八月が最初でしたので、ご存じないでしょうが」

宗匠の松本こと作蔵によると、七月の例会は毎年のように出席率が低いそうだ。

「祝い事の重なる一月とともに、休会にしてはどうかとの声もありましてね。だが、そこは月次なのだから、参加者の数にかかわらず催そうではないか、ということで続けているのですよ」

清蔵は商売《あきない》多忙を理由に、芦原弥一郎も雁金村への急な出張《でば》りで欠席した。写模老人惣兵衛は暑気中《あた》りで、出られなかった。

句会が終わったと思う間もなく盆踊りで、十二日から十五日にかけて、園瀬の里には熱気が渦巻く。

加賀田屋と清蔵に関して、一亀は省吉にそれとなくようすを探らせていたが、隣藩や京大坂の得意先などを招待しているため、対応に追われているとのことであった。園瀬の盆踊りが有名になったため、一生に一度は見ておきたいと望む人が、急増しているらしい。ところが一度のはずが、その楽しさに接すると、翌年も見ずにはいられなくなるようだ。

浪速港からの場合は松島港へ迎えに出、隣藩経由だと北の番所までだれかが出向き、園瀬の城下まで案内しなければならない。加賀田屋の離れや別荘だけでは収容しきれないので、早くから旅籠の部屋を押さえ、普段は飲食のみの料理屋にも頼んで、特別に泊めてもらうようにしていた。

園瀬は名所旧跡が多い里ではないが、余所《よそ》からの客は有名無名にかかわらず神社仏閣に詣で、雑談中になにかが話題になると、ぜひ見たいと言い出すらしい。

初秋になったので、そろそろ落ち鮎漁の簗《やな》を仕掛けるころだと聞くと、見たいと言う。お盆のあいだは殺生《せっしょう》しないので、外してあると言っても、外したところでもかまわないと、引きさがらない。

岸に聳《そび》える巨樹の根方に川獺が巣をかけているので、うそヶ淵と呼ばれる淵があると知ると、川獺を見たいと言う。川獺は夜だけ活動するので、早朝か夕刻しか見られないし、かならず見られるとはかぎらないと言っても、かまわないから早起きして行こうとせがむ。

盆踊りは夜だけなので、だれもが、昼間は時間をもてあますのだ。

加賀田屋では奉公人を総動員して、遠来の客の要望に応えていた。その指揮を執る清蔵は、盆の前後は体がいくつあっても足りないということだろう。

もちろん、それをいい機会だとばかり、難航している商談を持ちこむ取引先もいれば、あるじ正太郎と密談に耽《ふけ》る客もいた。そうかと思うと、旅の恥は掻き捨てとばかり、ひたすら女を世話するように迫る客もいるとのことだ。

どんな取引先であろうと客は客であった。満足してもらうのが鉄則で、機嫌を損ねられてはならない。ましてや怒らせることは、いかなることがあっても避けねばならなかった。平常の商売より、お盆は何倍も疲れることだろう。いずれにせよ、清蔵は身動きが取れないはずである。

一亀にしても、お盆はなにかと多忙であった。あちこちの知り合いの家で法要がおこなわれるし、初盆の家もある。あいさつにまわり、さまざまな催しにも出席せねばならない。

墓参も簡単にはすませられなかった。

寺町一の高台にある興元寺に行き、まず藩主家代々の墓に参る。それぞれの藩主の来歴や活躍、また逸話について伊豆が語った。参列者は何度も聞かされているのだろうが、黙って耳を傾けている。自分もやがて、義父に代わって語るようになるのだろうか、と思いながら一亀も聞いていた。

藩主家がすむと、伊豆家の先祖代々の墓に移る。伊豆の父や祖父あたりのことはある程度取りあげるが、そこから先はよほどでなければ触れることはなかった。

続いて一族の家老家、中老家などの墓を順に参るし、親類縁者の墓参と鉢合わせになれば四方山《よもやま》話に花が咲くので、一日仕事となってしまう。

お盆が終わると園瀬の里は静まり返り、数日は虚脱したような状態になった。祭りのあとの疲労と、喪失感に支配されるのである。盆踊りは祭りではないが、園瀬の民にとっては祭りに等しかった。それも年間で最大の。

それが終わった。

そして、ゆっくりと日常がもどってくる。

やがて仲秋八月になろうというのに、南国園瀬にはまだまだ夏の気配が濃い。それでも朝晩のいくらかの凌《しの》ぎやすさと、ツヅレサセコオロギなどの虫の声を聞き、山路に左右からかぶさる萩《はぎ》の細枝に花が連なったのを見て、やはり秋はまちがいなく来ているると、だれもが実感するのであった。

一亀の神出鬼没さは相変わらずであったが、並木の馬場で調教をし、道場や弓場で汗を流し、人に逢いながらも、次第に強くなる焦躁をどうすることもできない。

三十一章

お盆がすぎたら時間を作ってもらいたいと、吟行のおり清蔵に言っておいたが、商家の大番頭ともなるとなにかと多用であるらしい。省吉が何度か往き来して、ようやく決まったのが八月の二日であった。

七日後に九日会が迫っていたが、句会で話せる内容ではない。場所も一亀の邸や加賀田屋の離れのような、一方に関係ある場所は避けることにした。

清蔵は「花かげ」を候補に挙げたが、一亀は難色を示した。相田の調べで、稲川と羽織師幸六に繋がりがあることはわかっていた。女将がかれらの同類とは思えぬが、万が一ということも考えられたからだ。

「花かげ」は稲川の息がかりで建てられたので、むしろそちらが問題であった。会話が筒抜けになる、隠し部屋を設けた料理屋もあると聞く。「花かげ」がどうかは知らないが、用心してもしすぎることはない。

紙屋町の料理屋「呉竹」も、安藤備後や半沢満之丞が利用するので外した。最終的には、西横丁の「花かげ」からほど遠からぬ「篝《かがり》」に決め、少し時間をずらせて向かうことにした。

広い敷地に、次の間付きの六畳や八畳の離れが、それぞれ独立して建てられていた。離れに向かう小道も、交叉したり並行したりはしていないので、人と出会う心配はまずない。

男女の密会の場として利用されることが多いと聞いていたので、清蔵が候補に挙げたときには、一亀はいささか意外な思いがしたものである。

一亀が案内されて部屋に通ると、先に来ていた清蔵が深々とお辞儀をして、ゆっくりと面をあげた。肥満しすぎで、それ以上ないほど細くなった目から、笑みが滲み出た。

「俳諧についてのお話とのことでしたが、わたくしなどに、重責が務まりますかどうか」

一亀は会釈《えしゃく》しただけで一言も喋らなかったが、それだけで清蔵の表情は、刷毛《はけ》で掃いたように不安の色に変わった。

すぐに酒肴《しゅこう》が運ばれ、並べ終えた仲居は、「なんぞありましたら、それを引いてお知らせくだはるで」と入口近くに吊るされた紐を示し、一礼して離れを出た。

一瞬早く一亀の手が銚子に伸び、注ぐまねをしたので、諦め顔で清蔵は猪口を手にした。一亀が注ぐと、すぐに猪口を下に置き、奪うように銚子を取ると、一亀をうながす。

注がれた猪口を置き、一亀は正面から清蔵を見据えた。

「あのおりは、気楽な世間話程度に考えてもらえばいいと申したが、それは句会の席だったからだ。その後で、耳に入れておきたきこともあると言った」

「はい、たしかに申されました」

「話はそっちだ」

「へ、……へえ？」

「近江屋と次席家老の安藤が、あれこれと動き出したことは、知っておろうな」

「と申されますと」

「よいか、あれこれ取り繕《つくろ》うことはない。そんなことをしても意味がないぞ。近江屋と安藤が、加賀田屋と稲川についてしきりと調べておるのだ」

「なにを、でございますか」

「とぼけるのもほどほどにしろ」

「……！」

「聞きたくなければ、わしはこのまま切り上げてもよいのだぞ。そのほうの心配などせず、高みの見物を決めるほうがおもしろいからな」

巨大な肉塊が、一気に三割ほども目減りしたように、萎《しぼ》んで見えた。

「存じております」

清蔵の言葉に、一亀は静かにうなずいた。

「近江屋は加賀田屋に取って代わり、安藤は稲川を蹴落として、筆頭家老になろうとしておる。だが、案ずるには及ばぬということだな。なぜなら加賀田屋にしても、証拠となるような帳簿や書面を残しておる訳がない。それよりも」

一亀は言葉を切り、気を持たせてから続けた。

「近江屋には、スッポンの猪八がおらぬ」

一瞬、肉塊中の一本の線であった目が見開かれ、たちまちにしてもとの線にもどった。

清蔵が恐慌に陥ったのは、見るまでもなかった。俳諧についての雑談のつもりで、なんの警戒もせずにやってきたら、思いもしない方向に、それも急発進してしまったのである。愚かな行為で家老から裁許奉行に落とされ、家禄を半減されてもまるで懲りない、育ちがいいだけのお人好しだったはずの一亀が、正体のわからぬ怪物に変貌したのだ。

加賀田屋のあるじ正太郎の前名が、スッポンの猪八だということを、どうして知ったのか。一亀は筆頭家老稲川と加賀田屋の関わり、そして正太郎のこと、さらには清蔵について、どこまで知っているのだろうか。それよりも、なにをどうしようと考えているのか。

などなどの思いが頭の中で渦を巻き、急激に膨れあがって、清蔵はなにも考えられなくなってしまったにちがいない。

「近江屋にはスッポンの猪八のような密偵《いぬ》がおらぬゆえ、案ずることはない」

清蔵は細い目で一亀の表情を窺ったが、心の裡がわかるはずもない。

「町奉行所も動き出したようだが、これも気にかける必要はなかろう。町奉行の平野左近は稲川の子飼いで、もう一人も息のかかった者だ。たいていのことは揉み消すであろうし、稲川の不利になるように動く訳がない。

二人いる手代のうち、野村睦右衛門は稲川派ではない。と申して反稲川派でもなければ、安藤派でもない。今のところは、黙って平野の出方を窺っておる。六人いる同心も、概《おおむ》ね稲川派か稲川の息のかかった者ばかりだ。しかし一人だけ厄介なのがおる。かつて自分が調べた件で、明らかな証拠があるのに、平野に握り潰され、不信感というか、恨みに近い気持を持っているのがな。凄腕だそうだから、この男が乗り出してきた場合は、用心せねばならん」

「その同心のお名前は」

「名か、名はたしか相田順一郎と申したな。……ん？　心当たりがあるのか」

「め、滅相もない」

そう言った声は震えていたし、唇は紫色に変わっていた。

「飲むなり喰うなりしたらどうだ。まるで箸が動いていないではないか」

体からは信じられぬほど敏捷な動きで、清蔵は猪口を手にすると一気に呷《あお》り、さらに手酌で注いで飲み干した。清蔵は猪口を置くと、上目遣いに一亀を見た。

「なぜ九頭目さまは、そのようなことをわたくしに」

「九頭目ではない。求繋だ。九日会の仲間として、小菅が危ういことになるやもしれぬのに、看過してはおれぬであろう」

「仲間でございますか」

「不服か」

「とんでもないことでございます」

「安藤が稲川を襲わせようと、若侍どもを嗾《けしか》けておる」

「……！」

「これは知らなんだか。まあ、当然であろうな」

「当然、……でございますか」

「武士の計略が商人にまで知られるようでは、話にならぬ」

「はい、たしかに」

「稲川が斬られたらどうなる」

「考えたこともございません」

「だが、考えておいたほうがいいのではないのか」

清蔵はおおきな体を震わせた。

「稲川がいなくなれば、それとも大怪我を負えば、加賀田屋は徹底的に叩かれる」

「まさか」

「であればよいのだが、世の中それほど甘くない」

なにか言いかけたが呑みこんで、清蔵は一亀の言葉を待った。

「藩の大勢は稲川派だが、そのだれもが稲川を信奉しておるとはかぎらない。くっついておれば、いい思いができるとか、おこぼれに与《あずか》れるとか、でなければ弱みを握られて、動くに動けないのだ。その稲川が殺される、でなければ深傷《ふかで》を負う、あるいは失脚する。すると箍《たが》が外れたようになる、重石《おもし》が取れる、怖いものがなくなる。するとどうなるか、わかるか」

答えなかったが、清蔵は一亀の言わんとするところがわかったらしい。巨大な体をがたがたと震わせはじめた。

加賀田屋が筆頭家老稲川八郎兵衛から有利な情報を得、それによって楽々と大金を手に入れ、それを山分けしたことはだれもが知るところだ。その後ろ盾がなくなるとどうなるかは、自明のことであった。それまで不利益を蒙《こうむ》り、煮え湯を飲まされた連中が、徹底的に加賀田屋を叩く。

ところが不正を暴かれたとしても、正太郎がすんなりと認める訳がない。

「逃れようがなくなると、すべては大番頭がやったことだと罪をかぶせ、自分は巧みに逃れようとする」

「そんな馬鹿な」

「いかに大店の大番頭といえども、自分の裁量でできることは限られている。あるじの命令、直接の命令はなくとも、暗黙の了承がなくてはどうにもできはしない」

「そのとおりでございますよ」

「だがそんな理屈は、世間では通用しない。大番頭は取引のその場にいて、金の動きをはじめ、なにもかもを知り尽くしていると、だれもがそう思うておる」

清蔵の顔が紙のように白くなった。

「気がかりなのはあるじの正太郎だ。自分につごうが悪くなると、簡単に大番頭に罪を着せて自分は頬かむりするだろう。それくらいですめばいいがな。そのほうは稲川と加賀田屋正太郎の、癒着ぶりのすべてを知っておる。口封じのために、闇に葬られることもあり得る」

「ま、まさか！」

「では訊くが、そのほうはどうして加賀田屋の番頭になった」

「帳付けのできる者がいないので、ぜひにと」

「表向きはそうであったな」

「……！」

「博奕で莫大な借金を作り、店の金に手を付けてしまった。博奕で負けた金は博奕で取りもどし、穴埋めをしようと考えていたし、できると思っていた。とんでもない。穴はおおきくなるばかりだ。そして期限が来て、どうにもならなくなってしまった。そのとき、肩代わりを持ちかけたのが加賀田屋のあるじ正太郎、いや、そのころはスッポンの猪八と呼ばれていたな。条件は、新しく店を出すので、番頭として帳付けをしてくれぬか、というものだった。

ここまで申せばわかるだろう。そうだ、仕組まれていたのだ。猪八は町奉行所同心に使われる小者の、さらにその手先として働いておったのだぞ。裏社会のなにもかもを、知り尽くしている男だ。罠《わな》だったのだ。仕組まれた罠に、まんまと嵌《は》められてしまったのだ。思い出してみろ、そのほうを博奕に誘ったのは猪八ではなかったのか」

清蔵はがっくりと肩を落とした。

「正太郎はいろいろと知っておりながら、今はようすを見ておるのだろう。だが、情勢が変われば動きは早い」

「わ、わたくしはどうすれば」

「怯えることはない。すぐさまどうこうということもないはずだ。安藤どのが唆しても、若侍が動くとはかぎらぬ。動いたとしてもすぐではなかろう。襲われた稲川にしても、斬り殺されるとは決まっておらん。深傷を負うか、浅傷ですむか、それとも返り討ちにするか。稲川の不正が発覚しても、傷の程度によってどうなるかは、そのときにならねばわからんからな」

しかし、備えておくほうがいいだろう、と一亀は言った。

これまでの金の動きを、金高の多い順でもいいし、時の流れに応じてでもいいが記録しておいてはどうか。いつ主人に命じられ、どのような状況で、だれにいくら渡したかを、思い出せるかぎり克明に書き留めておくといい、と。

「それでわたくしは罰を逃れられるのでしょうか」

「簡単には認められんかもしれん。だが、一人で罪をかぶることはなくなる」

清蔵はおおきな溜息をついた。

「書き留めた内容を裏打ちできるべつの証拠、証言、書類などがあればぐっと有利になる」

「……！」

「いや、もうよかろう。正直に言うが、ただ一つだけ救う方法がある。おまえが、あるじの言動、金の動きに関わる手控えを執り、しかも印を捺してもらっていると聞いたことがある」

　初めて使われた「おまえ」という呼びかけに、清蔵はぎくりと身を引いた。

「申しました。……が、それにしても九頭目さまは、恐ろしい方でございますね。すると、あのときから」

　一亀は首肯《しゆこう》した。そればかりか、にやりと笑ってみせた。清蔵が体を震わせた。

「だがな、おまえのあるじほどではないぞ」

　清蔵は言葉を発することができず、細い目で一亀のようすを窺っている。

「おまえはなぜ手控えを執ったのだ。あるじの真の恐ろしさを知り、いざという場合に身を守りたいがためであろう。だから、それをたしかな証しとするために、印を捺してもらっておる。ちがうか」

「お、おっしゃるとおりです」

「だが、そんなものは屁の突っ張りにもなりはしない」

「……！」

「さきに申したように、いざとなれば正太郎の動きは早い。これまでのやり方からわかっておろうが、やつは情け容赦《ようしや》をせぬ上に、手段を選ばぬ。

なぜ、おまえの手控えに、毎回黙って印を捺すと思う。安心させ油断させるためだよ。あれがあればおまえは、やつの首根っこを押さえたつもりでいられるからな。おまえの手にあるかぎり、やつも安心していられる。人手に渡りそうになれば、すぐ取りあげるつもりだ」

「わ、わたくしは、どうすれば」

「手控えをわしに渡すのが、一番まちがいがない。が、簡単には決心がつかんだろう。写しをこしらえ、もし奪われそうになったら、おなじものを何人かに渡してあるので、自分を殺しても意味はないし、罪が重くなるだけだと言えば、命まで奪われることはないかもしれん。ただし、やつは凶暴だ。保証はできん。どうする」

「…………」

「まあよい。せいぜい、これまでどおり、自然《じねん》に振る舞って、気取られぬようにすることだ。どうか、できるか」

「……いたします」

「だったら」

一亀は料理と酒を顎で示した。

「これを喰って、飲んで、なに喰わぬ顔でここを出て行くことだな。そんな強張った顔では、すぐに気付かれてしまう。ともかく、咽喉を潤し、腹を満たせ。そうすれば、落ち着くし、少しは胆《たん》も据わるだろう」

清蔵は塑像《そぞう》のように動かなかったが、やがて覚悟を決めたのか、猪口を取ると一気に呷った。猪口を置いた清蔵は、箸を手にすると、しばらくはじっとしていた。やがて鮎の蓼酢《たでず》の身を解《ほぐ》しにかかった。箸の動きが次第に速くなり、猪口を運ぶ回数も増えてゆく。

それを見ながら一亀は、茄子の煮びたしに箸を伸ばした。

皿の料理があらかた消えたころには、酒の助けもあるのだろうが、清蔵の顔色もほぼ正常にもどっていた。

「清蔵よ。どんなことであろうと、少しでもおかしい、危ないと感じたら、手控えを抱えてわが屋敷に駆けこめ。わしは命にかけて、おまえを守ってやる」

「わかりました。その節はぜひとも、よろしくお願いいたします」

「では、わしが先に出る。おまえは間を置いて、駕籠を呼べばいいだろう。あ、あ、よい。わしが店の者に命じておく。くれぐれも気取られぬようにするのだぞ」

言いながら、一亀は刀掛けの大刀に手を伸ばした。

「九頭目さま」

「求繫だ」

「求繫さま。駕籠は呼んでいただかなくても、けっこうでございます」

「夜のことだ。歩きでは難儀であろう」

「園瀬ではすべての駕籠屋に、ことわられておるのでございますよ。なにしろ四十貫、並の男二人分以上ございますので」

「倍払うと申せば乗せるであろう」

「わたくしを乗せられるほどおおきい駕籠は、園瀬の里にはありません」

「どんな人間にも苦労はあるものだな」

料理屋「篝」を出ると、提灯を提げた省吉が、足もとを照らしながら先に立った。通りの角を曲がってから、一亀は思わず両手で口を押さえた。爆笑しそうになって、堪えられなくなったからである。

「いかがなさいました」

「嚏《くさめ》が出そうになってな。だれぞが噂をしておるらしい」

嘘を嘲笑《あざわら》うように、闇の奥で犬が吠えた。

三十二章

八月三日、一亀が居室で藩士と陪臣間の訴訟について調べ物をしていると、

「殿、省吉でございます」

庭先でちいさくてもはっきりと聞こえる声がしたので、一亀は障子を開けた。

「人をお連れいたしましたが、事情もありますのでこちらに」

省吉の背後に蹲《うずくま》った黒い塊、その巨体は清蔵以外ではあり得なかった。

背後の西空に利鎌《とがま》のような三日月が、象嵌《ぞうがん》されたように冴《さ》えている。月の位置からすれば、五ツ半（九時）を少しすぎたころだろうか。

「そのままでいいぞ」

うなずきはしたが、省吉は懐から手拭いを出して、すばやく清蔵と自分の着物の裾や、足の埃を払った。二人が部屋に入ると、省吉はすぐに障子を閉めた。省吉は普段と変わるところがないが、清蔵は夜目にも蒼白な顔をしている。

一亀は二人を待たせると、襖を開けて廊下に出た。

「たれかある?」

すぐに家士のものらしい足音がして、一亀との短い遣り取りがあったが、聞き取ることはできない。どうやら、「人を通すな、入れるな」と命じたようである。

襖を閉めると一亀は坐ったが、清蔵が話せる状態でないと判断し、目顔で省吉をうながした。

「稲川さまが襲われました」

「なんと!」

話したのは省吉で、ときおり清蔵を見て確認すると、大番頭は声には出さず、うなずいたり首を振ったりする。

清蔵は「花かげ」で、稲川八郎兵衛と語り合いの時間を持った。もちろん加賀田屋の接待で、終わると稲川が先に店を出た。

さほど間を置かずに清蔵が出て、一町(約一〇九メートル)ほど後を歩いていた。

稲川が濠に架かる橋の手前まで来たとき、突然、呶声《どせい》とともに薄闇の中で白刃がきらめいた。

時刻は五ツ（午後八時）すぎで、稲川の供は提灯持ちの中間一人であった。襲ったのは数人の若い藩士だが、稲川が家士を連れていないことを、予《あらかじ》め知っていたようである。

「君側《くんそく》の奸《かん》、天誅《てんちゅう》なり。覚悟！」

その声を耳にしただけで、清蔵はあとをも見ずに駆け出した。だれも追っては来ないが、若侍にすれば町人などは眼中にないのだ。ところが清蔵は「花かげ」に逃げこまず、一目散に加賀田屋まで駆けもどり、と思うとほどなく店を飛び出した。

「たまたまそこに通りかかり、事情を伺いましたところ、一亀さまにお会いしなければとのことなので、お連れしたという訳です」

省吉は偶然だと言ったが、それとなく見張っていて、咄嗟《とっさ》の判断で話しかけたにちがいない。

「よくぞ思い出してくれたな、清蔵。では、懐の物を預かろう」

言われた清蔵は、思わず胸を押さえた。

「案ずることはない。それにおまえのことだ、写しを取ってあるだろう」

清蔵は胸を押さえたまましばらく身動きもしなかったが、やがて歯車仕掛けの人形のように、がくりと頭《こうべ》を垂れた。

「渡すのだ。……いかがいたした。わしを信じておればこそ、救いを求めたのではないのか」

それでも清蔵はためらっている。一亀が手を差し出すと、渋々と懐から風呂敷包を取り出した。それを受け取るなり、一亀は省吉に命じた。

「では、店までお送りしろ」

「……！」

清蔵にとっては、思いもしない言葉であったようだ。

「おまえの身を守るためだ」

一亀がそう言うと、清蔵は幼児がいやいやをするように首を振った。図体がおきいだけに、哀れというよりも滑稽《こっけい》であった。

「そうせねば却って危うい」

縋《すが》り付くような目で、清蔵は一亀を見た。

「よいか。稲川は襲われた。それでどうなった」

凝固《ぎょうこ》したように、清蔵は微動もしない。

「斬り殺されたのか、深傷を負ったのか。であれば当然だが、襲った者は止めを刺す。もし殺されなかったのなら、返り討ちにしたか、斬られたとしてもかすり傷程度かもしれん。たしかめたのか」

清蔵はちいさく首を振った。あとをも見ずに逃げたのだから当然である。

省吉を見ると、おなじように首を振った。もっともこちらは調子をあわせているだけで、実際は知っているのかもしれなかった。

「ここまで言えば、わかったであろう。稲川になにかあれば、後ろ盾のない加賀田屋は徹底的に叩かれる。ところが無傷であったのに、おまえがこの屋敷に逃げこんだとわかったら、稲川一味だけでなく、あるじ正太郎からも疑われ、命をねらわれることになるぞ。しかも主人は、おまえの手控えに認めの印を捺しているのだ。やつも、そのままでは命取りになるのがわかっておるゆえ、命を奪ってでも取り返す。だからすぐもどって、これまでどおり素知らぬ振りをしろ。

発覚すれば、写しを人に渡してあると言えばよい。だれに渡したかを白状させようとするだろうが、黙っているかぎり命までは取られないはずだ。稲川になにかあってから、ここに逃げこんでも遅くはない。そのときには、命にかけて守ってやる」

無言が続いたが、やがて清蔵はきっぱりと言った。

「わかりました。一亀さまを信じます」

言われた一亀は、莞爾《かんじ》として笑った。

先に立った省吉は外の気配をたしかめると、静かに障子を開けて清蔵をうながした。

二人が姿を消すなり、一亀は書見台に燈明を引き寄せた。

手控えの帳面はかなり厚い四つ目綴《と》じで、題簽《だいせん》には単に「ひかへ」とあった。

小口は上寄りの一寸（約三センチ）ほどが、指脂《ゆびあぶら》の汚れであろう、薄く色が変わっている。

表紙を開くと、巨体からは考えられぬほど几帳面で、細かな字がびっしりと書きこまれていた。感心して思わず溜息を吐いたとき、障子紙になにかの触れる音がした。

脇差で三寸（約九センチ）ほど開けると、ちいさいが明瞭な声がした。

「省吉は人の手跡《しゆせき》をまねるのが得意で、手先も器用です。直《ただ》ちに写しを。書いた本人以外にはわからぬほど、巧みに似せられます」

「相わかった。ほかには」

すでに気配は消えていた。

――それにしても、なぜわかるのだ。

もちろん、常人には考えも及ばぬ方法があるのだろう。一亀にとっては最大の謎であるが、今は頭を痛めている暇はない。

一亀は手控えの確認にもどった。字面を追うにつれて、胸の高鳴りを抑えることができなくなった。予想はしていたが、ここまで克明だとは考えてもいなかったのである。

それだけ清蔵は必死であり、あるじ正太郎を恐れているということだ。

斜めに視線を流しながら、一亀は帳面を繰っていく。

最初のころの金の動きは何両という単位で、多くても二桁であった。それが莨《たばこ》の専売からは二桁が主となり、新田灌漑工事のあとでは三桁と一桁あがっていた。

出現率が高く、また金高が多いのは、言うまでもなく筆頭家老稲川八郎兵衛である。的場彦之丞の前任の側用人、大目付で稲川の右腕と称される林甚五兵衛、町奉行の平野左近などがそれに続く。その回数と金額の多寡《たか》で、加賀田屋との関わり方、重要度が一目瞭然であった。

庭で人の気配がしたので、手控えを風呂敷に包みなおして背後に置いた。

省吉がもどったのかと思ったが、町奉行所同心の相田順一郎であった。一亀の頼んだ用ではないので、脇玄関ではなく庭にまわったのだ。

「入れ」

「夜分に失礼します」

入室し、障子ぎわに坐ると、相田は深々と一礼した。

「近《ちこ》う。人払いはしてある。おおきな声で話せることではなさそうだな」

相田はうなずくと膝行した。

目付は奔走しているが、夜のことでもあり混乱しているはずだ。芦原も役目にかかりきりで、稲川の事件について一亀に報告したくても、とても抜ける訳にはいかないのだろう。

その点、町奉行所は武家の問題には首をつっこめないが、探ることならできる。おそらく一亀は、知りたくとも十分に知ることができないので、気を揉んでいるにちがいないと考え、相田は報告に来てくれたのだ。

「稲川が料理屋で加賀田屋の大番頭清蔵と飲食の帰路、濠に架かる橋の手前で、若侍数人に襲われたが、清蔵は逸早《いち》くその場を逃れた。知っておるのはそこまでだ」

「ご家老は、左の二の腕に掠《かす》り傷を負われましたがごぶじです。襲撃者は六名」

首謀者は返り討ちにあって即死。左の首の下から袈裟掛けに斬られ、さらに右の首の血の管を断たれた。もう一名は、右脇腹を切り裂かれ、出血もひどく重傷である。

とても太刀打ちできぬとわかったからだろう、残りの四人は逃走した。

稲川は一番近い屋敷の目付を叩き起こし、あらましを告げた。連絡を受けた藩士が直ちに急行、死亡したのは飯森庄之助で、死骸は検視ののち飯森家に引き取らせた。

一亀の危惧が的中したのである。

重傷の若侍は川上鉄平。庄之助が、当時永之進だった一亀の護衛に選んだ、五人のうちの一人で、もっとも上背のある若者だ。鉄平の口から、残りの連中の名もわかったとのことなので、ほどなく全員が捕らえられるだろう。

──なぜ待てなかったのだ。あれほどむりだと言ったのに。

もっとも、相談されても一亀は早まるなと押し止めただろう。

稲川について、芦原は相当な遣い手だと言ったが、飯森たちもそれは承知していたはずである。ただ、還暦近い高齢ということもあり、夜、六人で襲えば倒せると思ったにちがいない。

「園瀬入りされたおり、世話係となられた方ですね、飯森さまは」

一亀は無言のままうなずいたが、その苦渋に満ちた顔を見て、相田は察したのだろう。

「また、なにかわかりましたら、お報《しら》せいたします」

一礼して部屋を出、足音が消えると、ほどなく「もどりました」と省吉の声がした。おそらくもっと早くから、相田の話が終わるのを待っていたのだろう。あるいは、最初から聞いていたことも考えられる。

省吉が部屋に入るなり、一亀は風呂敷に包んだ手控えを見せた。

「これとおなじものを作ってもらいたい」

帳面を手にした省吉は、目をくっ付けるようにして、最初から順に捲《めく》り始めた。

ていねいに隅から隅まで目を通していたが、次第に繰る速度が速くなる。仕種《しぐさ》を見ていると、全体を満遍なく調べる訳ではなく、何箇所かに注意しているのがわかった。

「書いた本人を騙すのはむりとしても、それ以外の者には本物と思わせねばならん」

「相当に骨ですね。ですが、できぬことはありません」
　省吉は胸を張って、きっぱりと言った。

「それもなるべく早くほしい」

「使われた印は三つ。印肉も何度か替わっておりますが、そこまで見わけられる者はおらぬでしょう。墨もちがうはずですが、濃淡をつけることでごまかせると思います」

「当座はこれにかかり切りでやってもらいたいのだが、渡しっぱなしにはできん。写しも取らねばならんのだ」

「そっくり真似《まね》るのですから、根を詰めねばなりません。続けられるのは一刻（約二時間）かせいぜい一刻半（約三時間）、時間を空けて、それを日に二回が限度でしょう」

　集中せねばならないのだから当然だろうが、一亀にしてもそのほうが好都合であった。

　ただし、味方をも欺《あざむ》き、秘密裡《ひみつり》に運ぶよう父に厳命されている。となると、写しを家士にやらせる訳にはいかない。

——自分でやるしかないか。

芦原と相田には、それぞれ目付と同心としての役目があるので、時間のできたときに手伝ってもらうしかないのである。そして、かれらが筆写しているあいだに、内容確認や分析をおこない、それを提出用の書類にまとめることにしよう、と一亀は手順を決めた。

——桔梗に続いて、飯森庄之助も死んでしまった。

不意に、堪えようのない哀しみと悔しさが心に満ちて、あふれそうになった。眉が濃くて顎の張ったいかつい顔が瞼《まぶた》に浮かぶ。園瀬入りしてから半年間、右も左もわからぬ一亀の世話係となって面倒を見てくれた若侍である。どうしても稲川八郎兵衛を除かねばならぬと息巻いていた庄之助たちが、暴走せぬようにとのねがいをこめて一亀は藩の御法度を破った。

裁許奉行に落とされてからは、一度会っただけである。一亀という柱を失えば容易に動くことはできまいと見ていたのだが、その考えはいささか甘かったようだ。核を失ったことで却って、稲川を斬るしかないとかれらを追い詰めたにちがいない。

三十三章

脇腹を切り裂かれた川上鉄平は、臓腑の甚《はなは》だしい損傷と多量の出血のため、その夜のうちに絶命している。

その場から逃れた四名のうち三名は、大目付と目付の屋敷に出頭したが、二人は単独で、もう一人には戸主の兄が付き添っていた。残る一人は、自宅にもどったところ、事実を知った父に命じられて切腹した。

筆頭家老を闇討ちしたこともあり、処罰は相応に厳しかった。出頭した三人は、それぞれべつの中老の屋敷に預けられていたが、翌日、切腹させられている。

また監督不行き届きを理由に、戸主である父や兄も腹を召さねばならなかった。残る家族も悲惨である。家屋敷を取りあげられ、わずかな私財の持ち出しのみ許されて、藩外追放となった。

川上鉄平の家族はそれを恥じ、あるいは抗議してか、全員が自害した。

もちろん、藩士の切腹や家の取り潰しは、藩主の裁断を仰がねばならないが、稲川は独断で処分を決め、決行してしまった。理由は、早飛脚で江戸の藩主に伺いを立てて許可を得るにしても、往復でおよそ十日はかかる。その間に、不穏分子が騒動を起こすようなことがあっては、藩の基盤が揺らぐことになる。それを未然に防ぐための、止むを得ぬ処置である、というものだ。

詭弁《きべん》である。

もっともらしい理由ではあるが、稲川の露骨な報復であり、歯向かえば本人のみならず、家族が連帯して責任を負わねばならぬという、見せしめであった。

稲川のねらいは的中した。多くは余禄に与《あずか》ろうと媚び諂《へつら》う輩か、でなければ弱みを握られて身動きできない連中であった。かれらは当然だが、静観するだけである。

ただし、稲川も加賀田屋もしばらくは行動を控え、わがもの顔に振る舞うことはなかった。少数ではあっても、かれを取り除かねばと、真剣に考えている藩士はいるのである。変に刺激してはならないという気持が働いたのだろう。

二人とも外出を極端に減らした。稲川は登下城のほかはほとんど屋敷を出なかったし、加賀田屋のあるじ正太郎は明らかに浪人者とわかる用心棒を数人、常に連れ歩くようになった。

かくして園瀬の里では、時間が停止したのである。だれもが息をひそめ、黙って成り行きを窺うという膠着《こうちゃく》状態が訪れたのだ。

一亀たちにとっては好都合であった。無風であるあいだに、少しずつでも、着実に準備を進められたからである。

――千載一遇の秋《とき》は来《きた》れり！

一亀はともに闘う者たちの顔合わせをおこなうことにし、料理屋「篝」の離れの一室に集めた。当然だが、時間は少しずつずらしてある。

裁許奉行九頭目一亀、目付芦原弥一郎、町奉行所同心相田順一郎、そして省吉、それで全員であった。少数だが一騎当千の精鋭である。

「男が命を懸けるほどのことは、生涯にそうあることではない。むしろそのような機会にめぐりあうことなく、人生を終える者のほうが多いかもしれん。わしは幸か不幸か、その勝負どころを迎えた。とうてい一人《いちにん》で叶えられることではないが、いっしょに闘ってゆける同志を得ることができた。その全員が本日初めて顔を合わせた。と言っても、見てのとおり、わしを入れて四人である。顔を知った者もいれば、言葉を交わした者もおろう」

一亀は改めて各人を紹介した。もっとも省吉について多くを語ることはできないので、江戸から園瀬に移るときに連れて来たと言うにとどめた。

続いて、かれがおこなおうとしているのは、歪みきった藩政を正常にもどすことだと言明した。もちろん、前藩主である実父九頭目斉雅の悲願、いや、至上命令であることなどは省《はぶ》いた。

「おそらく皆も知っておるであろうが、相田が調べてくれたことをもとに、稲川と加賀田屋の長い関わりから、現在までを整理して話す」

と前置きし、平の目付だった稲川が、いかにしてスッポンの猪八を手なずけ、徹底して藩士の弱みを探らせたか。それを種に重職に取り入り、上司や同僚を蹴落とし、あるいは黙らせたか。また同輩や後輩を手なずけたか。

見返りとして密偵猪八に加賀田屋を持たせ、どのような手口で清蔵を番頭にしたか。そして加賀田屋に有利な情報を流して儲けさせ、集金装置として二人がいかに懐を温めたかを、簡潔に述べた。

さらには蒖の専売や袋井村の新田開墾に始まり、今回の独断による六人の藩士とその家族に対する処分まで、その罪の主なものを挙げたのである。

話が進むにつれてだれもが頬を紅潮させ、骨の部分が白くなるほど拳を握りしめていた。目は爛々と、強烈な光を帯びてきた。

「敵は強力であり、総力をあげないかぎり勝利は望めない。全力をあげたとしても、強固な壁に撥《は》ね返される可能性のほうが、おおきいかもしれないのである。しかし、闘う以上は勝たねばならぬ」そこで一亀はひと呼吸入れた。「だが、勝算はある。なければ闘いを挑みはしない」

一亀は風呂敷包をほどいて、清蔵の手控えを取り出した。それを弥一郎に渡しながら、回覧するように言った。

「目を通しながら聞いてもらいたい」

なぜその手控えが生まれたかを、清蔵の小心さと慎重な性癖、またいかに主人の正太郎を恐れているか、などを交えながら一亀は説明した。

表紙を捲《めく》るなり弥一郎が呻《うめ》くと、横から相田順一郎が覗きこみ、おなじように声をあげた。二人はときおり声を出しながら、喰い入るように見ている。

一亀は清蔵の手控えが、かれの手許に渡るに至った経緯を話した。弥一郎と相田の目の光が、異様と思えるほどの輝きに変わった。

「すぐに写しを取りましょう」

弥一郎の言葉に相田が相鎚を打って続けた。

「整理と、事実の確認をしなければ」

「すでに写し始めておる。それと、なにが出来するかわからんので、偽物《ぎぶつ》をこしらえておるところだ」

一亀が目配せすると、省吉が書き写した一枚を取り出して畳の上にひろげた。弥一郎がその横に手控えを置いて較べると、印が捺されていないだけで瓜《うり》二つである。

「これはすごい」

「まさか」

弥一郎がそう言うと、相田は省吉を見た。

「そのまさか、だ」

一亀は、未だに信じられぬといった顔の二人に笑いかけた。

「贋《にせ》の印も作らせる。万が一の場合を考えておかねばならんので、念には念を入れることにした」

「と申しますと」

相田が怪訝な顔になった。

「手控えがここにあることは、まだ知られてはおらん。だが、怪しまれたときのことを考え、偽物を作り清蔵に渡しておく。本人以外には贋だとはわからぬであろうから、なにかがあったとしても時間稼ぎができる」

「そのまえに控えを取るのがさきでしょう」

「やっておるが、正確に写さねばならんので、けっこう骨なのだ」

「手伝わせてください」

「それもあって来てもらった。実は思った以上に疲れるものでな。体調を崩したとの名目で、これにかかりきりになろうと思ったが」

「……？」

三人が同時に一亀を見た。

「園瀬の愚兄賢弟、遊び奉行、神出鬼没の一亀さんとして、少々はしゃぎすぎたゆえ、その疲れが出て寝こんでしまった、との理由を考えた」

「なるほど」

弥一郎がうなずいた。

「が、名案とは言えん」

「いかなる理由で」

これは相田である。

「家族に心配をかける。それはいいとして、見舞いに来る者もいよう。過労で寝こんだにしては血色がよろしいようで、などと言ってるうちはいいが、勘繰る者も現れるだろうし、われらの企みに気付く者も出てくるかもしれん。却って支障が出かねない。だから二人に手伝ってもらうことにした」

「もちろん、手伝わせていただきます」

「役目があるので、手が空いているときにやってもらえればありがたい。写しは何通かあったほうがいいのだが、取り敢えず一式はそろえねばならん。さらには事実の確認と、人物別の金の流れなど、整理しなければならんことは多い」

「でしたら、さっそく取り掛かりましょう」

弥一郎が提案すると相田がうなずいた。

「一つ問題がある。秘密裡におこなわねばならんのだ。省吉がわしの側にいるのはなんの問題もないが、芦原と相田がしょっちゅう行動をともにしているのを、それもわしの屋敷に出入りしているのを、人に知られぬようにしなければならない」

「写しや内容の確認は、家《うち》でもできますから、そこはうまい具合に配分して」

「では前祝いをやりたいが、祝杯をあげるのは事が成ってからとしよう。今夜は飲むのはほどほどにして、存分に喰って体力をつけてくれ。明日からが本当の闘いとなる。……わしの考え抜いた手順はこうだ」

地味で神経の磨《す》り減る作業で、一瞬たりとも息を抜くことができなかった。

省吉の偽物作りは、綴じた状態でなく、一枚一枚を書き写した。それを一亀が確認し、まちがいがあれば書きなおすためである。

内容が正しく、印がおなじ位置に捺してあっても、帳として綴じるまえにする作業があった。紙を古びているように見せなければならないので、絶えず表面に触れ、紙をそろえて、小口の上から二寸（約六センチ）くらいを目安に、その上下を親指と人差指の腹で、擦《こす》ったり捲ったりして、手脂や手垢《てあか》で自然に見えるように汚すのである。省吉はそれを、際限もなく反復した。

模写は長くは続けられないので、写し以外の時間、省吉は絶えず紙に触れるようにしていた。ただし、かれの役目はそれだけではなかった。付きっきりはむりとしても、清蔵の動きにも目を配らねばならないからだ。

省吉が模写すると、一亀はそれが一字一句正確であるかどうかを確認する。不備がなければそれから写しを取り、あるいは芦原か相田に取らせ、だれかが点検するのであった。

模写していないときには、原本の手控えからも写しを取る。芦原か相田が写しているときには、一亀は内容の確認作業や分析、また個人別の集計をおこなった。省吉の模写も、それ以外の者の写しも、かならず複数の者が正誤をたしかめる必要があった。模写と、最低でも一式は必要な写しは、重複するとか抜けが出ないように、一覧表を作って確認した。

ある程度作業に慣れてくると、各人の特性が段々と明らかになってきた。

正確かどうかの検査は目付の芦原弥一郎、事実関係の内容確認は町奉行所同心の相田順一郎、金銭の流れを主とした分析は裁許奉行の九頭目一亀、となる。

道場や馬場で汗を流す時間も手控えの作業に取り組みたかったが、まったく通わないとなると却って怪しまれる。一亀は回数を減らし、なにか言われると「少々はしゃぎすぎたのか、今頃になって疲れが」、などとごまかすことにした。

八月の九日会を、清蔵は過労を理由に欠席した。

むりもない。三日に稲川が襲われて、六日しか経っていないのである。その夜、清蔵は手控えを一亀に渡したが、翌日には襲撃に加わりながら逃げた藩士が切腹させられ、家族も厳しい処分を受けていた。

自分が直接関わった訳ではないにしても、その原因となった加賀田屋の大番頭なのである。とてもではないが、安穏《あんのん》としてはいられないはずであった。

それでなくとも小心な清蔵は、恐怖のあまり手控えを渡したことを、後悔しているかもしれない。かれにすれば手控えは、触れれば爆発する爆裂弾のようなものので、手許に置いても、逆になくても、不安というところだろう。

手控えがどのように使われるかはまったく不明で、一亀は命にかけて守ると言明したが、その保証はどこにもない。渡してよかったものなのか、あるいはそれが証拠となって、命を失うことになるのではないのか、などと迷い始めると心は千々《ちぢ》に乱れ、句会どころではなかったのかもしれない。

求繫こと一亀と哉也こと弥一郎は、できれば句会を休んで手控えに集中したかったのだが、むりを押して出席した。

清蔵のその後の動きがどうにも気にかかるのだが、省吉からは特に報告もないので、そのままになってしまった。

稲川八郎兵衛が飯森庄之助らに襲撃されて最初の、八月の評定は十二日であった。翌十三日、江戸の藩主に送られた書類の一つに、その件に関する書類が含まれていた。藩士の切腹や廃絶の処分なので、当然、藩主隆頼へのお伺書でなければならないのに、事実と結果を記した筆頭家老の名による報告となっていた。

一亀が清蔵の手控えを入手し、稲川弾劾《だんがい》のための書類作りの作業に入ったことは、目付芦原弥一郎を通じて中老新野平左衛門に報告されている。

本来ならおなじ報告を、側用人の的場彦之丞にも送るのだが、今回は特に重要なので、新野から送ることになった。今後の進め方の相談など、細々と記すことがあるからだろう。

もちろん書類は、園瀬から江戸藩邸への通例の便や臨時便は用いず、早飛脚の別便で送った。極秘の重要書類は飛脚便ではなく、特命を帯びた藩士が持参するのだが、そうなると稲川派に警戒されるおそれがあったからだ。

的場から新野への返書は十日後に届き、弥一郎を通じて一亀に伝えられた。決め手となる書類を入手できたことに対する喜びと期待のおおきさが、ひしひしと感じられる書簡であったと、弥一郎は新野の言葉を伝えた。

「末尾には、わかってはいるであろうがくれぐれも慎重に、とあったとのことです」

いずれにせよ、遂に動き出したのである。

三十四章

二人がともに休むと、示しあわせたようになるので、九月の九日会は弥一郎だけが出席した。

弥一郎によると清蔵は精彩を欠き、肌の艶や張りもなかったとのことである。目の下には隈《くま》もできていて、本人の話では一、二貫ほど痩せたようだという。普通人ならたいへんな体重減だが、四十貫もある清蔵の場合は、多少萎《しお》れたくらいにしか映らないということか。

「近江屋の離れで、席題でおこなわれたのですが、清蔵の投句はわたしから見ても冴えない、ひどいものでした」

「そのほうが冴えないというのだから、箸にも棒にもかからないということか」

「いささか、お慈悲に欠ける申されようではありますが、仰せのとおりでして」

「手控えを渡しはしたものの、それでよかったのかどうかと、あれこれと悪い結果を予想しながら思い悩んでいたのであろう」

「と思われます」

「なにしろ蚤の心臓だからな」

十月の句会は弥一郎が休んで一亀が出たが、やはり清蔵には元気がない。

そのころには、省吉による模写は終わり、正誤の確認もして印も捺し、綴じて製本すればいいようになっていた。小口の汚れ具合、表紙の毛羽立ちや角の反り具合も、素人目には、清蔵の原本とほとんど見わけられないほどであった。

また写しも二通取り、事実確認や個人別のまとめも進み、あとは一亀が報告書にまとめればいいところまで、なんとか漕ぎ着けていたのである。

月が変われば江戸藩邸より、大殿の容態が悪化したとの連絡が入ると、隠れ伊賀が告げたのは、ほどなく十一月になるという十月の末であった。

「それほど悪いのか」

「いえ。しかし良いとも申せません」

「見舞いを名目にせよとのことだな」

「疑われずにすますには、それが一番だとのご判断だと」

「相わかった。用意はできておる」

一亀の言葉と同時に気配が消えた。

隠れ伊賀の言葉どおり、十一月に入ってすぐ、江戸家老広田学より重職宛の書面が届いた。江戸中屋敷で療養中の大殿斉雅公の容態が悪化した、との報告である。毎月二日の評定に掛けられることを、考慮してのことと思われた。

万難を排し、一亀の見舞いを請う旨が書かれ、どなたか中老が同道されることが望ましいと付記されていた。

使い番の連絡を受けた一亀は直ちに登城し、書面に目を通すなり江戸行きを告げた。

「どなたか、中老の方で」一亀は列席していた四人の中老に目を向け、たまたま目があったという調子で話しかけた。「新野さまのごつごうはいかがでござろう」

「お引き受けいたす」

新野が承諾すると、九頭目甲斐が軽く頭をさげてから言った。

「一亀どのを名指しされたことは、今上《こんじょう》の別れとなりうることもある、との含みと思われる。直ちに発《た》たれるがよろしかろう」

一亀が新野に打診したことで、稲川は警戒の色を浮かべたが、甲斐の言った大義名分がある。列席者にあいさつするなり、一亀は早々に下城した。

屋敷にもどると美砂に告げ、義父母にも報告した。続いて居室に用人の北原明興を呼び、留守中の指示を与えた。

さらには省吉に、自分が直接伝えられない人たちへの連絡をさせた。

荷物の用意をして手形を受け取り、新野の支度を待って園瀬を出立したのは、評定の三日後の十一月五日であった。一行は新野と一亀のほかに、家士がそれぞれ三名と二名、荷物運びの中間もおなじく三名と二名、つごう十二名である。

早朝に出て松島港に到着。見送りを受けて船に乗ったのが五ツ半(午前九時)、風の具合で時間がかかったが、夕刻浪速港に入港し、その足で大坂の藩屋敷に入って一泊した。

浪速までの船旅を入れて、園瀬から江戸まで正味十八日という旅であった。中老の新野平左衛門とは細部の確認などもしたかったが、家士や中間もいるので、迂闊に話題にする訳にはいかない。一亀としては、芦原、新野、的場、そして相田と省吉以外は信じないことにしていた。

江戸に着くなり、直ちに愛宕下の上屋敷に入り、江戸家老広田学にあいさつした。広田、側用人の的場彦之丞、江戸留守居役荒俣彦三とともに、駕籠で下谷の中屋敷に向かう。

結局、腹ちがいの弟で藩主の隆頼とは、顔もあわせぬままである。父の命令とは言え、そこまで疎遠ぶりを装うことはないのではないだろうか。あるいは、やる以上はあくまでも徹したほうがいいということなのだろうか。一亀の思いは複雑であった。家士と荷物運びの中間は、先に中屋敷に向かっていた。

江戸に着いたばかりなのに、早くも一亀は園瀬が恋しく、懐かしくてならなかった。江戸は、なんと殺風景で埃っぽく、潤いのない町であることよ。耳に入る言葉も野卑《やひ》で刺々《とげとげ》しく、まるで情というものが感じられない。

もっとも江戸から園瀬に移った直後は、間延びした会話にうんざりしたのだから、人とは勝手なものである。

そういえば十七歳で園瀬入りした翌日、飯森庄之助と遠乗りをしたが、園瀬に来て二年の庄之助に、「江戸が恋しくはないか」と訊いたことがあった。その返辞は、「冬は寒いし、年中埃っぽいし、犬の糞だらけだし、人だらけで騒々しいし……。それに比べると園瀬は極楽ですよ」であった。

——ああ庄之助よ、どうしてもう少し待てなかったのだ。なぜ、それほど性急に事を運ぼうとしたのだ。だが、おまえたちが決起してくれたおかげで、稲川弾劾の決め手となる清蔵の手控えを入手できた。なんとか、いやかならずそれに報《むく》いるようにする。おまえたちの死は決してむだにしない。どうか見ていてくれ。

中屋敷に到着した。

「相当にお悪いのであろうか」

父とは何年ぶりの再会になるだろうかと数えながら、一亀は呟いた。

「一亀さまが江戸に向かわれたとの、園瀬からの報せが届いたのが七日でしたか、八日でしたろうか。それ以来、ずいぶんとお元気になられました。早くお逢いしたいと、今日か明日かと首を長くしてお待ちでございます」

留守居役荒俣の反応の速さと饒舌《じょうぜつ》ぶりは、まるで話に聞く幇間《たいこもち》のようでないかと一亀はあきれてしまった。うんざりしたが、荒俣は父斉雅の日常の言動を、あれこれと喋り続ける。

ちらりと新野を見ると、この男もいささか閉口しているようであった。

旅装を解くと新野、広田、荒俣とともに父の臥《ふ》す病室に入った。

――やはり今上の別れの、おつもりだったのだ。

父斉雅の寝間に通されて顔を見た瞬間に、一亀はそう感じた。父は義父とおなじ四十一歳だが、二人のあいだには十歳を超える年齢差があると思えるほど、その衰え方は激しかった。

部屋には薬湯《やくとう》のにおいがこもり、枕上《まくらがみ》には総髪の医者が控えていて、一亀らが入室すると目礼した。病状の説明をしないのは、江戸家老の広田から聞いているはずだとの判断からだろうか。

背もたれで上体を起こした父は、一亀が来るというので髭を剃らせたらしい。だが、生気の感じられぬ肌、皺、剃り残しの白い髭のために、衰弱ぶりが際立っていた。

「亀松。ずいぶんと立派になったのう」

一亀でもなければ元服名の永之進でもなく、父は幼名でかれを呼んだ。

一亀が新野や的場とひそかに進めている問題に、父がうっかりと触れねばいいがと気を揉んでいたが、それは杞憂《きゆう》に終わった。取りとめもない、しかも脈絡のない話に終始し、やがて斉雅は目を閉じてしまった。

じっとその横顔を見ていた医者が、「本日はこれまでに」と退室をうながした。

二十三日に江戸に着いた一亀たちは、三日のあいだ中屋敷に滞在した。だが、父とは長く語りあうことはできない。

その間、かれが江戸に来たことを知った昔の道場仲間や知人、旗本や江戸詰めの各藩の藩士たちが訪れ、また一席設《もう》けてくれるなどもあって、一亀はけっこうあわただしい時間をすごした。

そして二十六日夕刻に、上屋敷に出向いたのである。江戸家老や側用人に滞在中の礼を述べ、翌二十七日早朝に江戸を発つ旨を伝え、心ばかりの宴となった。やはり、腹ちがいの弟である藩主隆頼とは、顔をあわさないままであったし、的場や新野とも例の話には触れることがなかった。ただ、新野がだれにもわからぬように目配せしたので、用意した書類が側用人の的場に手渡されたことを知ったのである。

翌早朝に江戸を発った一亀と新野は、十七日かけて十二月の半ばに無事、園瀬に帰着した。かれらは直ちに藩庁に届けたが、荷物運びたちが先にもどっていたので、屋敷では美砂や義父母が待ちかねていた。

風呂で汗を流すと、無事の帰国を祝うささやかな宴である。

清蔵の手控えの作業に取り組んだ日々の静けさ、平穏さに較べ、十一月最初の評定以降の、なんとあわただしかったことか。家族と談笑しながら、一亀はしみじみとそう思ったが、実はそれはまだまだ続くことになる。

一人きりになるのを待っていたように、省吉が報告に来た。

省吉によると、稲川は捨て扶持《ぶち》で浪人を雇い入れていた。評定で、一亀が中老新野に江戸行きの打診をしたのを怪しんで、稲川が江戸屋敷に早飛脚を送ったのか、あるいは江戸の稲川派のだれかが、単なる見舞いではないと察した可能性も考えられた。現段階でわかっているのは二人で、稲川と大目付の林甚五兵衛の屋敷に匿《かくま》われているらしい。

「それよりも、江戸の浪人で凄腕の男を雇ったそうで、年内か遅くとも新年早々には園瀬に着くとのことです」

隠れ伊賀に教えられたのであろうと思ったが、一亀はうなずいただけでそれには触れなかった。省吉は同志であり、そしておそらくは、かれもまた隠れ伊賀なのである。

「中老新野どのがまとめた書類は、無事側用人の的場どのに届けられた。年が明けたら、的場どのから中老に密書が届く。内容は今後の手順や確認事項のはずだ。その使者が襲われるやもしれんな」

「それから加賀田屋の」

「清蔵か」

「一刻も早くお会いしたいと」

「相わかった」

一亀には清蔵が会いたがっている理由の見当もついていたが、秘かに落ちあうのは却って危険かもしれないと判断した。順調に運んでいるだけに、疑われるようなきっかけを与えてはならないのである。

清蔵は人並みはずれて臆病なため、具体的なことはわからぬままに、自分にとって不都合になるかもしれぬ動きがあることを、直感的に察知したにちがいない。となると用件は、手控え以外には考えられなかった。

「俳諧仲間の求繋と申すが、大番頭は？」

着流しに雪駄履き、脇差だけという軽装で、一亀は加賀田屋の暖簾《のれん》を潜った。

「これは、九頭目さま」

奥の帳場から清蔵が、板の間を滑るような歩き方でやってきた。江戸への往来と、無事帰国の祝いを述べると、

「使いの方を寄こしていただきましたら、こちらから参りましたものを」

「いや、通りがかりに、俳諧について教えてもらいたいことを思い出したのだ。と申して、多忙なおりに迷惑であったようだな」

「はあ、申し訳ありませんが少々。今宵、てまえがお屋敷にお伺いするというこ

とで、よろしければ」

ということで六ツ半（午後七時）と、時間決めをした。

店の者も承知のことなので、清蔵は約束の時間に脇玄関にやって来た。

切り出せず、しばらくもじもじしていたが、

「俳諧のことでございますか。どのような」

「やはり手許にないと不安か」

一亀は清蔵の問いに答えず、いきなり本題に入った。見抜かれていたと知って、清蔵はきまり悪そうに頭をさげた。文机の風呂敷包を取ると、一亀はそれを清蔵の膝のまえに置いた。安堵の色を浮かべた清蔵は、包を丁寧に解いて手控えを取りあげたが、表情に緊張が走った。

糸のように細い目を、それでも精一杯開けて表紙を見、右手の掌《てのひら》で恐る恐る撫でた。それから表紙を捲り、一枚目を喰い入るように見ると、震える手で捲る。見開きを舐めるように見てさらに捲り、それからは速度を速めた。

突然、清蔵は呆然となり、手控えを落としてしまった。あわててそれを取りあげると、灰色に変わった顔を一亀に向けた。

「こ、こ、こ……これは」

「さよう。偽物である」

「……！」

「よくできてはおるが、さすが本人の目は欺けなかったようだな」

「ですが、なぜに」

「おまえが取り返しに来るのが、わかっておったからだ。だが、本物は渡せぬので作らせた。よくできておろう。どうだ、おまえのあるじが気付くと思うか」

「と申されますと」

「加賀田屋は身に危険が迫れば、自分が印を捺した証拠の手控えを、取りあげるはずだ。素直に渡すがいい。まず、偽物だと気付かぬであろうが、もしも発覚したら、ある人物に渡したと言って、その名は言わぬようにしろ」

「わたくしには、選択の余地がないということですね」

「事が終われば、これに見あうだけの、いや、それ以上のことはする。おまえには、常に最悪のことを考える性癖《くせ》があるようだが、ときには良いことを思い浮かべてみろ」

その後も、なにかと助言したが、清蔵は偽物を大事そうに懐に仕舞うと、沈んだままの顔で蹌踉《そうろう》と帰って行った。

三十五章

一月八日、中老新野平左衛門宛の、側用人的場彦之丞の密書を携《たずさ》えた松川勇介《まつかわゆうすけ》が、園瀬に向けて江戸を発った。その報せは早飛脚で、園瀬藩筆頭家老稲川八郎兵衛にもたらされたはずである。

三日後、父の葬儀のために藤井卓馬《ふじいたくま》が江戸を発ったが、園瀬には松川に半日遅れて着いている。葬儀とのことであったためか、その件は稲川には報らされていない。

省吉は清蔵の手控えを模写する仕事が終わると、比較的時間が自由になった。それもあって、一亀が知りたいと思うことを、あれこれと探って報告することが増えていた。

二人の若い藩士が園瀬に来る数日まえには、一亀に思いがけない情報を持ってきた。稲川が岩倉源太夫を屋敷に呼んだが、その少しまえに、物頭席で大目付の林甚五兵衛が、おなじ門を潜っていたというのである。

源太夫の名が出たのは意外だったが、剣の遣い手ということで稲川も目を付けていたのだろう。

「側用人から新野さまへの密書を届ける使者を斬れ、と持ちかけたらしいですが、岩倉どのは断ったようです」

松川勇介を園瀬に着くなり斬り殺したのは、稲川が雇い入れた浪人と見てまちがいない。

ところが密書は無事に新野に届けられた。届けたのは葬儀に出席のため一時帰国した、藤井卓馬である。松川を囮《おとり》とするようにとの意味ではなかったが、使者を二人立て、疑われにくいほうに書面を託せば安全だと、そう提案したのは一亀であった。稲川が密書を奪おうとする可能性が高いと察したので、芦原弥一郎を通じて的場に伝えたのである。

密書の内容は翌日、芦原が一亀にもたらした。その後の手順などが記されていたとのことだが、四月に参勤交代で藩主隆頼が帰国して最初の大評定日、つまり二十二日に稲川を弾劾するというのが要点であった。

「その日は、稲川派の藩士をなるべく分散させ、しかも動きを封じる。同時に評定の間の隣室に、わたしをはじめとして、反稲川の藩士を待機させよとの指示でした」

評定の進め方としては、まず論功行賞や露骨な報復人事はおこなわぬことを言明して、参列者が動揺しないようにする。本来なら切腹すべき罪があっても、隠居させるとか役から外す程度にすること、などなどである。

「一亀さまのご提案が、かなり活かされていますね」

「ここまで煮詰まってくれば、だれの考えも似通うということだろう」

稲川は松川勇介を斬らせて密書を奪ったが、それは密書と言える内容ではなかった。

以下も省吉の探った事柄である。

念のために暗号に詳しい者に調べさせたようだが、特殊な書き方、例えば何字置きかに読むとか、行頭の文字を並べるとか、決まった文字の次の字を綴るとか、考え得る限りの方法を試みたものの、怪しい点は見出せなかったのである。

「松川どのから半日遅れで園瀬に着いた藤井どのが、新野さまの屋敷に入ったのを稲川が知ったのは、そのあとでした」

それを目撃されたのが、藤井の不運であった。江戸に発つ前夜に近江屋の主人に会ったのも、稲川派の疑念を強くした。なんらかの探りを入れたのだと、勘繰られたらしい。

藤井は近江屋からの帰りを刺客に襲われたが、何人かの若侍がそれを目撃していた。

斬った男は六尺（約一八二センチ）ほどの長身でありながら、地面すれすれになるくらい身を低くして走り抜けたという。藤井は地面に叩き付けられて絶命した。

藤井が父の葬儀のためだけに帰国した可能性もない訳ではないが、もし密書を届けたとしたら、今度は新野から的場に届けられるはずである。とすれば、新野はだれを使者に立てるだろうか。稲川がそのように、先を読むのは当然だろう。

「そのとき、岩倉どのの名が浮上しました」

「岩倉だと？」

「はい。江戸で軍鶏を飼っている男が不治の病に冒されたのですが、かつて岩倉どのがその人を助けたことがあったそうです。なんでも、いい軍鶏は何十両とするらしいですね」

「強い軍鶏は少ないということだな」

強い軍鶏は美しく、美しい軍鶏は強いと言った源太夫を、一亀は思い出していた。

「値打ちがあるだけに、人手に渡したくはない。できることなら岩倉どのに譲りたいとのことで、それで江戸に向かうことになったと」

「それを口実にしたということか」

「そのようです」

まず急な江戸行き、そして岩倉源太夫が剣の遣い手であること、さらに軍鶏のために長旅に出るという、取って付けたような理由。

「これでは、目を付けられるのは当然でしょう。稲川は、使者は岩倉どのでまちがいないと断定し、刺客の中で一番の凄腕の男に、岩倉源太夫を斬れと命じました」

まるで見て来たような話し方だが、一亀はそれを信じた。これまでのことを考えると、相当に信頼できる情報を得る方法を、持っているとしか思えなかったからだ。

実は使者は、一亀が芦原を通じて岩倉に頼んでいたのである。困ったことになったが、いまさら変更はできない。岩倉ほどの遣い手は、ほかにいないからだ。

「軍鶏侍の岩倉源太夫か、と刺客が驚き、それを聞いた稲川はさらに驚いたようです」

二人がおなじ道場の相弟子で、親しくしていたと知った稲川は、大胆にも刺客を源太夫に近付けた。刺客の名は秋山精十郎《あきやませいじゅうろう》。

たまたま園瀬に来たということで、精十郎は源太夫を訪れ、しかも酒を酌み交わして泊めてもらったのである。二人は連れ立って江戸に向かったが、新野派の若侍らが見え隠れに付いて来たこともあり、遂には対決しなければならなくなった。

精十郎を倒した源太夫は、隣藩の港へ向かうと見せかけて裏を掻き、馬を駆って園瀬藩の松島港に向かった。それを知った稲川は追手を差し向けたが、源太夫を乗せた船は港を出たあとであった。稲川は腕の立つ三名を選んで追わせたものの、源太夫のほうが一足早く江戸藩邸に入ったのである。

三月中旬、藩主九頭目隆頼一行は江戸を発ち、途中で三日間、大坂藩邸で休養して、四月半ばに帰国した。

そして二十二日、大評定は二の丸評定の間で、四ツ（午前十時）よりおこなわれた。大評定には藩主も列席することがあるが、その日は顔を見せず、裁許奉行の九頭目一亀が出席し、しかも取り仕切ったのである。

それに関しては、参勤交代で帰国してから大評定の前日まで、側用人の的場彦之丞、中老の新野平左衛門、そして一亀の三人で何度も打ち合わせをした段階で、藩主の意向でもあるのでぜひ一亀にと、二人に強く説得されたのであった。

「本日の大評定は、筆頭家老稲川八郎兵衛の背任を裁く」

一亀は一息で言うと、全員を見渡した。

重職たちにとってはまさに青天の霹靂《へきれき》とも言うべきで、腰を浮かしかけたり、ぽかんと口を開けたり、目を見開いたり、反応はさまざまであったが、だれもが驚愕のあまり呆然としていた。

例外は指摘された当の稲川で、薄ら笑いを浮かべたまま、泰然と構えている。冷静さを取りもどした列席者が次におこなったのは、稲川と一亀の顔を交互に、それも繰り返し見ることであった。

「おもしろい。まずは伺おう」

稲川の声は自信に溢れ、余裕たっぷりであった。

一亀は、町奉行所同心の手先である小者、つまり岡っ引の使い走りであった、スッポンの猪八と呼ばれた若者を、当時は平の目付であった稲川がいかに手なずけたか、から始めた。

つまり、同志たちに話したのとおなじ内容である。稲川が猪八に、藩士の弱み、自分に敵対する男、取り入りたい上役や重職、味方に付けたい同輩や下役の泣きどころを、徹底して探らせ、次第に地位をあげて行った過程。

その褒美《ほうび》として持たせた店が加賀田屋で、そのおり猪八は正太郎と名を改めたこと。直後に莨の専売化を提唱して、それを加賀田屋に独占的にやらせ、それをきっかけに財をなし、その資金を元手に袋井村の新田開墾事業をおこなったこと、などなどである。

莨の専売化の話の辺りから、顔を見あわせたり、納得したように何度もうなずいたり、満面を朱に染めたりと、だれもがそれなりに反応を示し、座がざわつき始めた。

相変わらず稲川は薄ら笑いを浮かべて聞いていたが、一亀の話が終わると、

「作り話としてはよくできておるし、なかなかにおもしろい。根も葉もなき戯言《たわごと》を並べ、謂《いわ》れなき罪を被せようとの魂胆と見たが、それを証拠立てできぬ場合に、どのような処分を受けるかは、重々承知の上であろうな」

「当然である。加賀田屋正太郎と稲川八郎兵衛の古くからの癒着、賄賂、謝礼としてどれだけの金子《きんす》が動いたかは、加賀田屋の大番頭が克明に記録し、その都度、あるじ正太郎の認め印を捺してもらっておる。そのすべてを明確にする書類が存在する」

「であれば、この場でそれを見せるがよい」

「これがその証拠の品である」

一亀が二通の写しのうちの一通を掲げて見せると、一瞥しただけで稲川はせせら笑った。

「それは写しであろう。でなければ捏造《ねつぞう》した偽物だ」

「これが写しだとわかるということは、実物を知っておるということだな」

「そうは申しておらん。事実、書き記した帳簿があるなら、見せるが道理」

「実物があるということは、おまえの罪科が明らかになることでもあるのだが、それでよいのか」

凛《りん》とした一亀の声に一瞬たじろぎを見せたが、稲川は昂然と言い放った。

「当然である」

「よかろう」

一亀は懐よりおもむろに、清蔵の手控え原本「ひかへ」を取り出した。

「そ、それは」

さすがの稲川も顔色を変え、それを見て一座はどよめいた。

「鎮まれ。罪に問うのは稲川八郎兵衛と、それに加担した大目付林甚五兵衛のみである」

「うぬ」と、稲川と林が座を蹴って、脇差を抜こうとした。

「むだな足掻《あが》きはよせ。すでに手の者が両名の屋敷に向かい、妻女と子息を捕らえておる。手向かえば、その者どもにも累《るい》が及ぶ」

稲川は音を立てて腰を落とし、林は静かに坐りなおした。

いざとなれば当然味方すると思っていた、ほかの家老、中老、奉行や物頭が、だれ一人として脇差を抜こうともしなかったのが、稲川には衝撃であったようだ。

罪に問うのは稲川と林だけだと一亀が言っただけで、まったくだれも動かなかったのである。弱みを握られていたのでしかたなく、また与《くみ》すれば余禄に与《あずか》れるという理由で、ほとんどの者が従っていただけだとわかったのだろう。

稲川は観念して、脇差を鞘ごと抜くと膝のまえに、柄《つか》を左にして置き、林もそれに倣《なら》った。

一亀が咳払いすると襖が開けられ、芦原弥一郎ら四人の目付が入室した。稲川と林の脇差を取りあげると、二人をうながしたが、縄を掛けることも、左右から腕を取る必要もなかった。

「なお加賀田屋には」と、一亀はかれらが部屋を出るのを見ながら言った。「町奉行所の手代と同心らが向かい、すでにあるじ正太郎を、贈賄その他の罪状により捕縛している」

一亀はかれが主なできごとと金の動きを整理し、抜き書きにした二通の書類を、回覧するようにと左右の重職に渡した。目を通すなり声があがったので、次の者が自分の番になるのを待てずに覗きこむ。

「藩主のお考えは、藩政を正道にもどす一点にある。ゆえに特別な論功行賞や報復人事はおこなわず、基本的にこれまでの陣容のままとする。稲川と林に対しては追って沙汰するが、今回の処分は以下の二十名に限り、その他に関しては一切お構いなしとする」

全員が緊張した表情で、一斉に一亀を見た。

「本来なら切腹が妥当《だとう》な罪科であるが、特別な計らいで、八名に隠居を申し渡し、十二名を無役とする」

前置きしてから、一亀は役名と姓名を読みあげた。一座の重職の七割以上が該当し、稲川の腹心で町奉行の平野左近の名もあった。平野は顔を真っ赤にしてうなだれたまま、大評定が終わるまで動こうともしなかった。

「その二通に抜き出したのは、稲川と林に関する件のみである。と申すのも、原本には、ここにおられる方々の名も散見するのでな。希望者には原本を閲覧《えつらん》させるべきだとの声もあったが、殿がその必要はないと申された。いかなる人物にも弱みはある。戦時なら弱点を衝《つ》くは常道なれど、今は平時。それよりも武士の本分を忘れぬようにしてもらいたい、ということだ。四民の一番上に立つ者として、心を律して仕事に励めとのお考えである」

抜き書きに自分の名が載っていないと知って安心したからだろう、回覧の速度は速まり、ほどなく一亀の手許に二通がもどった。

大評定は終わったのである。

三十六章

翌日、藩主隆頼が臨時の大評定を召集したが、これは藩政始まって以来のことであった。

正面に隆頼が、そして左右に重職が石高の順に居並んだ。そのため、家老から裁許奉行に落とされ家禄が半減となった九頭目一亀は、末席に坐ることになった。

一亀はこの日、初めて異腹の弟の顔を見たのである。

——若き日の父上によく似ておる。

一亀が六歳で父の参勤交代に従って江戸に出たとき、斉雅は二十七歳であった。弟隆頼は十九歳なので、当時の父より八歳若いことになる。

細面で額が広く、澄んだ目をしているので、爽《さわ》やかで聡明な印象を与えた。中国筋の大名の六女との婚儀が決まっているが、相手が十四歳なのでもう一年待つことになっている。

「本日集まってもろうたのは、重要な決定を伝えたいのと、予の考えた案について、みなの意見を聞き、できれば了承してもらいたいためじゃ」

言い終えて隆頼が見ると、側用人の的場彦之丞はかすかにうなずいた。

「まず、もと筆頭家老稲川八郎兵衛と、おなじくもと大目付の林甚五兵衛に対する処分である」

なにしろ藩政を歪めきってしまった首魁《しゅかい》なので、当然のように切腹が言い渡されるだろうと、だれもが予想していたはずだ。

ところが稲川は家禄を取りあげられ、財産は没収されたが、身柄は花房川上流の雁金村に押しこめとなった。つまり番人付きの座敷牢に入れられ、面会謝絶という罰に止《とど》まった。妻子は領外追放である。

一方の林は、二百五十石から百石減らされ、百日の閉門が言い渡された。要するに、一線にはもどれぬと宣告されたようなものである。

二人とも通例からは信じられぬほど、軽い処分であった。

「寛大すぎるとお思いの方がほとんどだろうが、殿はあくまでも藩政を正常に復すことが第一で、そのためにも恨みや不平を残すのは得策ではないとお考えなのだ。ただし寛大な処置は今回に限り、再度かような不正が起きた場合は、厳罰に処することになるので、心に留められよ。

次に加賀田屋の処分に移る。商人でありながら地道な商売《あきない》を蔑《ないがし》ろにし、莫大な賄賂を老職に贈ることで、不当な利益を貪《むさぼ》りたる段、不届き千万である。よってあるじ正太郎は打ち首、財産は没収、家族は領外追放と決定。

なお、灌漑《かんがい》によって加賀田屋の所有となっていた袋井村の水田は、藩の直轄《ちょっかつ》として百姓に貸し与え、代官を置いてこれを管理する。だが、但《ただ》し書きがあり」

大番頭をはじめ奉公人一同は、主人正太郎の命令に従っただけゆえ、罪には問わない。店舗は奉公人一同に返すので、大番頭の清蔵を新しい主人としてなら、これまでどおりの営業を許可する、店名は変えてもよい、というものである。

この知らせを受けた一同は、店名はそのままで新生加賀田屋として再出発する道を選んだ。主人は悪人であったかもしれないが、自分たちを商人として育ててくれたのは、加賀田屋という店だったからである。

「ところでこの一年九ヶ月、三人の家老によるまわり番という変則を採《と》ったが、本日、裁許奉行の九頭目一亀を家老に復する。稲川を廃したことにより、家老に空席ができたが、中老の新野平左衛門を抜擢《ばってき》することとした。これで園瀬四人、江戸一人という本来にもどる。

さて、これからが本題となるが、殿は家老の禄を変更したいとお考えで、それを諮《はか》るためにみなに集まってもろうたのだ」

これまでは筆頭家老一千石、次席家老七百石、家老の二家が各三百八十石、江戸家老五百五十石であった。合計で三千十石である。

「殿のお考えは、家老は一律五百石に」

「断じて呑む訳にはまいらん」

直ちに異議を唱えたのは、次席家老の安藤備後であった。当然だろう。二百石も減らされては、とてもではないが承服できる訳がないのである。

「続きがござる」

的場は苦笑し、すぐに真顔になった。

「基本は一律五百石だが、足高《たしだか》として筆頭家老に二百五十石、次席家老に百五十石、江戸家老に百石を加算するというものである」

安藤の仏頂面は変わらない。それでも現状からは、五十石減るからである。

「これでも呑んでいただけぬであろうか」

安藤は無言である。

「ほかの方々はいかがであろう」

顔を見あわせながらではあったが、安藤を除く全員がうなずき、的場と目があうと「よろしいと思いますがな」などと言った。

「安藤どののみ保留、ほかの方の賛同は得たということで、次に進ませていただく。家老の禄とおなじく殿のお考えである。稲川の罷免《ひめん》により空席となった筆頭家老に、安藤どのに就任していただきたい」

「おぬし、策士だのう。これでは断るに断れんではないか。断れば、頑固な愚か者として笑い物になる」

「ということはお受けいただける」

安藤は苦笑しつつうなずいた。稲川時代の筆頭家老の禄よりは少ないが、それでも現状よりは五十石多い。しかも筆頭の肩書、となると「勝負あった」ということだ。

家老五人に一律五百石、筆頭二百五十石、次席百五十石、江戸百石の足高を加算すると、総計三千石で改訂まえより十石減の勘定となる。藩としても損はしていない。

「安藤どのに筆頭を受けていただけるとのことで、次席が空席となる。ここは九頭目一亀どのに願いたい」

驚いたことに、全員が拍手したのである。前日の大評定からほぼ一昼夜、だれもが事を成功裡に運んだのが、藩主の腹ちがいの兄一亀を中心とした、的場と新野だということをわかっていたのだろう。

拍手こそしなかったものの、藩主隆頼はすがすがしい笑顔を満面に湛《たた》えていた。

「稲川と加賀田屋の癒着による歪みを、なんとか正したいというのが大殿の悲願であった。ご本人は次席家老の席を固辞されたが、それを成し遂げた一亀どのには、ぜひとも受けていただきたい。これは殿だけでなく大殿の願いでもあられる。ここで断ると、最大の親不孝となりますぞ」

「おぬし、策士だのう。これでは断れないではないか」

一座がどっと沸いた。

屋敷にもどった一亀は、妻の美砂、義父母、用人北原明興、それに家士や使用人を集めて、大評定での決定を淡々と伝えた。だれもが狂喜した。伊豆時代より二百七十石、裁許奉行からは四百六十石の加増である。

「これもみなのおかげである。裁許奉行に落とされてもよく我慢し、尽くしてくれた。心より礼を言いたい。ついては、わずかではあるが手当てを増やすつもりである」

「いえ、とんでもないことです」用人の北原が、目のまえでおおきく手を振った。「われわれはお仕えさせていただくだけで、十分に満足でございます」

一亀はパンと、おおきく手を打ち鳴らした。

「よう言《ゆ》うてくれた。では決まりだ。これまでどおりとする」

凝り固まったような北原を見て、美砂がくすくすと、続いて義母のおくら、それから女中たちが口許を押さえて、笑いを堪えるのに苦労している。

「ははは、冗談だ。それにしても正直な男であるな。ただし、それほど多くは増やせんぞ」

しばらくは笑いが消えなかった。

美砂と二人きりになれたのは、半刻（約一時間）もしてからである。

「お疲れさまでした、本当に、本当に、本当にお疲れさまでした」

両手の指をそろえて頭をさげると、美砂はしみじみと言った。彼女にとっては長い一年九ヶ月であったことだろう。

「ああ、疲れた。心底疲れ果てたが、まだしなければならぬことがある」

「この上、なにを、でございましょう」

「男として、約束を果たさねばならぬ」

「約束でございますか」

一亀が謹慎処分を受けたおり、美砂は言ったのである。

「深いお考えがあってのことと思います。妻たるわたくしは、知りとうございます」

返辞をせずに黙っていると、しばらくしてこう続けた。

「お聞かせいただける日を、お待ちいたしております」

怒り狂わず、泣き喚《わめ》かず、そう言ってくれたことが、いかに支えとなったことか。

一亀は望みが達成できた暁《あかつき》には、感謝の言葉とともに、自分がなぜあのような行動をとったかを、包み隠さずに話そうと、自身に誓っていた(ただし、桔梗については省かねばならないが)。それを果たすときが来たのである。

「ぜひお聞きしたいですわ」

「長くなるかもしれんぞ」

「かまいませぬ」

「徹夜になってもよいのか」

「もちろんですとも」

「では話そう。……さて、どこから話せばいいか。

わしが父九頭目斉雅に、江戸藩邸上屋敷に呼ばれたのは、十六歳の秋のことであった。さほど頻繁に訪れる訳ではないが、下谷の中屋敷から愛宕下の上屋敷に来るたびに、ずいぶんと手狭に感じられてならなんだ。ほとんど空地がないくらい、建物が建てこんでいるからな。縦が横のほぼ二倍という長方形の敷地の中央部に、白壁の蔵が何棟か配されている。二箇所で往き来できるようになっているものの、全体はほぼ二分されておった。……やはり退屈であろう」

「おもしろいです。江戸屋敷のことはなにも知らないですから」

「北半分が藩主の執務する表と、それに続く中奥、南が奥となっている。江戸家老と留守居役、正室の世嗣《せいし》、つまり今の藩主隆頼公の邸が、狭いながらもべつに建てられていた。

詰人には、屋敷の外側を取り囲む二階建ての長屋が割り当てられている。しかし、それだけでは収容できんので、藩主の参勤交代に従う藩士のための長屋は別棟となっておった。さらに、庶民の棟割長屋とさほど変わらぬほど手狭な、中間小者の長屋が何棟も建てられている。……うーん」

「いかがいたしました」

「棟割長屋はわかるか」

「いいえ」

「どっちがわからん。棟割か、長屋か」

「両方とも」

「だろうな。そのまえに、どのくらいの広さかを話そう。九尺二間というから、六畳間ほどか。四畳半が座敷、残りの一間半に土間と台所がついておって……これでは何日かかるかわからん」

「毎晩、お聞かせください」

「お伽噺《とぎばなし》ではないのだが、では、毎晩お話をして寝かし付けることにするか、このおおきなだだっ子を」

そう言って、一亀は美砂を抱き寄せた。

「棟割長屋というのはな……」

終　章

目付から中老に昇格した芦原弥一郎が、隠居となった岩倉源太夫を呼び出したのは、改革から半年以上も経った十一月も終わりのことであった。

弥一郎は名を讃岐《さぬき》と改めていた。

「あのおりのそなたの働きについては殿の覚えもめでたい、というところだが、二人きりのときは気楽にいこう」

数ヶ月のあいだにさらに丸くなった讃岐は、子供のように目を輝かせている。

「来てもらったのは、棚上げになっていた道場の件でな」

「それについては、お許しが得られなかったはずだ」

「どうやら、勘ちがいしておるらしいな。時期尚早《しょうそう》ゆえ暫時《ざんじ》待つべし、というのが殿のお考えだった」

「なぜ早く教えてくれなんだ。道場を開く資金を用意していたのだが、かなわぬと知って持金の半分は息子にやってしまった」

「殿が許されると申しておられるのだ。屋敷を与えられた上に、道場も建ててくださる。ただし条件があるぞ。藩士の子弟に剣を教授するよう、殿は望まれておる」

「ありがたいお言葉ではあるが」

「活計《たつき》の心配か？　束脩《そくしゅう》と月謝が期待できぬありさまでは、生活が成り立たぬと心配しているのだろう。藩の将来を背負う子弟に剣を教えるのだ。当然だが禄はくださる。

藩の道場ゆえ、原則として束脩と月謝はないが、持ってくれば拒まなくともよいぞ。もらえるものはもらっておけ、ということだ。此度《こたび》のごたごたで、もっともいい思いをしたのは、どうやら新八郎《しんぱちろう》のようだな」

源太夫を道場時代の名で呼んで笑いかけ、それから中老は真顔になった。

「おまえの道場にかけられた期待は、非常におおきいのだ。藩の将来がかかっている、と言っても過言ではない」

「おだててもむだだ」

源太夫が苦い顔を向けると、ちいさく首を振ってから讃岐は言った。

「稲川の遣り口も巧みであったが、なぜ加賀田屋と組んで、あれほど莫大な蓄財ができたと思う」

突然、口調が変わったので、なにを言うのだろうと源太夫は怪訝な顔になった。讃岐は続けた。

「武士の魂を喪ったからだ。武士の誇りがあれば、損得しか考えぬような輩は生まれる訳がない。

四民の一番上に立つと言いながら、武士はなんの働きもしていない。米や野菜、果物を育てる訳でも、魚を獲る訳でもない。家を建てる訳でも、橋を架ける訳でも、物を売り買いする訳でもない。できることは、民が支障なく生きられるようにし、それを守ることとくらいだ。それしかできんのだ。

剣の腕だけでのうて、民の生活を守るという心を持った、真《まこと》の武士《もののふ》を育ててもらいたい、というのが殿のお考えだ」

「…………」

「受けてくれそうだな。目の色が変わった。そう言えばおれのようにくどくどと喋らず、結論だけを言う男だったな、新八郎は」

「真の武士、か」

「気に入ったか、その言葉」

「……久しく耳にしておらん」

「そう言えば、おまえに逢って礼を言い、できれば酒を酌み交わしたいと望んでいる人がおる」

「……だれが、一体」

「真の武士、だ」

「…………」

「神出鬼没の一亀さんという渾名を、聞いたことがあるだろう。遊び奉行の一亀さん、と呼ばれたこともある。その一亀さんだよ」

あとがき

野口　卓

デビュー作『軍鶏侍《しやも》』の第一話は書名とおなじ「軍鶏侍」で、舞台は南国の園《その》瀬藩《せはん》である。

十八歳で日向《ひゅうが》道場一の遣い手になった岩倉源太夫《いわくらげんだゆう》は、世話する人があって十六歳のともよを妻とした。翌年、江戸勤番となった源太夫は、師匠《ししょう》の紹介状を持って一刀流の椿《つばき》道場に入門したが、ほどなく新妻から懐妊の便りが届く。道場では旗本の三男坊秋山精十郎《あきやませいじゅうろう》と親友になり、腕を競いあった。屋敷に誘われた源太夫は、精十郎の父勢右衛門《せいえもん》に闘鶏《とうけい》を見せられ、軍鶏の闘い振りに驚嘆する。

何度か訪問するうちに、イカヅチという軍鶏に魅《み》せられてしまった。小柄ながら相手の力を利用して、雷《らい》のごとく一撃で倒してしまう技の持ち主だ。閃《ひらめ》くところがあって、源太夫は居合の田宮《たみや》道場にも通った。そして園瀬に帰る直前、精十郎の協力を得て、秘剣「蹴殺《けころ》し」を編《あ》み出したのである。

道場を開く夢を持つ源太夫は、御蔵番を勤めながら密かに剣の腕を磨いた。無口かつ無愛想で、軍鶏を飼っていることもあって渾名《あだな》は軍鶏侍である。

三十九歳になった源太夫は息子への家督《かとく》相続と隠居、そして道場開きの願いを届けた。相続と隠居は許されたが、道場開きには許可がおりなかった。

そんな折、筆頭家老稲川八郎兵衛《いながわはちろべえ》から呼び出しを受け、君側の奸《かん》である側用人から、中老へ密書を届ける使いの者を斬れと言われる。だが、隠居の身と、道場から離れていることを理由に辞退。

中老側からの誘いも受けるが、しばらくは距離を置いてようすを見ることにした。前藩主が病弱だったのをいいことに、商人と組んで藩を私物化した筆頭家老から、若い藩主と中老、側用人などが藩政を取りもどそうとしていたとの真相もわかった。

このようにして源太夫はいつの間にか藩上層部の争いに巻きこまれ、中老からの密書を江戸にいる藩主の側用人に届ける役を引き受けた。ところが筆頭家老側の切り札である刺客《しかく》は、親友で椿道場の相弟子、秋山精十郎であった。死闘の末に源太夫は精十郎を倒すが、死の迫ったかつての友が言う。

「蹴殺しで来るとばかり思っておった」

「待たれていては使えまい」

自分が破れた理由が納得できたと言って、精十郎は死ぬ。

源太夫が密書を届けたことにより、改革は成功裡に終った。だが、源太夫の道場開きに藩主の許可がおりたのは、さらに半年後である。

藩政を取りもどし派閥《はばつ》を解消したいとの藩主の意向から、論功行賞《ろんこうこうしょう》や稲川派に対する罰も最少に留め、これといった報復人事もおこなわなかった。このようにしておおきな騒動にはならず、静かに幕を閉じたのである。

わたしはラストに近い部分で、次のように書いた。

藩主九頭目隆頼《くずめたかより》が参勤交代で帰国後の、最初の大評定は四月二十二日におこなわれた。隆頼だけでなく、その腹ちがいの兄で、年寄役から裁許《さいきょ》奉行に落とされて出仕もせずにぶらぶらしていた九頭目一亀《いっき》も出席した。出席したばかりか、大評定を取り仕切り、筆頭家老の稲川八郎兵衛がほとんど反論もできないうちに、藩の執政を無血のままに交代させてしまったのである。

文庫本で五行である。これほど重要な問題を、わずか五行で片付けるのは、いくらなんでも乱暴すぎるだろう。

「軍鶏侍」は、巻きこまれた下級藩士岩倉源太夫から見た騒動だが、それを上層部から描きたいと思った。

主人公にふさわしいのは一亀しかない。なぜなら複雑な立場にあるからだ。「藩主の腹ちがいの兄」「年寄役から裁許奉行に落とされ」「反論もできないうちに……執政を無血のままに交代させ」と、枷《かせ》が多いので描きがいがある。

構想に取り掛かったのは、シリーズの『獺祭《だつさい》』『飛翔《ひしょう》』が出たあとで、『軍鶏侍』を含めると、短編十二作をすでに執筆していた。当然だが、個々の作品を魅力的にしたいとの思いが強く、将来書くであろう長編のことなど、まるで考えてはいなかった。

すでに多くの人物が登場し、思い思いに行動している。そのためにおもしろくできる部分もあったが、制約を受けることのほうがはるかにおおきかった。しかし制約を乗り越えて、あるいは逆手《さかて》に取るのも書き手の楽しみである。

作品への条件付けはもう一つあった。

わたしの故郷《ふるさと》は徳島だが、徳島と言えば阿波踊り抜きでは語れない。熱狂的なこの踊りを、有効に活かしたかった。となると踊りが一亀に絡み、物語にもおおきく関わらなくてはならない。

作品中では阿波踊りでなく、園瀬の盆踊りとしている。庶民にだけ許され、武家には禁じられたこの盆踊りを一亀が巧《たく》みに扱い、敵だけでなく味方をも騙《だま》して、改革を成功に導くようにしたかった。

徳島藩の役職一覧に裁許奉行が出ているが、本来は年寄役（家老）が健康を害した場合の控《ひか》え的職分である。家老が健康であれば、月に一度だけ役所に出て、町奉行や郡代奉行の手に負《お》えない訴訟を裁決し、願いに対して許可を与えるのが主な役目であった。実際には裏方の大変な仕事だが、禄《ろく》が高いにもかかわらず月に一度の務めでよいところから、「遊び奉行」と羨《うらや》ましがられ、めったに公務の席に出ないため「影奉行」とも呼ばれていた。

裁許奉行が「遊び奉行」と呼ばれていると知ったとき、「これだ！」と膝を打ち、タイトルに決めた。

初の単行本『遊び奉行』が、このたび文庫本となった。シリーズ『軍鶏侍』の外伝、番外編であるこの長編を、個々の作品を思い出しながら、あるいはそれらから離れて、楽しんでいただければ幸いである。

解説――新たな〝藩政改革もの〟の系譜

文芸評論家　菊池《きくち》　仁《めぐみ》

実にうまいし、面白い。久しぶりに本格的な〝藩政改革もの〟を読んだ爽快感に浸《ひた》っている。人気シリーズ『軍鶏《しゃも》侍』の番外編でもある本書『遊び奉行』は、初の長編であり、単行本だが、あらためて作者の力量を示す出来映《できば》えとなっている。

本書誕生の経緯については、作者自身が文庫版の「あとがき」で詳しく述《の》べている。それによれば、《「軍鶏侍」は、巻きこまれた下級藩士岩倉源太夫《いわくらげんだゆう》から見た騒動だが、それを上層部から描きたいと思った。》と、モチーフを語っている。その直前に《文庫本で五行である。これほど重要な問題を、わずか五行で片付けるのは、いくらなんでも乱暴すぎるだろう。》という記述があり、その反省も踏まえてのものであった。

つまり、本書は騒動の詳しいプロセスと、そこで起こった人間ドラマを、上層部の一人の視点から描きたいという欲求から生まれたのである。

本書の解説に入る前に、野口卓《のぐちたく》という作家の特質と「軍鶏侍シリーズ」の特徴について触れておこう。第一巻「軍鶏侍」が刊行されたのは二〇一一年で、作者はこの作品で第一回歴史時代作家クラブ賞の新人賞を受賞している。下馬評の高かった北沢秋《きたざわしゅう》『哄《わら》う合戦屋』、吉川永青《よしかわながはる》『戯史三國志　我が糸は誰を操る』を押さえての受賞であった。「圧倒的な描写力と構成力は、新人という枠を大きく超えている」という評価で、選考委員満場一致で可決された。文庫書下ろし時代小説の作者が、新人賞を受賞するというのは、他に例を見ない快挙であった。選考委員であった筆者も「これほどの逸材はそうそう出るものではない」というコメントをつけて一票を投じた。

実はこのコメントには別の意味合いもあった。文庫書下ろし時代小説の刊行が始まったのは、一九九〇年代中頃からである。早いもので二〇年近くの歳月を経ている。時代小説の出版事情は、新しいスタイルの登場で大きく変わった。まず、単行本との出版点数を比較しても、新規参入も加わり、単行本のそれをはるかに上回るものとなっている。これは書店の文庫本コーナーを覗《のぞ》けば歴然としている。書下ろしで埋め尽くされている感があるし、そのほとんどがシリーズもので占められている。

これはマーケットが拡大基調となるにしたがい佐伯泰英《さえきやすひで》、鳥羽亮《とばりょう》、鈴木英治《すずきえいじ》等文庫書下ろしを専門とする実力派が、人気シリーズを次々と生み出していったこと。加えて、藤原緋沙子《ふじわらひさこ》、今井絵美子《いまいえみこ》といった筆力をもった女性作家が参入し、女性読者層の獲得に成功したこと。さらに、新たな書き手の発掘、登用が積極的に行われてきたこと等の結果である。

しかし、その反面、競合が激化するにしたがい、売れ筋である剣豪もの、武家義理もの、市井《しせい》人情ものをミックスし、捕物帳スタイルで構成したシリーズものがマーケットに溢れた。同質化競争は作家のレベル低下、内容の薄さを引き起こす。現に今年に入って学研M文庫と富士見文庫が脱落している。「軍鶏侍」の受賞理由として、「圧倒的描写力と構成力」とあったが、これは文庫書下ろしの現状に対する批判という意味合いもあった。さらに言えば、「逸材云々」と評したのは、出版社、編集者の仕事は、文庫書下ろしマーケットをより豊かなものにするためであり、大手出版社が安易《あんい》な企画で参入するのは違うだろうという批判もこめていたつもりである。

要するにそれだけのインパクトを『軍鶏侍』は持っていたということである。これは『遊び奉行』とも絡んでくるので説明しよう。第一は主人公岩倉源太夫の人物造形の巧《たく》みさを指摘できる。浅薄《せんぱく》なヒーロー像を嫌い、現代性を重視した要素を盛り込んでいる。家族小説的なふくらみをもたせたのもそうであるし、隠居した剣士だが、藩とは〝ヘソの緒〟で繋がっているという設定も、源太夫の生きざまと密接に関連している。〝ヘソの緒〟とは武士道ないしは武士の魂と置き換えてもいい。これが藩の命運を左右する力となっていくところに独特のヒーロー像を見ることができる。

極め付けは軍鶏を重要な脇役として登場させたことである。軍鶏の風貌《ふうぼう》と闘鶏の様子を描いた場面は、作者の筆力をあますところなく伝えている。それはそのまま源太夫の人間性をも語るという二重構造になっている。余談だが闘鶏を題材とした小説に、今東光《こんとうこう》が一九五七年に発表した『闘鶏』がある。物語は軍鶏の不《ふ》逞《てい》な面構《つらがま》えの描写から始まる。濃密なリアリズムに徹した文章は圧倒的な迫力に満ちていた。

もう一冊ある。タイ系アメリカ人作家ラッタウット・ラープチャルーンサップの短編集『観光』(二〇〇七)に収められた「闘鶏師」である。闘鶏に負けつづける父を見つめる少女を描いた作品である。闘鶏と父親の生きざまが、タイ王国の光と闇の狭間《はざま》で、ダブらせて描いてある。この傑出した両作品と比肩しえる描写力はさすがである。

この闘鶏をヒントに〝蹴殺し〟という秘剣を編《あ》み出す。剣豪ものを面白くする秘訣《ひけつ》は秘剣の魅力にある。それを新規参入の作者は熟知しており、立ち合い場面も工夫《くふう》を重ねたことをうかがわせる。加えて、〝蹴殺し〟自体を発展途上の秘剣としたところに、出版社のマーケッティング上、シリーズ化という文庫書下ろしが抱えた足枷《あしかせ》を逆手《さかて》にとったセンスの鋭さを見ることができる。

いわば『遊び奉行』は、作者が『軍鶏侍』で書き残したものの〝再生〟を意図した作品である。おそらく『軍鶏侍』では、物語を面白くするための道具として〝お家騒動〟が背景に置かれているわけだが、それを現代性を備えた〝藩政改革もの〟として、再構築したかったのではないか。つまりあまりにも安易に〝お家騒動〟を戦前の価値観のまま取り込んでいることへの自省もあったと思われる。

藩政改革とは内外の危機に直面した諸藩において、その危機を打開するために実施した政治刷新の動きをいう。直面する危機とは、家臣団の分裂と対立、支配機構の弛緩《しかん》と動揺、あるいは、藩財政の窮乏《きゆうぼう》や領内における凶作などによる領民の疲弊《ひへい》、これを契機とした百姓一揆《ひやくしようい っき》・打ちこわしの高揚など、実にさまざまである。文化文政《ぶんかぶんせい》、天明《てんめい》期以降になると幕藩体制の矛盾《むじゆん》やひずみ、財政のいきづまりが深刻化してくる。

現代のリストラと同様と言った方がわかりやすいかもしれない。現代のリストラが企業エゴや人間の欲望、醜《みにく》さ、滑稽《こっけい》さをあぶり出し、〝業《ごう》〟ともいえる人間模様を露呈させるように、〝お家騒動〟や〝藩政改革〟も人間の本性を露出させる恰好《かっこう》の印画紙であった。要するに〝お家騒動〟と〝藩政改革〟は表裏をなしており、お世継をめぐる権力抗争や、悪家老によるお家乗っ取り、といった内容が主な〝お家騒動〟は、〝藩政改革〟の陰画ともいえる構図をもっている。

次に〝藩政改革〟をテーマとした小説の歴史を見てみよう。もともとこのジャンルは浄瑠璃《じょうるり》や歌舞伎《かぶき》による〝お家騒動〟が原型となっている。この流れに変化が訪れたのは、一九五一年に発表された村上元三《むらかみげんぞう》『加賀騒動』と、一九五四年に日本経済新聞で連載が開始された山本周五郎《やまもとしゅうごろう》『樅《もみ》ノ木は残った』（一九五八年に単行本化）からである。両作品共、〝お家騒動〟の史実を洗い直し、人物像に戦後的な解釈を加えたものであった。ここに〝お家騒動もの〟との違いがある。

その後、日本は高度成長期に突入、経済至上主義社会へと変質を遂《と》げていく。その主役はサラリーマン層であった。藤沢周平《ふじさわしゅうへい》の初期の作品である「暗殺の年輪」「潮田伝五郎置文《うしおだでんごろうおきぶみ》」「竹光始末」といった短編が、多くの読者を魅了した背景には、幕藩体制下の〝海坂藩〟の存在、そこでくり返される〝藩政改革〟、それに蹂躙《じゅうりん》される下級武士といった構図が、経済至上主義の企業国家である日本で、資本の論理、企業論理にふりまわされるサラリーマン層の心情と合致したからである。

現在までの〝藩政改革もの〟を一部紹介すると、山本周五郎『ながい坂』（一九六六）、藤沢周平『漆《うるし》の実のみのる国』（一九九七）、羽太雄平《はたゆうへい》『峠越《とうげご》え』（一九九六）、乙川優三郎《おとかわゆうざぶろう》『蔓《つる》の端々』（二〇〇〇）、葉室麟《はむろりん》『銀漢の賦《ふ》』（二〇〇七）、『蜩《ひぐらし》ノ記』（二〇一一）といった作品が、高いレベルにある。

作者が『軍鶏侍』を書いているために多くの制約があるにもかかわらず、『遊び奉行』に挑戦したのは、こういった流れを熟知しており、自信もあったからと思える。

非常によく出来た〝藩政改革もの〟で、その第一は、主人公・九頭目一亀《くずめいっき》の人物造形にある。屈折した、複雑な内面の持ち主という設定が、藩政改革を進める上で、重要な布石となっている。特に冒頭の場面は、父の苦渋の選択と、それを理解している一亀の心情を抑えた筆致で描いていて秀逸である。読者の興味を鷲《わし》掴《づか》みにするうまさである。

作者の最大の工夫は、モデルとなった徳島藩の役職一覧から〝裁許奉行《さいきょ》〟を発見したところにある。〝裁許奉行〟の役目と、〝遊び奉行〟と呼ばれていると知ったとき、作者のなかで触発されるものがあった。敵に知られず隠密裏《おんみつり》に〝こと〟は進めねばならない。そのためには遊んでいるように見えることと、遊軍として〝こと〟に当たることがもっとも適している。情報収集、政局の分析、オルグ活動（同志集め）、人心の掌握《しょうあく》、そして、作戦の立案といった〝藩政改革〟のための活動には、遊び奉行はもってこいの役職であった。このあたりにも物語作者としての鋭い臭覚をうかがい知ることができる。

最後に読みどころを紹介しておこう。〝藩政改革もの〟は〝藩の論理〟と〝人間の論理〟の狭間で生じる桎梏《しっこく》の群像ドラマである。〝お家騒動〟をきっかけとして、藩主から末端の藩士まで、志《こころざし》と矜持《きょうじ》を問われる。藩政改革が成就《じょうじゅ》したとしても、悲劇は避けられない。だからこそ群像劇を捌《さば》く筆力が成否をわけることになる。その点で作者の筆力は圧倒的な迫力に満ちている。

苦渋の選択を余儀なくされる父・九頭目斉雅《なりまさ》をはじめ、盟友・飯森庄之助《いいもりしょうのすけ》、敵役となる稲川八郎兵衛《いながわはちろべえ》、加賀田《かがた》屋の人物造形は、それぞれ奥行のあるものとなっている。作者の人への賛美がベースにあるからだ。

注目は地方藩を舞台としていることだ。作者が深い思い入れをこめて描いた阿《あ》波踊《わおど》りに想を得た盆踊りは、興趣を盛り上げると共に、一亀の人間性を豊かなものとし、物語の間口を広げる効果を打ち出している。同様のことは句会にも言える。作者の仕掛けの巧みさが光っている。

加えて、地方藩だからこその自然と、それを点景とした情景描写は、水墨画を見るような迫力をもっている。ここで描かれている自然や盆踊りや句会で出会う人間的触れ合いは、経済至上主義で日本が失ったものを、そのままの姿で映し出しているのである。

そして、作者は「軍鶏侍シリーズ」のファンならばこたえられない場面を用意している。一亀との出会いの場面だ。源太夫のセリフのもつ重みが一亀の胸にストンと落ちていく様はうまいのひとことである。それを上回るのが終章である。作者のセリフにかける凄味が伝わってくるような場面で、清涼感に溢れている。こんな爽やかなラストはかつて経験したことがない。

（本書は平成二十四年十二月、小社から四六判で刊行されたものに著者が加筆・修正しました）

一〇〇字書評

切り取り線

購買動機（新聞、雑誌名を記入するか、あるいは○をつけてください）

□（　　　　　　　　　　　　　　　）の広告を見て
□（　　　　　　　　　　　　　　　）の書評を見て
□ 知人のすすめで　　　　□ タイトルに惹かれて
□ カバーが良かったから　□ 内容が面白そうだから
□ 好きな作家だから　　　□ 好きな分野の本だから

・最近、最も感銘を受けた作品名をお書き下さい

・あなたのお好きな作家名をお書き下さい

・その他、ご要望がありましたらお書き下さい

住所　〒

氏名		職業		年齢	

Eメール　※携帯には配信できません

新刊情報等のメール配信を
希望する・しない

この本の感想を、編集部までお寄せいただけたらありがたく存じます。今後の企画の参考にさせていただきます。Eメールでも結構です。

いただいた「一〇〇字書評」は、新聞・雑誌等に紹介させていただくことがあります。その場合はお礼として特製図書カードを差し上げます。

前ページの原稿用紙に書評をお書きの上、切り取り、左記までお送り下さい。宛先の住所は不要です。

なお、ご記入いただいたお名前、ご住所等は、書評紹介の事前了解、謝礼のお届けのためだけに利用し、そのほかの目的のために利用することはありません。

〒一〇一－八七〇一
祥伝社文庫編集長　坂口芳和
電話　〇三（三二六五）二〇八〇

祥伝社ホームページの「ブックレビュー」からも、書き込めます。
http://www.shodensha.co.jp/bookreview/

祥伝社文庫

遊《あそ》び奉行《ぶぎょう》　軍鶏《しゃも》侍《ざむらい》外伝《がいでん》

平成27年10月20日　初版第1刷発行

著　者　野口《のぐち》卓《たく》

発行者　竹内和芳

発行所　祥伝社《しょうでんしゃ》

東京都千代田区神田神保町3-3
〒101-8701
電話　03（3265）2081（販売部）
電話　03（3265）2080（編集部）
電話　03（3265）3622（業務部）
http://www.shodensha.co.jp/

印刷所　堀内印刷
製本所　ナショナル製本
カバーフォーマットデザイン　中原達治

ISBN978-4-396-34157-2 C0193

祥伝社文庫の好評既刊

祥伝社文庫の好評既刊

門田泰明　秘剣　双ツ竜　浮世絵宗次日月抄

天下一の浮世絵師・宗次颯爽登場！　悲恋の姫君に迫る謎の「青忍び」。炸裂する！　怒濤の「撃滅」剣法！

門田泰明　半斬ノ蝶（上）　浮世絵宗次日月抄

面妖な大名風集団との遭遇、それが凶事の幕開けだった。忍び寄る黒衣の剣客！　宗次、かつてない危機に！

門田泰明　半斬ノ蝶（下）　浮世絵宗次日月抄

怒濤の如き激情剣法対華麗なる揚真流《ようしんりゅう》最高奥義！　壮絶な終幕、そして悲しき別離……。シリーズ史上最興奮の衝撃!!

辻堂　魁　風の市兵衛

さすらいの渡り用人、唐木市兵衛《からきいちべえ》。心中事件に隠されていた奸計《かんけい》とは？　〝風の剣〟を振るう市兵衛に瞠目！

辻堂　魁　雷神　風の市兵衛②

豪商と名門大名の陰謀で、窮地に陥った内藤新宿の老舗。そこに現れたのは〝算盤侍〟の唐木市兵衛だった。

辻堂　魁　帰り船　風の市兵衛③

「深い読み心地をあたえてくれる絆のドラマ」と、小梛治宣《おなぎはるのぶ》氏絶賛の〝算盤侍〟の活躍譚！